DELPHINE GIRAUD

Delphine Giraud vit en Vendée avec son mari et ses deux enfants. Assistante de direction, elle est passionnée de lecture et d'écriture depuis sa plus tendre enfance. Son premier roman, *Six ans à t'attendre*, connaît un incroyable succès depuis sa parution sur Internet en 2018, puis chez Fleuve Éditions en 2019. Après *Doucement renaît le jour* (Fleuve Éditions, 2021), son troisième roman, *Les Couleurs du silence*, paraît en 2022, suivi par *Le Manège de la vie* (2023) chez le même éditeur.

LES COULEURS
DU SILENCE

ÉGALEMENT CHEZ POCKET

SIX ANS À T'ATTENDRE
DOUCEMENT RENAÎT LE JOUR
LES COULEURS DU SILENCE

DELPHINE GIRAUD

LES COULEURS DU SILENCE

Le Code de la propriété intellectuelle n'autorisant, aux termes de l'article L. 122-5, 2° et 3° a, d'une part, que les « copies ou reproductions strictement réservées à l'usage privé du copiste et non destinées à une utilisation collective » et, d'autre part, que les analyses et les courtes citations dans un but d'exemple et d'illustration, « toute représentation ou reproduction intégrale ou partielle faite sans le consentement de l'auteur ou de ses ayants droit ou ayants cause est illicite » (art. L. 122-4).
Cette représentation ou reproduction, par quelque procédé que ce soit, constituerait donc une contrefaçon, sanctionnée par les articles L. 335-2 et suivants du Code de la propriété intellectuelle.

Publié avec l'accord de Librinova
© 2022, Fleuve Éditions, département d'Univers Poche
ISBN : 978-2-266-33258-3
Dépôt légal : février 2023

*Aux femmes-caméléons,
À toutes les femmes.*

> « *Aimer à perdre la raison*
> *Aimer à n'en savoir que dire*
> *À n'avoir que toi d'horizon*
> *Et ne connaître de saisons*
> *Que par la douleur du partir*
> *Aimer à perdre la raison.* »

Aimer à perdre la raison (1971),
interprété par Jean Ferrat, texte de Louis Aragon

> « *Le silence lui-même*
> *a quelque chose à taire.* »

Douleur (1998), Vladimír Holan

> « *S'il y avait une seule vérité,*
> *on ne pourrait pas faire cent toiles*
> *sur le même thème.* »

Pablo Picasso

1

Lila leva la tête vers la silhouette majestueuse et intemporelle du château. Il ressemblait à ceux des contes de fées de son enfance, avec ses tours coiffées de toits pointus. Un vague sourire aux lèvres, la jeune femme se remit à marcher. Plonger dans l'ambiance médiévale des jardins lui arracha un frisson de plaisir. Des éclats de voix, des rires en cascade, un brouhaha incessant. Un soleil de plomb. Pas de doute possible : le mois d'août était arrivé, avec son flot de touristes. Emportée par cette effervescence, Lila se sentait bien.

Elle tentait de repérer Karl parmi la foule quand elle l'entendit l'interpeller. Il était assis dans l'herbe, installé pour leur pique-nique du déjeuner. Lila se hâta dans sa direction. Elle salua Olivier, le collègue de Karl, qui repartait déjà travailler. Celui-ci épousseta les miettes sur son pantalon. Sa chemise était auréolée de taches sous les aisselles.

— Il va falloir que je repasse chez moi me changer. J'ai une visite avec des clients rue Franklin-Roosevelt dans une heure. Je ne peux pas arriver dans cet état !

Lila sourit. Faisant virevolter sa robe fleurie, elle prit place entre les jambes de Karl et appuya son dos contre son torse. Elle ferma les yeux quand il l'embrassa derrière l'oreille, frémissant de délice. Elle resterait bien ainsi pour l'éternité.

Mais une petite voix nasillarde retentit juste à côté d'eux :

— Oh, les amoureux !

Une fillette d'à peine sept ans les toisait avec sérieux.

— Beurk ! renchérit le petit garçon qui la tenait par la main en faisant la moue.

Lila rit de bon cœur avant de croquer dans son panini tomate-mozzarella. La gamine avait la bouche maculée de sucre rose fondu et dégageait des effluves de barbe à papa.

— Tu trouves qu'on a l'air d'être amoureux ? lui demanda Lila avec malice.

— C'est les amoureux qui s'embrassent comme ça.

Leur mère les appela. Le trio regarda les enfants disparaître en silence avant que Karl ne prenne la parole, amusé :

— Tu sais ce que ta fille m'a dit en début de semaine, Oliv' ?

— Laquelle ?

— La grande.

— Non.

— Que tu pensais que si ça continuait comme ça entre Lila et moi, on allait finir par se marier.

Karl et Lila, goguenards, se tournèrent en chœur vers Olivier.

— Alors, comme ça, le mariage est un passage obligé ? demanda Lila.

— Serais-tu davantage vieux jeu qu'il n'y paraît ?

— Bah, avec les enfants, on ne peut rien dire sans que ce soit déformé…

Olivier se saisit de son attaché-case, avant d'y balayer quelques brins d'herbe. Le sommet de son crâne dégarni brillait de sueur.

— Allez, je vous laisse. Karl, on se voit à l'agence. À bientôt, Lila !

Karl et Lila se retrouvèrent seuls dans les jardins du château. Seuls, ils ne l'étaient pas vraiment, au regard des centaines de personnes qui évoluaient autour. Pourtant, ils ne voyaient rien d'autre qu'eux. Lila s'était retournée pour faire face à Karl. Elle passait un doigt sur les fines ridules qui marquaient ses yeux et son sourire sincère.

— Tu te souviens, le décor que j'ai réalisé pour le véhicule de transport du nouveau fleuriste place Maupassant ?

— Mmmh ?

— Ce matin, les gars l'ont collé sur la camionnette. M. Girard nous a tous félicités, le client était enchanté.

— Tu es douée, Lila. Tu as de l'or dans les mains.

— C'était un travail d'équipe.

— Et modeste, avec ça…

Karl se pencha pour l'embrasser. Puis Lila plongea son regard dans le sien, et se remit à caresser son visage. Karl était son soleil. Sa présence ou même sa seule pensée faisait fondre son cœur. Au plus profond d'elle-même, Lila se sentit heureuse, comme souvent depuis quelques mois. On dit que le bonheur n'est pas palpable, qu'il faut une prise de conscience pour s'apercevoir qu'il est là. Un petit soubresaut en soi, une vague sensation, une étreinte délicate comme une aile de papillon. Le sien, elle le touchait du bout des doigts. Son bonheur était Karl. Tout simplement.

Ils s'étaient rencontrés six mois auparavant. Elle était alors en stage à Angers et avait loué un Airbnb pour le mois. Tous les matins, avant de se rendre dans la petite imprimerie à deux pas de son studio, elle s'arrêtait au Café & Co, un lieu intimiste qu'elle avait découvert par hasard. Il lui rappelait le café de ses parents, ce cocon dont elle se trouvait éloignée par la force des choses, et dont le manque lui faisait sentir chaque jour combien elle y était attachée.

Le premier matin de sa troisième semaine de stage, Karl s'y était trouvé en compagnie d'un client. Ils avaient échangé des regards appuyés. Lila avait éprouvé un frémissement au creux du ventre, qu'elle avait cru être la seule à ressentir. Elle avait passé sa journée à penser à lui, puis elle s'était fait une raison : elle ne reverrait probablement jamais le bel inconnu aux yeux chocolat.

Le lendemain pourtant, il était revenu. Il s'était installé sur le même tabouret. Les œillades s'étaient accentuées, mais aucun d'eux n'avait esquissé le moindre geste. Elle avait sorti son carnet à croquis, un simple cahier à la couverture de cuir noir, qui ne la quittait jamais, et elle s'était mise à dessiner. Elle sentait qu'il l'observait. Quand elle levait les yeux, elle lui souriait. Il répondait, de moins en moins gêné au fil des jours. Le petit manège avait duré ainsi pendant toute la semaine.

Mais le lundi suivant, quand elle était entrée dans le café, il n'était pas là. Le tabouret vide lui avait fait l'effet d'un énorme gâchis, et elle avait pensé aux paroles de Bigflo et Oli, quand ils chantaient que c'était peut-être la dernière fois… Elle avait manqué sa chance.

C'est seulement en se dirigeant vers sa table habituelle qu'elle s'était aperçue de son erreur : son bel inconnu l'y attendait. Le même sourire s'était étalé sur leurs visages. Elle s'était assise face à lui, et il lui avait demandé sans préambule si elle acceptait de lui montrer ses dessins. Elle avait sorti le petit carnet et le lui avait tendu. Il avait feuilleté les pages, s'immergeant dans son monde d'esquisses et d'arabesques. Alors même qu'ils n'avaient échangé aucun mot, elle lui ouvrait les portes de son imaginaire. Le carnet renfermait des croquis de paysages, de personnages, d'objets. Une branche d'olivier, une tasse de café, un chat stylisé, les ombres d'une forêt. Tous ses dessins étaient tracés au crayon graphite à mine tendre, d'un gris foncé tirant sur le noir. Dans son immense besace, il y aurait eu de la place pour des crayons de couleur. Mais elle griffonnait partout, parfois sur un coin de table, et elle ne voulait pas s'encombrer. Karl s'était arrêté quelques secondes sur un champ de lavande.

— J'ai l'impression d'entendre les cigales, avait-il dit.

Était-ce pour lui faire plaisir ? Elle avait choisi de le croire.

— Qu'est-ce que c'est ? avait-il repris en désignant sur la page suivante une tête de lion gueule ouverte, un peu floue, qui semblait sortir d'un nuage de fumée.

— C'est une paréidolie.

Il l'avait regardée d'un air impressionné, comme si elle avait prononcé un mot savant. Celui-ci faisait partie de son vocabulaire depuis si longtemps qu'elle avait oublié que c'en était un.

— Ça ne t'est jamais arrivé de voir des formes dans les nuages ? Ou ailleurs : dans les arbres, à la surface de l'eau ? Bref, dans tout ce qui nous entoure. Ça s'appelle la paréidolie. J'en vois souvent, ma mère dit que c'est parce que j'ai un esprit très créatif et qu'il a besoin d'être alimenté sans cesse. Il m'arrive de croquer ce que je vois. Dans le cas des nuages, je me dépêche avant qu'ils ne se transforment. Ce lion, je l'ai dessiné le week-end dernier en observant le ciel par la fenêtre de ma chambre.

— J'aime ton regard sur le monde, avait répondu Karl.

Elle avait souri, dévoilant une dentition blanche parfaitement alignée au prix de quelques années de tortures métalliques.

Karl avait ensuite ouvert le sachet en papier qu'il avait posé sur la table et des effluves gourmands de viennoiseries s'en étaient échappés. Il lui avait tendu un pain au chocolat croustillant dans lequel elle avait croqué en envoyant valser une ribambelle de miettes dorées, et ils étaient partis d'un grand rire communicatif.

Elle avait appris que Karl était de huit ans son aîné. Il tenait une agence immobilière à Saumur avec son associé Olivier. Il ne venait presque jamais à Angers : le jour de leur première rencontre, il avait rendez-vous avec un client. Ensuite, il était revenu tous les matins au même endroit dans l'unique espoir de la revoir, se maudissant quand elle repartait avant qu'il n'ait eu le courage de lui parler.

Leur relation était vite devenue sérieuse. Il leur avait fallu faire preuve d'organisation pour se voir régulièrement, entre la dernière année d'études de Lila à Tours, sa famille et ses amis en Vendée, et Karl dans le Maine-et-Loire, à plus de cent kilomètres de la maison de ses parents. Mais leur soif de se rejoindre était trop grande et chacun avait fait des concessions.

À la fin des études de Lila, Karl lui avait trouvé un travail par l'intermédiaire d'une connaissance professionnelle, dans une agence de publicité et de communication saumuroise qui recherchait un graphiste pour quatre mois, en remplacement d'un congé de maternité. Karl s'était montré tellement enthousiaste quand il lui avait annoncé la bonne nouvelle. Elle allait emménager chez lui, dans sa villa. Exit les longues discussions pour planifier qui de l'un ou de l'autre ferait la route le week-end suivant pour qu'ils puissent passer du temps ensemble. Au fond d'elle, Lila était plus partagée. Leur amour fusionnel agissait comme une drogue dont elle ne pouvait plus se passer, et elle avait besoin de lui. Mais cette étape n'était pas anodine : c'était le moment où, officiellement, elle quittait le cocon de son enfance, le fameux bistrot Couleurs Café en plein cœur de Vouvant. Son antre, son refuge, l'endroit joyeux et tumultueux où elle avait grandi, entourée de l'amour inconditionnel de ses parents et de sa petite sœur.

« On n'est pas sérieux quand on a dix-sept ans. »

Les mots d'Arthur Rimbaud qu'elle avait écrits, adolescente, sur un mur de sa chambre, étaient venus danser devant ses yeux quand elle avait apporté ses premières affaires chez Karl. À vingt-quatre ans, était-elle désormais sérieuse ? Était-elle prête à s'engager dans une vie à deux ?

Lila s'écarta de Karl et entortilla sa longue chevelure brune qui lui tenait trop chaud. Elle l'attacha en chignon bas et remit son chapeau.

— Olivier et Sonia aimeraient qu'on aille au restaurant ensemble samedi soir.
— Ah oui ?
— Ils ont prévu de faire garder leurs enfants.
— Olivier avait l'air fatigué.
— Ses trois mômes lui mènent la vie dure.
— Heureusement que Sonia est plus patiente que lui ! Où voudrais-tu dîner ?
— Que dirais-tu d'un restaurant troglodyte typique de Saumur, pour y manger des fouées ?

Comme Lila lui jetait un regard interrogatif, il expliqua :

— J'avais promis de te faire goûter, ce sont des petites boules de pain garnies et cuites au four. Dans l'après-midi, j'aimerais t'emmener visiter le village troglodytique de Rochemenier, à une vingtaine de kilomètres d'ici, pour te plonger dans l'ambiance. Qu'est-ce que tu en dis ?

Lila passa une main dans les cheveux bruns de Karl, une teinte plus claire que les siens.

— J'adore ton sens de l'organisation pour nous faire passer de bons moments.

De nouveau, elle ressentit une vague de bien-être.

Un tel bonheur pouvait-il durer toujours ?

Karl était son soleil, mais à le côtoyer d'aussi près et aussi fort, ne risquait-elle pas, comme Icare, de se brûler les ailes ?

2

Les mois étaient passés à une vitesse vertigineuse et l'automne avait succédé à l'été. Les feuilles des arbres étaient tombées les unes après les autres, en silence. Et puis soudain, comme sortie d'une torpeur, Lila s'était rendu compte que les bouleaux du jardin étaient entièrement nus. Ce jour-là, elle avait pris conscience de deux choses : d'abord, sa vie était à ce point virevoltante qu'elle n'avait même pas pris le temps d'observer autour d'elle. Ensuite, si à présent elle semblait émerger de ce tourbillon incessant, c'était à cause du désœuvrement.

En une journée, tout avait changé.
Elle avait apporté des gâteaux et une bouteille de cidre un vendredi après-midi au bureau, avait redonné les clés de l'agence à son patron avant de partir, avait embrassé chaleureusement ses futurs ex-collègues, des trémolos dans la voix, et le lundi matin, elle n'était plus attendue nulle part. Ni à l'école, ni à un stage, et encore moins au travail. Pas même au café. Elle s'était donnée corps et âme à ce premier emploi dans un domaine qui la passionnait. Puis plus rien. Elle ne

savait pas ce qu'elle trouvait pire : être absorbée dans sa tâche au point de ne pas prêter attention au reste – hormis à Karl –, ou ne plus avoir que le reste avec lequel composer.

Pour parer au grand vide, cela faisait déjà plusieurs semaines qu'elle écumait les sites d'offres d'emploi. Sans succès. Karl lui avait suggéré d'anticiper sa fin de contrat et de s'installer en free-lance. Lila n'était pas très emballée, travailler seule ne correspondait pas à sa personnalité. Karl avait insisté, arguant qu'elle devait prendre ce temps comme une pause dans sa vie, et que c'était l'occasion d'essayer. Peut-être aussi de faire autre chose que du graphisme de publicité, comme des illustrations de livres, par exemple. Elle était tellement douée pour le dessin. Lila s'était donc déclarée en tant qu'autoentrepreneuse sous le nom de « L'Atelier de Lila » et avait fait savoir à son ancien patron qu'elle était disponible pour des missions ponctuelles. Avec la forte demande, il faisait parfois appel aux services d'indépendants.

Karl avait réussi à endormir les angoisses de Lila en lui offrant une tablette graphique. Il lui fallait encore apprendre à l'utiliser, mais cet outil était un véritable bijou de technologie. Elle lui permettait de dessiner à main levée avec un stylet, puis de transférer son œuvre directement sur l'ordinateur. Cela lui faisait gagner des heures de travail fastidieux et lui évitait des manipulations de scan à la qualité parfois médiocre.

Le week-end qui avait suivi sa fin de contrat, Lila et Karl s'étaient rendus à Vouvant. Ce retour aux sources avait réconforté la jeune femme. Elle retrouvait les conseils avisés de sa mère, éteignait les querelles qui couvaient entre son père et Rose, son adolescente de sœur. Et puis elle n'était pas mécontente de troquer les messages interminables qu'elle échangeait sur Messenger avec Prune et Célestine, ses amies d'enfance, par de vraies discussions enflammées comme elles seules en avaient le secret. Le dimanche soir, elle s'était sentie pleine d'énergie, prête à affronter la semaine à venir.

Pourtant, le lundi s'était étiré avec langueur, interminable, et elle n'avait fait que pianoter sur son téléphone, manger du chocolat et errer dans le jardin de la villa. Le vide l'angoissait à tel point qu'elle n'avait pas pu se résoudre à travailler. Elle avait discuté avec Romuald, le jardinier, mais il lui avait vite faussé compagnie. Il devait encore vidanger les systèmes d'arrosage enterrés du potager et du gazon avant de rentrer les tuyaux pour l'hiver.

Romuald avait la main verte, il n'était pas permis d'en douter. Une pelouse grasse et dense s'étalait comme un tapis soyeux jusqu'aux haies sauvages parfaitement taillées qui bordaient la propriété. À droite de la villa, jouxtant l'allée de gravier qui menait à l'entrée et les auvents sous lesquels dormaient les voitures, une dépendance tout en longueur, envahie par la vigne vierge, était restée à l'abandon. Karl parlait de la réhabiliter pour la transformer en un ou deux logements pour étudiants, qui bénéficieraient de leur propre accès extérieur. Si cela n'avait tenu qu'à elle, Lila aurait commencé par terminer d'aménager la villa. En effet, quand Karl lui avait fait faire le tour du propriétaire, il lui avait expliqué que trois pièces restaient encore inutilisées à l'étage. Elles baignaient dans leur jus d'origine et ne servaient qu'à stocker quelques vieilleries dont il ne s'était pas encore débarrassé. Peu de temps après son arrivée à la villa, mue par une curiosité impérieuse, Lila avait poussé l'une des trois portes. Elle n'était pas allée plus loin. Un bric-à-brac s'amoncelait, protégé du regard par des draps aux allures spectrales. Un rapide coup d'œil aux deux autres pièces lui avait appris que la même quantité de bazar y reposait. C'était comme si les fantômes du passé avaient investi les lieux, prenant leurs aises dans les vastes salles aux plafonds hauts. Lila n'aurait jamais cru Karl aussi conservateur. Lorsqu'il leur viendrait à l'idée de rénover cette partie de la villa, ils auraient du pain sur la planche !

L'endroit préféré de Lila se trouvait côté cuisine, devant le jardin potager : la fontaine. Il s'agissait d'une œuvre de Romuald, qui avait bâti ce bassin de pierre et l'avait agrémenté de plantes aquatiques et exotiques. Lila aimait s'asseoir sur la margelle. Elle restait ainsi à écouter le refrain apaisant de l'eau, et à observer les poissons rouges ou gris tourner en rond, se poursuivre ou bien se nourrir des flocons dispensés par Romuald.

Elle passa une partie de la journée à cet endroit. Le lendemain, elle revint armée de son précieux carnet à croquis. Elle constata qu'il était presque rempli et planifia avec entrain de se rendre dans une papeterie pour en acheter un neuf. Célestine finit de lui remonter le moral en lui annonçant qu'elle lui avait trouvé son premier client. Le soir même, le propriétaire du camping de la Grande Marée aux Sables-d'Olonne, ami des parents de Célestine, la contacta. Il souhaitait remettre à jour toute sa publicité : son enseigne, ses panneaux de signalisation, ses flyers, ses cartes de visite, et pour cela lui laissait une totale liberté.

Lila se mit au travail dès le mercredi, en songeant que sa période de néant n'avait finalement pas duré longtemps.

Installée à la grande table de ferme de la cuisine, Lila s'était laissé envahir par le désordre. Elle avait étalé ses derniers carnets de croquis, à la recherche d'inspiration. Ses cahiers servaient aussi à ça : au travail, au cours des stages qui avaient jalonné sa vie d'étudiante, et même à l'école, quand elle devait imaginer un projet, elle partait toujours de ces dessins griffonnés à la hâte. Comme un écrivain relit ses notes, quelques phrases écrites sous l'impulsion, un musicien réécoute des morceaux enregistrés puis abandonnés, afin de trouver celui qui fera toute la différence, Lila se plongeait dans les esquisses qui lui étaient venues naturellement, pour réfléchir à celle qui convenait le mieux au thème imposé. Trois pages étaient ouvertes, toutes issues de paréidolies. L'une représentait le fameux lion qui avait attiré l'attention de Karl, une autre un écureuil grignotant une noisette, et la troisième, une famille de souris. Lila avait finalement choisi l'écureuil et l'avait adapté en mascotte rigolote aux grands yeux et à la queue touffue. Elle prit de la hauteur pour mieux observer son œuvre sur la tablette graphique. Les joues de l'écureuil manquaient de rondeur, Lila prit le stylet pour accorder à l'animal une physionomie plus affable. Grâce à ce personnage, le côté familial du camping était mis en avant. Lila sourit. Les enfants allaient l'aimer, car il était franchement craquant. Elle ressentit soudain le besoin de recourir à un avis extérieur. Comme toujours, elle voulait être confortée dans ses choix. Elle qualifiait cela de sens du partage, tandis que ses amies lui reprochaient son manque de confiance en elle. Lila balaya cette pensée d'un haussement d'épaules. Prune et Célestine ne pouvaient pas comprendre les doutes qui assaillent les esprits créatifs. Elle se saisit de son téléphone portable et appela sa mère en visio. Avec un peu de chance, il y aurait un ou deux gamins au café à qui elle pourrait montrer sa création.

Quand elle raccrocha, elle conserva un temps sa mine radieuse. Esther et Nicolas, ses parents, et les habitués du café s'étaient montrés enthousiastes. Le petit Augustin, à qui sa grand-mère offrait une gaufre chocolat-chantilly tous les mercredis après-midi, avait adoré la mascotte. Elle voulut prolonger ce moment dans l'ambiance du bistrot familial en lançant une chanson de Jean-Jacques Goldman sur son téléphone. Elle se mit à fredonner au rythme de son idole qui contait le départ de celui dont le cœur irait mieux battre ailleurs. Ces chansons, écoutées en boucle pendant des années à Couleurs Café, la suivaient partout où elle se rendait. Elles étaient comme un fil d'Ariane pour elle, la ramenant vers l'origine quand elle se sentait perdue ou seule.

Derrière la musique, Lila entendit bientôt des bruits en provenance de la pièce voisine. Charlotte, l'employée de maison, était très discrète. Lila en oubliait presque sa présence. Jusque-là, elle l'avait rarement rencontrée puisqu'elle travaillait en ville quand Charlotte officiait pendant la journée chez Karl. Elle s'occupait des tâches ménagères, du linge, des courses et des repas. Une aide précieuse à laquelle Lila ne trouvait rien à redire, sauf depuis que son contrat avait pris fin. Elle avait soumis l'idée à Karl de la faire moins travailler, parce qu'elle-même pourrait s'occuper de certaines corvées. Après tout, au café, elle s'était toujours organisée pour aider ses parents. Ils n'avaient jamais eu recours à quiconque pour gérer la maisonnée. Mais Karl l'avait regardée comme si elle avait prononcé la pire des inepties, puis s'était exclamé : « Mais Charlotte a besoin de ce travail ! »

Lila n'avait pas considéré les choses sous cet angle. Après tout, si Karl avait les moyens de la rémunérer… Esther l'avait pourtant prévenue : « Ne te comporte pas comme une gosse de riches, Lila, tu n'as pas été élevée comme ça. » Lila sentait que sa mère désapprouvait cette façon de vivre. Ou peut-être voulait-elle lui éviter une rude déconvenue si ce petit confort devait prendre fin du jour au lendemain.

Lila n'était pas très à l'aise à l'idée qu'une employée repasse son linge, ou nettoie la douche derrière elle. Cela l'arrangeait de ne pas avoir eu souvent l'occasion de croiser son chemin. Quelque chose lui disait cependant que sa pause forcée à la villa viendrait bouleverser leur équilibre…

— Tu fais quoi ? demanda une voix alors qu'elle était penchée sur sa tablette, interrompant ses réflexions.

Lila sursauta et redressa vivement la tête. Un jeune garçon l'observait tranquillement. Il portait un survêtement de sport – de foot, lui sembla-t-il. Le pantalon était troué aux genoux et trop court pour ses longues jambes. Il devait avoir une dizaine d'années.

— Qui es-tu ? demanda Lila à son tour.

Le garçon haussa les épaules, comme si c'était évident.

— J'suis Esteban. Esteban Levy.

— D'accord... Moi, c'est Lila. Lila Tessier. Mais, dis-moi, Esteban, qu'est-ce que tu fais ici ?

— Je reviens du foot.

Lila faillit éclater de rire. La situation était pour le moins incongrue. Esteban continuait de la regarder le plus naturellement du monde, louchant sur la tablette pour mieux voir le dessin. Pour lui, tout était normal. Mais que faisait donc cet enfant à la villa... dans sa maison ?

— Tu veux voir ce que je suis en train de dessiner ?

Lila décala la tablette sur sa gauche et tira une des chaises colorées – la jaune – qui entouraient la table de la cuisine pour l'inviter à s'y asseoir. Esteban prit place et contempla l'écureuil pendant que Lila l'étudiait, lui. Il sentait le shampooing, comme quelqu'un qui sort juste de la douche. D'ailleurs, elle remarqua que ses cheveux ébouriffés étaient encore humides. Elle l'imagina se sécher à la hâte malgré le vent de novembre et saluer ses copains de foot avant de rentrer. Elle aurait pu insister, lui demander ce qu'il fichait chez elle, mais elle ne voulait pas l'effrayer. Il dégageait quelque chose qui la touchait. Et puis elle était persuadée qu'il avait une bonne raison d'être là. Il était calme, comme s'il avait ses habitudes ici.

— Qu'est-ce que tu penses de Noisette ?

— Il s'appelle Noisette ?

— Ça lui va bien, non ?

Esteban réfléchit un moment, plissant ses yeux chocolat.

— C'est vrai que Noisette, ça fait vraiment penser à un écureuil. Je trouve qu'il est cool !

— C'est pour donner envie aux enfants et à leurs parents de séjourner dans un camping.

— Il lui faut des lunettes de soleil, alors. Quand on va au camping avec maman, elle veut toujours que je les mette.

Lila le considéra en hochant la tête, imaginant déjà la suggestion d'Esteban et anticipant les quelques autres accessoires avec lesquels elle pourrait décliner sa mascotte.

— Comment tu fais pour dessiner sur cette tablette ?
— Eh bien…
— Esteban !

Ce fut au tour d'Esteban de sursauter. En un éclair, il fut debout sur ses jambes. Charlotte avait fait irruption dans la cuisine. Son visage était rouge de colère et de confusion.

— Ne dérange pas Mlle Tessier, tu vois bien qu'elle travaille. Viens par ici.

— Je la dérangeais pas.

— Oh non, il ne me gênait pas du tout, appuya Lila.

— Tu n'as pas des devoirs à faire ?

— Il me reste juste les mots de dictée à revoir.

— Alors va dans le salon, s'il te plaît.

Esteban obtempéra.

— À plus tard, Esteban, lança Lila en lui faisant un petit signe de la main auquel il répondit.

Charlotte resta pour se confondre en plates excuses.

— Je vous assure, il ne me dérangeait pas, reprit Lila. Au contraire, il a de bonnes idées.

Elle se fendit d'un grand sourire, mais l'employée de maison ne cilla pas.

— M. Le Goff a donné son autorisation pour qu'Esteban me rejoigne à la villa après l'école ou le sport quand je n'ai pas d'autre moyen de garde.

Ainsi donc, Esteban était le fils de Charlotte...

— Pas de problème, c'est très gentil de sa part, répondit Lila sans préciser que Karl ne l'avait pas tenue informée. Vous allez bientôt avoir besoin de la cuisine, je vais débarrasser la table.

Elle venait de se rendre compte que l'heure tournait. Charlotte voudrait certainement préparer le dîner, avant de rentrer chez elle avec son fils.

Lila soupira de soulagement en voyant cette dernière sortir de la pièce, aussi silencieusement qu'elle y était entrée.

La cohabitation avec cette femme ne se présentait pas sous les meilleurs auspices... Il était rare que Lila se sente ainsi mal à l'aise avec quelqu'un, mais Charlotte ne lui inspirait aucune sympathie. Son visage en forme de cœur était aussi terne que ses cheveux blonds. Ses lèvres fines ourlées de quelques rides restaient droites comme la ligne d'horizon. Lila n'aurait su lui donner un âge. On aurait dit qu'elle voulait se fondre dans le décor pour ne pas être remarquée.

De quoi cherchait-elle à se protéger en disparaissant de la sorte ?

3

Lila disposa deux assiettes en grès l'une en face de l'autre sur la table de la cuisine. Ils y prenaient tous leurs repas en duo. Karl avait toujours procédé ainsi quand il vivait seul. Avec la venue de Lila, il avait essayé d'instaurer un nouveau rituel en dînant dans la salle à manger, mais les allers-retours incessants que cela entraînait les en avaient dissuadés. Ils réservaient l'utilisation de la longue table en chêne aux réceptions avec leurs amis, principalement Olivier et sa famille.

Lila se souvint soudain qu'elle n'avait pas encore regardé le courrier. En se dirigeant vers la tablette de l'entrée où Charlotte laissait le butin du jour, elle imaginait déjà qu'elle avait peut-être reçu une demande concernant « L'Atelier ». Rien n'était moins sûr, aujourd'hui les clients avaient davantage recours aux mails pour communiquer. Lila songea au facteur de Vouvant, qui s'arrêtait tous les matins pour prendre son thé à Couleurs Café et récupérait en même temps le courrier à envoyer, ou vendait des timbres à ses parents, qui n'avaient pas le temps d'aller à La Poste.

C'était ainsi dans son village… Ces services de proximité existaient-ils aussi en ville ?

Comme d'habitude, Charlotte avait formé deux piles : une pour la publicité, une autre pour les lettres, la deuxième étant souvent moins conséquente que la première. Lila releva le tout en jetant un rapide coup d'œil aux enveloppes : l'ensemble était destiné à Karl. Elle s'arrêta néanmoins sur une lettre, dont le papier était de qualité supérieure, et l'adresse manuscrite. Elle la retourna pour vérifier si le nom de l'expéditeur était renseigné. Elle lut :
Pierre Le Goff – 75, rue d'Orléans – 49400 Saumur
Lila fronça les sourcils, intriguée. Karl et son frère cadet ne se parlaient plus depuis des années. Pourquoi lui écrivait-il ?
Lila retourna dans la cuisine et se hâta de terminer de mettre la table tout en réfléchissant à ce que lui avait raconté Karl au sujet de sa famille. C'était son grand point sensible. Il n'aimait pas en parler, alors Lila évitait de le questionner. Elle savait seulement que ses parents étaient morts huit ans auparavant dans un accident domestique : ils s'étaient intoxiqués au monoxyde de carbone alors qu'ils voulaient cuire une pizza dans leur antique cuisinière à bois. Il ne restait plus à Karl que son frère, avec lequel il s'était brouillé, et sa grand-mère qui vivait en maison de retraite.

Avant que Lila ait le temps de décider s'il fallait parler de la lettre à Karl ou non, la porte d'entrée s'ouvrit et se referma.

— C'est moi ! cria un Karl enjoué tout en rangeant son manteau dans le placard. Mmmh, qu'est-ce que ça sent bon ! ajouta-t-il en entrant dans la cuisine avant d'étreindre Lila.

En effet, des effluves épicés et exotiques flottaient dans la pièce, mêlés aux fragrances de bois de santal qui émanaient des bougies préférées de Lila. Karl enfouit son nez dans son cou, comme si le meilleur parfum s'y trouvait. Elle le repoussa doucement pour aller mélanger le contenu du faitout qui finissait de mijoter sur le feu.

— C'est vrai que ça a l'air délicieux. Maintenant je comprends pourquoi tu préfères que ce soit Charlotte qui cuisine, plutôt que moi.

Ses paroles tournoyèrent dans la pièce avant que Lila ne les fasse éclater d'un grand rire cristallin. Karl s'approcha d'elle à nouveau et l'entoura de ses bras.

— Prépare-moi tous les petits plats que tu veux le week-end, mon amour.

Il déposa un baiser sur le sommet de son crâne, puis mit de la musique en fond sonore. Comme souvent, la voix de Klaus Meine, le chanteur de Scorpions, emplit la pièce avec *Wind of Change*, tout droit sortie des années 1990. Il aimait les tubes de cette époque, c'était aussi ce petit côté nostalgique chez lui qui avait séduit Lila.

Karl passa devant le courrier à l'autre bout de la table, s'apprêta à ouvrir l'enveloppe qui devait enfermer une facture d'eau, mais il suspendit son geste et se ravisa. Il alla finalement déboucher une bouteille de vin et leur servit un verre.

— C'est en quel honneur ? demanda Lila tout en remplissant leurs assiettes de la savoureuse blanquette de crevettes, potiron et crème de coco de Charlotte.

Cette dernière laissait toujours l'intitulé du repas et ses principaux ingrédients sur un carnet qui servait à leurs différents échanges.

— Il faut un prétexte pour savourer un bon verre de vin ?

— Tu n'ouvres pas souvent une bouteille en semaine.

— La journée ne s'est pas passée comme prévu.

— Ah bon, pourquoi ?

— Tu te souviens, la belle maison à l'ouest de Saumur que je t'ai emmenée voir il y a quelques jours ?

— Celle qui ressemble à la villa ?

— Mmmh. Eh bien, j'étais persuadé qu'elle correspondrait aux attentes de M. Bertrand, mais je me suis trompé. Ou peut-être bien qu'il ne sait pas ce qu'il veut...

Le visage de Karl s'était assombri, comme si une contrariété venait de se glisser dans la cuisine. En arrivant, son homme avait pourtant une mine enjouée. Cela n'avait rien à voir avec M. Bertrand, Lila en était certaine. Karl avait vu l'enveloppe et reconnu l'écriture de Pierre.

Jusqu'à quand allait-il faire mine de rien ?

Lila décida de détendre l'atmosphère et raconta à Karl sa journée. Elle parla de son projet pour le camping qui avait bien avancé et qu'elle devrait encore peaufiner. Puis elle évoqua sa rencontre surprise avec Esteban.

— J'avais oublié de te parler de lui ! s'exclama Karl.

— J'ai bien compris qu'il me manquait certains éléments...

— Excuse-moi. Il vient ici quand la mère de Charlotte ne peut pas le garder. C'est un arrangement entre nous depuis plusieurs années. Je crois qu'elle l'a même changé d'école pour le rapprocher de la villa. C'est plus pratique pour elle et ça ne me dérange pas. Esteban ne fait pas de bêtises. Il ne t'a pas empêchée de travailler, au moins ?

— Pas du tout. Au contraire, ça me fait du bien d'avoir de la vie autour de moi, de parler avec des gens « en vrai ». Par contre, sa mère ne l'a pas vu de cet œil. Elle était furieuse.

— Que je ne t'en aie pas parlé ?

— Non, qu'Esteban vienne bavarder avec moi.

— C'est normal, elle n'aime pas déranger.

— Tu t'entends bien avec elle ?

Karl se leva pour se resservir. La cuillère tinta sur la casserole en inox.

— Tu en reprends ?

— Non merci.

Il se rassit et coupa un morceau de pain tout en répondant :

— M'entendre avec Charlotte est un bien grand mot, parce que nous n'avons pas de relation à proprement parler, si ce n'est celle d'employeur-employée. Disons que notre entente est respectueuse.

— Je ne lui avais jamais adressé la parole avant aujourd'hui. Je ne peux pas dire que je la trouve sympathique.

Comme Karl s'en étonnait, Lila lui expliqua que Charlotte s'était montrée froide et distante. Karl prit sa défense, arguant qu'elle restait simplement à sa place, puisque le personnel de maison n'était pas là pour copiner avec les propriétaires. Sa remarque irrita Lila. Elle ne prit pas le temps d'analyser si cette réaction trahissait une forme de jalousie à l'idée que son homme protégeait une autre femme, ou si le fait d'établir une sorte de hiérarchie entre des êtres humains qui partageaient le même espace heurtait son sens de la justice. Ou un peu des deux. À ce sentiment confus se mêla sa déception de se voir exclue des confidences de Karl quant à la fameuse lettre, alors elle n'y tint plus :

— Ton frère t'a écrit.

Les mots tombèrent platement. Lila observa Karl avec attention, s'attardant sur ses mâchoires qui se crispèrent et les secondes de trop qu'il lui fallut pour déglutir.

— J'ai vu.

Au moins il ne cherchait pas à faire semblant.

— Tu n'ouvres pas sa lettre ? insista-t-elle.

— Pas pour l'instant.

— Pourquoi ?

— Parce que je ne suis pas prêt.

— C'est à cause de moi ? Tu préfères être seul ?

Karl soupira. Cette joute verbale semblait le fatiguer.

— Je croyais que vous étiez fâchés ?

— Nous le sommes.

— Il y a encore un lien, puisqu'il t'écrit.

Karl garda le silence puis se leva pour débarrasser son assiette. Contrairement à son habitude, il ne se dirigea pas vers la corbeille de fruits. Lila pensa qu'il allait sortir de la cuisine et la laisser seule, pour mettre fin à la conversation. Il sembla hésiter, et revint s'asseoir face à elle. Soulagée, elle esquissa un sourire timide, qu'il ne lui rendit pas. Elle revint à la charge en attaquant sous un autre angle :

— Pourquoi êtes-vous en froid tous les deux ?
— Il est parti.
— Parti ?
— Quand Pierre a terminé ses études, quelques années après la mort de nos parents, il a quitté la région, sans plus jamais donner de nouvelles.
— Pourquoi ?
— Je ne sais pas.
— C'était peut-être sa façon de faire son deuil ?
— En oubliant qu'il avait un frère ?
— En tout cas, aujourd'hui, il est de retour à Saumur. Son adresse est inscrite au dos.

Cette révélation eut l'effet d'une décharge électrique sur Karl. Il se leva précipitamment pour retourner l'enveloppe. Puis il la laissa retomber et agrippa les deux bords de la table, bras écartés, tête basse. Lila retint son souffle. Elle voyait les jointures de ses doigts blanchir. Elle le rejoignit et posa une main sur son épaule, avec une infinie douceur. Il tressaillit et se redressa, sans la regarder.

— Tu devrais l'ouvrir, souffla Lila.

Il finit par le faire. Il décacheta l'enveloppe et en sortit une carte de visite. Pierre avait installé son cabinet d'ostéopathie à Montreuil-Bellay, à vingt minutes de Saumur. La couleur crème du carton faisait chic. Le seul mot manuscrit était assez explicite : « Pardon ». Karl restait figé, le bout de papier entre les doigts. Il devait avoir eu le temps d'apprendre par cœur l'adresse et le numéro de téléphone avant que son regard ne s'en détache. Lila devinait que c'était plutôt le mot d'excuse qui accaparait toutes ses pensées.

— Tu lui en veux à ce point ?

Les muscles de Karl se contractèrent sous la main de Lila. Il n'était plus qu'une boule de nerfs. D'un coup de colère, il froissa la petite carte au creux de son poing serré. Lila se prit à imaginer que, quand il le rouvrirait, la carte aurait disparu.

— Je ne veux plus le voir. C'est terminé. Je n'ai plus de frère.

— Tu ne crois pas que tu es un peu catégorique ? Il a certes coupé les ponts brutalement, mais il a l'air de le regretter. On fait tous des erreurs. Son deuil a dû être douloureux. C'était peut-être sa façon de s'en sortir.

— Et mon deuil à moi ! Il m'a laissé comme ça, sans nouvelles ! On ne fait pas ça à ceux qu'on aime.

— Il avait sans doute ses raisons. Tu ne veux pas les connaître ?

— Arrête, Lila, tu ne comprends pas !

Lila retira sa main, abasourdie. Il lui avait parlé avec tant de dureté.

— Excuse-moi, se reprit-il d'un air las. Nous n'aurions jamais dû avoir cette discussion, toi et moi.

Il l'attira contre son torse et la serra fort dans ses bras.

— Tu as le droit d'avoir des faiblesses, murmura-t-elle à son oreille.

Il lui sembla soudain si misérable. Il se cramponna à elle, comme si elle était sa bouée de sauvetage, comme si, sans elle, il risquait de sombrer. En cet instant, il paraissait dévoré par le passé, et Lila se demanda quelles images dansaient devant ses yeux.

— Je ne veux plus jamais parler de lui. Plus jamais, martela-t-il, cherchant à s'en persuader.

Lila songea qu'il n'était pas bon de laisser des tourments mal cicatrisés et qu'elle trouverait le moyen de faire disparaître ces fantômes.

Plus tard, quand Karl jetterait l'enveloppe et la carte de visite au fond de la poubelle, elle irait les récupérer. On ne savait jamais.

4

Lila appelait secrètement leur altercation « le retour de Pierre ». C'était moins dur pour elle de n'y attribuer aucun mot péjoratif, qui porterait la seule ombre à leur tableau d'amoureux.

Quand elle pensait à leur relation, Lila s'imaginait un champ de lavande. Sans doute en référence à l'esquisse à propos de laquelle Karl l'avait complimentée la première fois qu'ils s'étaient parlé. Leur amour sentait bon et s'étendait devant leurs pieds à perte de vue. Avec le temps, il prendrait une autre forme, comme ces petits sacs de brins de lavande en tissu que sa mère achetait l'été en Provence, et qu'elle disposait dans les armoires pour que le linge sente bon. Leurs sentiments se recycleraient, mais ne s'éteindraient jamais.

Sauf que « le retour de Pierre » avait faussé les cartes. Il était survenu alors que leur amour n'avait pas eu le loisir de pousser et encore moins de mûrir. Il n'avait pas acquis le parfum qui perdurerait.

Karl avait changé. De façon subtile, mais changé tout de même. D'abord, il y avait le téléphone. Lila avait commencé à l'aimer en partie pour sa façon d'en être détaché. Il n'était pas comme les autres hommes avec lesquels elle était sortie et qui passaient leur temps sur leur smartphone. Il leur fallait immortaliser la moindre assiette, échanger des messages dans mille groupes de discussions, poster leurs performances sportives, rythme cardiaque en prime, consulter leurs notifications à peine avaient-ils ouvert les yeux le matin, avant même de dire bonjour. Lila appartenait à cette génération téléphone, mais elle avait vu trop de scènes de « solitude entourée », comme elle les nommait, pour y être accro. Ces groupes de jeunes qui se prenaient en photo et avaient l'air de passer une soirée formidable, alors que, dès la pose terminée, chacun replongeait dans son monde virtuel. Ces couples qui n'avaient plus rien à se dire et « conversaient » avec d'autres. Ces familles qui se réunissaient rarement, mais dont les parents devaient batailler pour que leur progéniture lâche leur joujou. Karl, lui, était différent. Comme tout le monde ou presque, il possédait un compte sur les réseaux sociaux, mais il n'y étalait pas sa vie privée. Il faisait passer la vie réelle avant celle qui n'existait pas vraiment.

Sauf ces derniers temps.

Lila l'observait, comme une portraitiste détaille son modèle. Il montrait moins d'enthousiasme quotidien, présentait quelques signes d'absence et pianotait sur son téléphone, le front soucieux. Quand Lila l'interrogeait, il trouvait l'excuse du travail. Des annonces immobilières qui n'étaient pas mises en ligne comme il le voulait, des dossiers qui s'amoncelaient. Lila lui avait proposé de l'aider, mais il bottait en touche : Élodie, la secrétaire de l'agence, était là pour ça. Lila se demandait si en réalité il ne parlait pas autour de lui du retour de ce frère ennemi. Mais à qui ?

Et puis, il y avait cette ombre qui s'attardait dans son regard et ternissait son sourire. Lila aurait presque pu sentir sous ses doigts la finesse de ce voile qui le recouvrait. Elle aurait voulu le soulever, mais il lui collait comme une seconde peau. Était-ce de la tristesse ? Du tracas ? De la colère ? Elle ne parvenait pas encore à en définir la nature. Elle se surprit à penser que ce voile ferait désormais partie de leur aventure. Qu'il avait enveloppé les brins de lavande, et qu'il était vain d'espérer en recueillir les effluves : ce voile-là ne laissait pas passer d'odeur.

Elle avait terminé le projet pour le camping de la Grande Marée, était allée le présenter. Les propriétaires avaient adoré Noisette, leur nouvelle mascotte. Lila avait ensuite trouvé un partenaire pour la réalisation. Le dossier suivait son cours. Elle n'en avait pas d'autre pour l'instant. Elle s'était dit qu'elle allait plancher sur sa communication, mais l'envie lui manquait. Le temps était maussade, elle ne pouvait que rarement se promener dans le jardin. À défaut, elle errait dans la villa, souvent armée de son dernier carnet à croquis noir et de son crayon graphite.

À présent que le passé de Karl le tourmentait, Lila ne voyait plus les trois pièces inutilisées à l'étage seulement comme un monticule de bazar dont il faudrait plus tard se débarrasser. Deux questions se dessinaient de plus en plus nettement. D'où provenaient ces affaires ? Et pourquoi Karl les conservait-il ?

Un jour, Lila franchit le seuil de l'une des pièces. Charlotte les aérait régulièrement et secouait parfois les grands draps blancs par les fenêtres. Quel mal elle se donnait pour chasser la poussière de ces lieux inusités ! À quoi bon ? Lila s'aventura sur la moquette d'une couleur indéfinissable en s'efforçant d'avancer d'un pas silencieux, comme si elle risquait de réveiller les vieux fantômes qui dormaient paisiblement. Une pointe de culpabilité la traversa. La pluie avait cessé, elle entrouvrit la fenêtre. Le vent fit virevolter les tissus qui protégeaient le capharnaüm. L'un d'eux glissa sur le sol, découvrant un secrétaire suranné en merisier. Des frissons parcoururent Lila, qui s'obligea à fermer la fenêtre. Elle n'aurait su dire pourquoi, ces anciennes affaires entassées là lui fichaient la chair de poule. L'envie de faire demi-tour la saisit, mais elle se fit violence une nouvelle fois. C'était chez elle ici. Alors elle fit tomber un second drap, puis un autre, révélant ici une chaise en paille surmontée d'une horloge comtoise, là un petit matelas. À qui appartenaient toutes ces affaires ? Pourquoi Karl ne s'en était-il pas débarrassé ?

Lila réprima un nouveau tremblement, puis elle s'appliqua à remettre les protections là où elles se trouvaient.

Lorsque Karl rentra du travail, elle l'interrogea de nouveau sur l'origine de ces objets.

— Je te l'ai dit, ce sont des vieilleries que je n'ai pas encore pris le temps de trier.

— Elles appartenaient à tes parents ?

Karl acquiesça en silence avant de quitter la pièce. Trois grandes chambres remplies de meubles et d'objets entassés, c'était l'ensemble de la maison de M. et Mme Le Goff qui avait été déménagé ici !

Ce sentiment d'être hors jeu commençait à attaquer son humeur à elle aussi. Et que dire du comportement de Charlotte ? Quand Lila la croisait, elle la saluait et tentait quelques approches, mais celles-ci se montraient toujours infructueuses. Karl missionnait de temps en temps son employée de maison pour se rendre à la librairie et remplir les étagères de l'immense bibliothèque, à côté de son bureau. Lila avait un jour proposé à Charlotte de l'accompagner. Cette dernière avait répliqué que si elle voulait un livre, elle pouvait lui noter le titre sur leur carnet de liaison. Elle aurait été bien en peine, elle ne lisait jamais. Lila avait pourtant insisté : elle ne connaissait pas les librairies de Saumur, ce serait l'occasion. Ce à quoi l'employée avait répondu qu'elle lui laisserait l'adresse par écrit. Lila aurait voulu ajouter que cela aurait été le moyen pour elles de lier connaissance dans un endroit neutre, mais elle n'avait pas osé. Charlotte lui aurait sans doute rétorqué qu'elle lui listerait ses qualités et ses défauts dans le cahier.

Lila s'était fait violence et avait réitéré l'expérience : elle voulait apprendre à cuisiner avec Charlotte son poulet curry au goût inimitable. Sans sourciller, la femme lui avait proposé de lui noter la recette sur le carnet. Lila avait retenu une grimace de justesse. Ce carnet était censé servir aux gens qui ne se voyaient pas, non ? Puisqu'elles se croisaient tous les jours, elles pouvaient tout aussi bien se parler ! Ce fossé entre elles la rendait folle.

Leur employée était d'une discrétion telle que Lila en était arrivée à croire qu'elle cherchait à se rendre invisible. Même l'avant-dernière marche de l'escalier, qui craquait chaque fois qu'on posait le pied dessus, n'émettait aucun son lorsque Charlotte la franchissait. Soit elle l'enjambait, soit elle savait exactement à quel endroit elle devait s'appuyer pour qu'elle reste de marbre.

Seule la présence d'Esteban égayait la semaine de Lila. Elle guettait sa venue avec impatience. Le mercredi à seize heures, et les jeudis et vendredis trois quarts d'heure plus tard, elle rôdait près du salon pour ne pas manquer son arrivée. Elle lui laissait le temps d'embrasser sa mère, de lui raconter brièvement les quelques anecdotes qui avaient ponctué sa journée, d'écouter Charlotte lui donner ses consignes. Puis elle lui proposait de l'aider à faire ses devoirs. Quand elle ne se trouvait pas dans les parages, c'était lui qui la cherchait. Le jeune garçon lui posait mille questions sur le dessin. Elle lui avait appris à observer les formes autour de lui et à y voir quelque chose : un dauphin, un profil de sorcière, une fleur, un assemblage de formes géométriques. Esteban possédait, comme tous les enfants, un esprit créatif qui ne demandait qu'à s'épanouir. Charlotte sermonnait son fils, quand elle les voyait ensemble :

— Laisse Mlle Tessier, elle a sûrement du travail.

Lila lui expliquait que ça ne la dérangeait pas, elle aimait sa compagnie.

— J'ai grandi dans le café de mes parents. Il y avait toujours du monde, des voix, des rires. J'ai besoin d'énergie autour de moi, lui avait-elle raconté, même si Charlotte se fichait bien de connaître son histoire.

Celle-ci avait pincé les lèvres pour créer la ligne d'horizon, comme à son habitude, mais elle n'avait rien dit. Depuis, elle laissait son fils tranquille.

Un jour, Esteban avait confié à Lila :
— J'aimerais bien dessiner Zéphyr.
Lila avait frissonné.
— Tu connais Zéphyr ?
— Oui, j'adore le regarder. J'aime bien ses yeux noirs qui brillent. Il a une jolie maison, tu trouves pas ?
— Tu as raison pour la maison. Mais en ce qui concerne l'animal… moi j'ai horreur des serpents.
Lila ne comprenait toujours pas comment les parents de Karl avaient pu lui en offrir un pour son anniversaire, douze ans plus tôt.
— Maman dit ça, elle aussi. Elle aime pas quand elle doit nettoyer sa maison. Personne aime les serpents. Sauf M. Le Goff puisqu'il en a un. Pourtant, c'est beau, un serpent. Ça a de jolies couleurs.
— Karl le manipule, parfois, pour qu'il ne perde pas l'habitude. Est-ce qu'il l'a déjà sorti de sa cage avec toi pour te le montrer de plus près ?
— Non, M. Le Goff, il est au travail quand je suis là.
— Un jour, je lui demanderai de rentrer plus tôt, comme ça tu auras l'occasion de toucher Zéphyr. Tu aimerais ?
Les yeux d'Esteban s'étaient écarquillés de joie.
— Oh ouais, ce serait trop cool !
— Vous ferez ça dans le bureau de Karl, pendant que moi je resterai bien sagement en bas !
Ils avaient ri tous les deux. Esteban riait souvent.

Quand Charlotte quittait la villa avec lui le soir, après avoir préparé le dîner, Lila les observait par la fenêtre. Dans l'allée qui les menait à leur voiture, Charlotte passait un bras autour des épaules de son fils. Parfois, elle lui ébouriffait les cheveux, d'autres fois elle le chatouillait. Elle se montrait toujours affectueuse, comme si elle avait laissé sa froideur avec son tablier, dans la pièce à côté du garage qui renfermait tout son matériel.

Chacun avait une zone d'ombre dans sa vie, et Lila avait appris à ses dépens quelle était celle d'Esteban. Ce qui avait attristé Lila, c'est que la sienne était un peu trop sombre pour ses dix ans. Pour ses épaules qui commençaient tout juste à s'élargir. Pour ce petit bonhomme qu'elle affectionnait.

Ce jour-là, elle avait laissé son ordinateur portable allumé sur la table. L'écran affichait une page d'offres d'emploi. Elle en cherchait toujours un, de plus en plus désespérément.

— C'est quoi ? avait demandé Esteban.

— Les petites annonces. Tu connais ? Je les consulte parce que je cherche un travail.

Le visage d'Esteban s'était rembruni l'espace d'une seconde, puis il avait retrouvé son innocence d'enfant quand il lui avait dit :

— J'aimerais bien en écrire une. Tu pourras m'aider ?

— Oui, bien sûr. Tu veux vendre de vieux jouets ? Tu sais qu'il existe des sites spécialisés.

Esteban avait hoché la tête, l'air très sérieux.

— Je voudrais retrouver mon papa.

Lila était restée bouche bée. Il lui avait fallu quelques secondes pour se remettre de cet aveu.

— Tu ne connais pas ton papa ? Ou bien il est parti ?
— J'en ai pas. Enfin si, j'en ai un, mais il sait pas que j'existe.
— Oh !
— Maman elle l'a aimé très fort, mais il était juste en vacances. Elle connaissait son prénom, seulement. Mon papa s'appelle Florent. Comme elle avait pas son numéro, pas son nom et qu'elle savait pas où il habitait, elle a pas pu lui dire qu'il a un fils.

Lila s'était assise et avait refréné une brusque envie de pleurer.

— Mon chat ! avait-elle murmuré en caressant la joue d'Esteban.

Était-ce ce secret que Charlotte masquait sous une carapace de fer ? Lila, l'espace d'un instant, avait aperçu la femme blessée, celle qui ne pouvait offrir un père à son enfant.

— Je t'aiderai. On essaiera de le retrouver, ton papa.

Malgré le sourire radieux que lui avait adressé Esteban, Lila avait immédiatement regretté ses paroles. Comment tenir une telle promesse ? Cette histoire ne la regardait pas. Elle s'était consolée avec la myriade d'étoiles dans les yeux d'Esteban, puis s'était relevée :

— Viens avec moi. Ça te dit de peindre ? Je ne connais rien de tel que de laisser s'exprimer sa fibre artistique pour se remonter le moral.

5

— Ne tiens pas ton crayon trop près de la feuille si tu veux garder des gestes amples. Quand tu t'attaqueras aux détails, tu descendras tes doigts.

Esteban tirait la langue pour se concentrer. Lila supervisait son travail avec le sérieux d'une institutrice. Elle n'avait jamais pensé à devenir professeure de dessin. Si elle changeait de voie un jour, elle ne serait pas prof dans un collège, où la plupart des jeunes se fichaient pas mal de cette matière et déléguaient leurs travaux pratiques à leurs parents ou leurs aînés. Non, elle, elle donnerait des cours de dessin à des jeunes passionnés. Des gosses de riches peut-être, mais pas que. Elle se ferait payer en fonction du quotient familial. Lila émit un petit rire, se moquant d'elle-même et de ses drôles d'idées.

— C'est nul ? se méprit Esteban.

— Non, c'est bien. Je vais t'apprendre une technique pour travailler les proportions.

La lumière inondait la grande table à travers la baie. On se serait cru au printemps. C'était dommage que le foot ait été annulé à cause du terrain impraticable. La veille, il avait plu toute la journée. À présent, le soleil entrait à flots, caressant la pomme et la tasse qui servaient de modèles.

— Qu'est-ce que tu vois ? demanda Lila en les désignant.

— Ben, une pomme. Et une tasse.

— Oui, mais quelles formes tu peux leur prêter ?

— Une pomme, c'est rond. Donc c'est un cercle. Et la tasse, ben… c'est pas une forme que je connais.

— C'est parce que la tasse ne représente pas une forme, mais *des* formes. Plusieurs formes l'une dans l'autre. L'une sur l'autre. Regarde.

Lila montra à Esteban que l'objet pouvait être esquissé à l'intérieur d'un grand pavé, et l'anse d'un plus petit. Elle traça les axes de symétrie et décomposa sur le papier l'objet en formes géométriques. Elle lui apprit à se servir du schéma pour connaître les limites du croquis, et dessiner à l'intérieur. Esteban s'extasiait de ce qu'il parvenait à réaliser grâce à cette technique. Il en était à représenter la queue de la pomme, quand un cri retentit à l'étage. C'était un éclat de voix terrorisé. Le cœur de Lila s'emballa et elle saisit la main d'Esteban. Le jeune garçon s'était figé.

— C'est maman, dit-il d'une voix blanche.

— Est-ce que tu vois Romuald dans le jardin ?

Esteban fit oui de la tête. Romuald coupait la vigne vierge qui recouvrait la dépendance.

— Alors tu cours le chercher, je vais voir ce qui arrive à ta maman. D'accord ?

Esteban détala sans demander son reste. Le cœur battant, Lila se précipita au bas de l'escalier et appela d'un ton aigu :

— Charlotte ? Qu'est-ce qui vous arrive ? Vous allez bien ?

Le silence qui lui répondit lui fouetta les jambes, elles gravirent les marches toutes seules.

— Ça va, lui répondit enfin une petite voix. Mais ne montez pas. Appelez M. Le Goff. Il faut qu'il vienne tout de suite.

— Je... je ne comprends pas. Charlotte ?

Lila continuait sa progression. Elle ne voyait pas ce que Karl ferait de plus. Parvenue en haut, elle trouva Charlotte plaquée contre le mur du palier, face au bureau de Karl. Sa blouse grise montait et redescendait à toute vitesse au niveau de sa poitrine. Des pas précipités retentirent en bas, bientôt suivis d'une cavalcade dans l'escalier. Esteban fit irruption à l'étage, Romuald sur ses talons.

— Le Pitchou m'a dit qu'il avait entendu un cri. Qu'est-ce qui se passe par ici ? Quelqu'un s'est fait mal ?

Tous les regards étaient rivés sur Charlotte. Livide, elle tenait le mur derrière elle comme s'il menaçait de s'effondrer. Esteban vint se blottir contre sa mère. Elle hocha la tête en direction du bureau.

— Il a disparu.

Lila ne comprit pas tout de suite, mais Esteban trépigna de joie.

— Il est sorti de sa maison ! Chouette, je vais pouvoir le porter !

— Tu restes là !

Charlotte tenta de lui agripper le bras, mais il était aussi vif qu'un jeune chat. Il se dégagea et se dirigeait déjà vers la pièce. Paralysée, Charlotte était incapable de le suivre. Lila réagit enfin. Zéphyr s'était échappé de sa cage ! Horrifiée à l'idée qu'un reptile puisse ramper entre ses jambes, elle se colla contre le mur près de Charlotte. De sa grosse poigne, Romuald retint Esteban par l'épaule et l'empêcha d'aller plus loin.

— Écoute ta mère, Esteban. Il faudrait être fada pour attraper un serpent apeuré à mains nues.

Sa voix chantait, calme malgré sa rudesse.

— Mais Zéphyr est pas dangereux !

— Pas dangereux quand il est dans sa cage, hein ! Ou quand son maître le manipule. Mais boudiou, là, on sait pas comment ça réagit, ces animaux.

Romuald frissonna. Il passa une main dans ses cheveux poivre et sel puis lissa son épaisse chemise à carreaux. Comme pour Charlotte, Lila ne parvenait pas à lui donner d'âge. Ses traits étaient encore jeunes. Un presque quadra, peut-être ?

— Faites quelque chose, Romuald ! supplia Charlotte.

— Bah... si j'interviens, moi, ce sera avec ma pelle et mon râteau. Je doute que le patron apprécie. Ces bestioles, je les aime pas.

— Il est là ! s'écria Esteban. Dans le bureau ! Il a sorti la tête de sous l'armoire.

Romuald ferma la porte précipitamment et demanda à Charlotte si la fenêtre était ouverte. Non, elle venait juste de la fermer. Ouf, il ne risquait pas de le retrouver dans le jardin. Chacun se détendit. Ils descendirent dans la cuisine, et Lila leur servit un café et un jus de pomme pour Esteban, histoire de se remettre de leurs émotions. Elle appela Karl, qui ne se fit pas prier pour venir tout de suite. S'inquiétait-il davantage pour eux ou pour son animal ?

Charlotte, encore tout émue, raconta que c'était le jour du grand nettoyage. Elle n'aimait pas ça, mais il fallait bien le faire. M. Le Goff avait mis le serpent dans sa cage provisoire avant d'aller travailler pour qu'elle lave les décors, change le substrat, nettoie l'ensemble des vitres et ajoute de la litière propre. Quand elle s'activait à cette tâche, elle se concentrait assez pour oublier à qui appartenait le logis… et les excréments qu'elle y trouvait. Pendant sa pause-déjeuner, M. Le Goff avait replacé Zéphyr dans sa maison toute propre. Elle avait entrouvert de quelques millimètres le haut de la cage dans l'après-midi pour s'assurer que l'odeur de vinaigre blanc avait bien disparu. Elle faisait toujours ça. Les serpents sont fragiles, et elle s'en voudrait s'il devait mourir à cause d'elle. Ensuite, elle ne s'en souvenait pas, elle n'avait pas dû bien refermer la cage, puisque quand elle était revenue pour nettoyer l'étagère d'à côté, le python avait disparu.

— Je suis désolée, monsieur Le Goff. Tout est ma faute, dit-elle en inclinant la tête quand Karl franchit le seuil de la maison.

Il fit un geste de la main, comme pour lui dire de ne pas s'en faire. Puis il regarda Esteban, qui affichait une mine boudeuse depuis qu'on lui avait interdit de jouer les sauveurs.

— Esteban, tu viens avec moi. Lila m'a dit que tu aimes bien mon serpent. C'est ton moment, tu vas m'aider. Ne vous inquiétez pas, Charlotte, il restera à la porte le temps que je trouve Zéphyr. Ensuite, je lui montrerai comment le remettre dans sa cage.

Esteban brandit son poing discrètement en lâchant un « yes » triomphant. Charlotte ne s'y opposa pas. Soit elle faisait confiance à Karl, soit elle n'osait pas aller contre sa volonté. Romuald décréta qu'il avait encore du travail qui l'attendait et laissa les deux femmes dans la cuisine. Charlotte entreprit de laver les tasses, mais

Lila déclara qu'elle allait s'en occuper. Était-ce le fait qu'elles aient été saisies par une même frayeur, ou bien qu'elles aient partagé un café pour la première fois ? Lila se sentit plus proche d'elle et, sans réfléchir, elle dit, avant que le charme ne soit rompu :

— Esteban m'a demandé de l'aider. Il cherche son papa.

Charlotte redressa la tête d'un geste tellement brusque que Lila eut peur qu'elle ne se soit abîmé la nuque. Son regard d'ordinaire inexpressif avait changé en une fraction de seconde. Ce jour-là, pour la première fois, Lila y avait lu deux émotions : d'abord la terreur, à cause du serpent, puis la colère, à présent. Ses yeux s'embrasaient comme si des flammes vertes allaient en sortir, puis la consumer tout entière. Cette femme au teint blême et aux allures fantomatiques lui fit peur.

— Mon fils est très heureux sans père. Je vous demande de ne pas lui bourrer le crâne.

Lila voulut se défendre, lui dire que cette idée de petite annonce ne venait pas d'elle. Comment aurait-elle pu savoir qu'il manquait d'un père s'il ne le lui avait pas dit ? Elle vit le rêve d'Esteban s'éloigner et tenta d'anticiper la manière dont elle lui annoncerait qu'elle ne pouvait pas l'aider, sans lui faire trop de peine.

De nouveau, une cavalcade retentit dans l'escalier, accompagnée de cris de joie :

— Maman, je l'ai fait, j'ai réussi ! J'ai remis Zéphyr dans sa cage.

6

Les cookies encore tièdes avaient été disposés dans une boîte, la tablette graphique fourrée au fond de sa besace. Lila avait embrassé du regard l'imposante villa du XIXe siècle, avec sa façade en pierre de taille et ses frontons triangulaires au-dessus des portes et des fenêtres, avant de monter dans sa voiture, impatiente et nostalgique. Un étrange frisson l'avait parcourue. Elle s'était retournée une dernière fois. Comme si elle faisait ses adieux à cette grande dame qui l'abritait depuis plusieurs mois, et qu'elle apprenait à connaître depuis quelques semaines seulement.

Elle n'avait pas encore réussi à l'apprivoiser. Les trois pièces de l'étage conservaient leur part de mystère. Cela lui procurait un sentiment mitigé. Si elle faisait abstraction de ce qu'elles renfermaient, Lila considérait leur présence comme un champ de possibles pour son avenir avec Karl. Quand le caractère secret de Karl prenait le dessus, elle n'y voyait que décombres et gâchis. Il ne s'était toujours pas exprimé sur la raison pour laquelle il conservait ces affaires. Plus elle y pensait, plus Lila y voyait le signe de son incapacité à faire le deuil de ses parents. Et ce refus de revoir son frère ! Quelque chose déraillait entre eux, mais elle ne parvenait pas à comprendre quoi. Alors, elle poursuivait ses élucubrations, jusqu'à remettre en question la possibilité de former un jour une famille avec Karl. Elle dramatisait, elle s'en rendait compte. La fougue de son caractère, couplée à celle de sa jeunesse, était parfois difficile à dompter !

La veille, Lila avait ressenti le besoin de rentrer « chez elle ». C'était drôle, cette manière qu'elle avait encore de considérer le café. Elle n'y retournait pas définitivement pourtant, seulement une journée. Mais depuis qu'elle habitait à Saumur, c'était la première fois qu'elle ferait le voyage seule. Raison pour laquelle, pensait-elle, Karl l'avait regardée d'une façon étrange quand elle lui avait annoncé qu'elle rendrait visite à ses parents. Il l'avait observée comme s'il ne l'avait pas vraiment vue depuis quinze jours. Le soir même, il lui avait fait l'amour, alors que ces derniers temps, il s'était surtout contenté de la serrer fort dans ses bras. Comme s'il avait peur de la perdre, elle aussi.

Quand Lila se gara sur la place du Bail, la plus grande de Vouvant, face au café, elle fut assaillie de souvenirs. Combien de fois avait-elle arpenté cette place avec ses amis ? Ensemble, ils allaient jusqu'à la boulangerie acheter des Dragibus ou des sucettes, et plus tard se planquaient derrière la tour Mélusine pour fumer des cigarettes mentholées ou échanger leurs premiers baisers. Son enfance avait un goût de bonbons, son adolescence de tabac et de chewing-gums. Quand elle reviendrait ici dans quelques années, quelle fragrance s'associerait aux souvenirs de cette journée d'automne ? Celle des cookies Bretzel, chocolat et caramel, peut-être.

Quand elle poussa la porte de Couleurs Café, son père cria :

— Esther, Lila est revenue !

Elle avait prévenu de son arrivée, mais tout le monde semblait si content qu'on aurait cru à une visite surprise. Sa mère la serra dans ses bras comme si elle n'allait plus la lâcher. Son étreinte contre sa poitrine opulente était chaude et douce. Elle sentait la friture. Esther avait commencé à préparer les quelques plats simples qu'elle et son mari proposaient à la carte du midi. Lila devrait redoubler de sourires. Esther, avec son intuition sans faille, avait probablement compris que ce retour cachait quelque chose.

— J'espère que tu attendras que ta sœur rentre du collège avant de repartir. Elle finit plus tôt le vendredi. Elle sera heureuse de te revoir !

— C'est pour ça que j'ai choisi de rentrer aujourd'hui. Célestine et Prune n'ont pas cours l'après-midi. Elles me rejoindront ici quand elles auront fini.

Lila regarda son téléphone. Karl lui avait envoyé un message :

Tu as fait bonne route ? Tu me manques déjà.

Lila le rassura, le sourire aux lèvres.

Elle passa en cuisine pour parler avec sa mère et lui donner un coup de main. Les doigts rendus tout poisseux à cause des frites, elle demanda des nouvelles du café.

— Jacques achète des fleurs presque quotidiennement pour fleurir la tombe de sa femme et s'y rend jusqu'à trois fois par jour ! Ce n'est pas un peu trop ? Connie me dit qu'elle ne sait pas comment lui faire comprendre de laisser les autres faner avant d'en rapporter des nouvelles.

Il y avait aussi ces touristes qui avaient demandé la clé de la tour Mélusine pour monter jusqu'en haut du donjon et dominer le village, et qui avaient oublié de la rendre.

Carole Dupont donnait toujours ses cours de danse, cela devait manquer à Lila. Et c'est ainsi que la conversation dévia sur Lila et sa vie dans le Maine-et-Loire. Lila parla de sa belle complicité avec Esteban, mais de la froideur de sa mère.

— Il faut se mettre à sa place. Tu es la compagne de son patron, dit Esther.

— C'est aussi ce que dit Karl.

— Et il a raison. Ta vie est différente à présent. Même si tu considères ton employée de maison sur un pied d'égalité, tu n'y peux rien. Laisse-lui du temps, elle finira par se sentir plus à l'aise.

L'entendre de la bouche de sa mère lui fit du bien, comme si Esther détenait toutes les vérités.

Après l'avoir aidée, Lila savoura un délicieux burger maison, accoudée au comptoir lambrissé. Pendant que son père servait les boissons derrière le bar, un torchon sur l'épaule, elle lui décrivit le fabuleux jardin de la villa. Nicolas avait toujours rêvé d'en avoir un. Il disait qu'à sa retraite, il s'offrirait un bout de terre pour apprendre à jardiner. Lila lui promit de lui présenter

Romuald. Il n'aurait qu'à écouter ses conseils, avec son accent chantant et ses expressions typiques du sud de la France. Lila sortit les cookies et en attrapa un avant de faire passer la boîte aux habitués.

— Comment va notre Lila ?
— C'est toujours le paradis avec ton jules ?
— Tu continues à nous faire de jolis dessins, pas vrai ?

Lila répondait aux questions des clients avec enthousiasme. M. Garreau, un agriculteur retraité, la faisait rire avec son patois vendéen. Elle avait beau être du cru, elle ne comprenait pas toujours ce qu'il disait.

— As-ti r'trouvé do travail, la drôlesse ? T'avoueras qu'on est quand même benaise chez papa maman !

En début d'après-midi, Lila monta à l'étage pour récupérer quelques affaires, comme elle avait coutume de le faire chaque fois qu'elle était de retour à Vouvant. Quand elle descendit, Prune et Célestine étaient arrivées. Elles se prirent dans les bras avant de s'installer, ravies de se retrouver. Prune, les cheveux acajou tirant sur le rouge, triturait plus que de coutume son piercing au nez.

— L'année va être longue, soupira-t-elle. En BTS à mon âge, j'ai l'impression d'être une antiquité. Quoique, je suis plus cool que la plupart des filles de la classe.

— Ça t'étonne ! s'exclama Lila en désignant les vêtements de la jeune femme, d'un style très bohème.

Un tintement accompagna ses paroles.

— Karl vous passe le bonjour, dit-elle en souriant d'un air niais à son téléphone, avant de se reprendre : Et toi, Célestine ? Ça va, les cours ?

— Ça va, on a des bons profs, cette année. Mais j'ai hâte de mener ma barque et d'entrer dans la vie active. D'avoir un chéri, de m'établir. Comme toi, Lila.

Ses grands yeux marron, un ton plus foncé que sa peau de métisse, s'animaient à cette idée. Elle passa une main rêveuse dans sa tignasse frisée.

— Pourquoi tu ne dis pas « comme toi, Prune » ? s'exclama celle-ci d'un ton faussement offusqué. Il n'y a pas si longtemps, je te faisais rêver avec ma vie de « wwoofeuse ».

— Et toi, Lila, comment ça se passe à Saumur ? enchaîna Célestine sans laisser à Prune le temps de répliquer plus longuement.

— Oh, plutôt bien. J'aimerais retrouver du travail, mais ça ne court pas les rues.

— Tu as « L'Atelier de Lila », maintenant. Les amis de mes parents leur ont dit qu'ils étaient très contents de toi.

— J'ai bien aimé ce projet, mais... Ce n'est pas pareil. Si je continuais à travailler en indépendante, je pourrais passer ma journée sans parler à personne. Vous vous rendez compte ! Ce n'est pas... ce n'est pas moi !

— Tu as besoin d'être entourée, on sait. On n'est pas faites dans le même moule, toutes les deux. « L'Atelier » t'offre une telle liberté ! Tu peux exercer ton métier n'importe où, n'importe quand. Je rêverais de pouvoir faire comme toi ! Sauf que je n'ai pas ton don..., soupira Prune.

— Tu pourrais essayer de t'installer dans un café pour travailler ? suggéra Célestine. Avec le brouhaha autour, ça te rappellerait ici.

— Je l'ai fait en début de semaine. J'y suis restée deux heures, puis je suis partie. L'ambiance n'était pas la même, je n'ai pas réussi à m'y sentir à l'aise.

— Tu compares trop au café de tes parents. Dans aucun endroit au monde tu ne fabriqueras les mêmes souvenirs, déclara Prune en reposant son thé noir.

— Ici tu jouais à la poupée. Tu dois accepter de grandir, ma belle.

— Oui, soupira Lila. Je crois que vous avez raison, les filles.

Puis elle s'assura que ses parents étaient toujours occupés au service pour s'adresser à ses amies à voix basse. Elle voulait se confier avant que Rose ne rentre de l'école :

— Il s'est passé un truc entre Karl et moi.

— Vous avez couché ensemble ! s'exclama Prune, fière de sa blague.

Célestine lui donna un coup de coude et encouragea Lila du regard avec douceur. Lila parla du « retour de Pierre », de l'altercation qui avait suivi la réception du courrier, et de l'obstination de Karl à rester en froid avec son frère. Elle raconta l'accident de ses parents, le départ de Pierre. Les meubles et les objets de famille toujours stockés chez eux. Tout ce qu'elle savait, en somme.

— Pierre est pourtant la seule famille qu'il lui reste, avec sa grand-mère. Odette vit en maison de retraite. Il m'avait promis que nous irions la voir, mais je ne l'ai encore jamais rencontrée. C'est comme s'il ne voulait pas tout mélanger.

— Ou qu'il a souffert de toutes ces ruptures, suggéra Célestine, songeuse.

Lila haussa les épaules, confuse.

— Je me suis dit qu'il avait besoin que je l'aide à renouer avec son passé.

— C'est évident, Karl a eu le sentiment d'avoir subi un deuxième deuil à cause de son frère. Il lui faudra du temps pour lui pardonner. C'est l'incompréhension qui le fait réagir violemment.

Célestine se destinait à devenir psychologue, et Lila aimait recueillir son avis. Prune, quant à elle, était beaucoup plus impulsive.

— Moi, je le comprends tout à fait. Son frère se barre, il n'a plus que ses yeux pour pleurer. Il décide de refaire surface, et Karl devrait rappliquer comme un brave toutou ?

— L'ennui, c'est qu'à vouloir faire l'autruche, cette ombre va le poursuivre un moment. Il est libre de ne plus parler à son frère, mais au moins il devrait crever l'abcès.

— Tu as raison, Cel. Ça le libérerait, dit Lila.

Son téléphone émit de nouveau le son annonciateur d'un message. Elle lut les mots de Karl, un sourire aux lèvres. Entre les murs de son café chéri, elle ne se sentait plus tout à fait à sa place. Elle trépignait sur sa chaise, comme si on l'appelait au-dehors. Elle sut à ce moment-là qu'une partie d'elle avait quitté le nid. Que l'envol, le vrai, était pris.

— Laisse-moi deviner…, fit mine de réfléchir Prune. C'est ton Karl ? Je ne sais pas s'il va mal, mais en tout cas, il est omniprésent. Il ne peut pas nous laisser tranquilles entre filles cinq minutes ?

Lila se pencha sur le côté pour la bousculer gentiment tandis qu'elle pianotait pour répondre à Karl qu'elle serait rentrée pour dîner. Célestine ouvrit la bouche en silence et détacha les syllabes :

— IL – EST – A – MOU – REUX !

Lila reposa son téléphone sur la table en soupirant.

— Qu'est-ce que je suis censée faire maintenant ?

— Arrêter de te soumettre en répondant illico à tous ses messages ! plaisanta Prune.

— Prune, sois sérieuse !

— Je le suis ; féministe un jour, féministe toujours ! Mais si tu veux une réponse à ta question, je te conseille de ne pas raviver ses démons. Chacun a droit à sa tranquillité.

Célestine redressa le buste et se pencha légèrement en avant, comme lorsqu'elle s'apprêtait à leur faire un aveu de la plus haute importance.

— Tu te trompes, Prune. Sa tranquillité, il l'a déjà perdue quand il a reçu la carte de visite de son frère. Les non-dits dévorent l'esprit et le consument à petit feu. Ce que je crois, ma Lila, c'est que tu dois suivre ton intuition. Celle qui t'est venue spontanément. L'aider, essayer d'en savoir un peu plus. Alors voici ce que tu vas faire…

7

Les murs de la salle d'attente de la maison de santé de Montreuil-Bellay sentaient encore la peinture. Lila patientait, une revue sur les genoux qu'elle lisait à peine, levant les yeux chaque fois qu'elle entendait une porte claquer ou des pas résonner dans les couloirs. D'ici quelques minutes, elle rencontrerait Pierre. Elle avait pris rendez-vous trois jours plus tôt, après sa discussion avec ses amies. La secrétaire lui avait trouvé rapidement un créneau. Le praticien nouvellement débarqué avait besoin de se faire une patientèle. Elle s'était annoncée sous le nom de Lila Tessier, aucun danger pour que Pierre fasse le lien avec Karl. Elle serait libre de lui dire qui elle était. Ou pas. Tout se jouerait à l'instinct.

La radio diffusa en sourdine la dernière chanson de Céline Dion, *Encore un soir*. Immédiatement, Lila plongea dans ses souvenirs du week-end précédent. Ils avaient dû entendre ce morceau dans la chambre de l'hôtel.

Karl lui avait fait la surprise de l'emmener à Paris. Quand elle était rentrée de Vouvant le vendredi soir, il avait préparé un dîner aux chandelles et, sous son assiette, elle avait trouvé deux billets de train pour la capitale. Ils avaient passé tout le repas à échafauder des plans sur le programme de leur séjour. Les yeux de Lila brillaient. Elle avait eu raison de partir. Cela avait permis à Karl de comprendre qu'il devait préserver leur amour. Il était trop récent pour survivre à la distance psychologique, à la mélancolie… ou aux non-dits. Les mots de Célestine s'étaient invités à table avec eux. Lila avait alors pensé qu'à Paris, la langue de Karl se délierait davantage. Qu'il reparlerait de Pierre, et serait plus enclin à une possible réconciliation. Mais ça n'était pas arrivé. Il s'était montré joyeux, enthousiasmé par leur escapade et porté par des projets d'avenir. Mais il était resté muet sur lui, et Lila n'avait pas osé poser de questions. Elle n'avait pas voulu gâcher leur complicité retrouvée.

En véritables fans d'Harry Potter, ils étaient allés voir la maison – la plus vieille de Paris – de Nicolas Flamel, le célèbre alchimiste cité dans le tome I de la saga. Ils avaient déambulé dans le passage de l'Ancre, et s'étaient embrassés devant les vitrines colorées des boutiques. Ils étaient montés sur un bateau-mouche et avaient contemplé la tour Eiffel depuis le Trocadéro. Puis ils avaient repris le train en sens inverse et Lila avait ressenti un petit pincement au cœur en pensant à cette parenthèse enchantée qui se refermait. Et surtout en songeant à ce qu'elle s'apprêtait à faire.

« Encore un soir, encore une heure. » Elle aussi, elle voulait encore un soir. Elle voulait même plus. Elle voulait des soirs, des jours. Elle voulait une vie de bonheur avec Karl. Et elle était bien décidée à tout faire pour s'en donner les moyens.

Après quelques minutes qui lui parurent une éternité, la porte où était accroché un panneau « Ostéopathe » s'ouvrit sur une grosse dame à la mine réjouie, qui se confondait en remerciements extatiques. Elle était ravie de l'intervention de Pierre. Lila lui attribua mentalement un premier bon point. Quand enfin la femme eut disparu, Pierre se matérialisa dans l'encadrement de la porte.

— M-madame Tessier ? appela-t-il dans un murmure.

Lila se leva prestement et s'avança. Il s'effaça pour la laisser entrer et lui fit signe d'aller s'asseoir à son bureau. La salle, tout en longueur, n'avait pas encore été décorée. Meublée du strict nécessaire, elle était lumineuse, avec ses murs blancs baignés de soleil qui s'engouffrait par l'immense fenêtre. Mais ce n'était pas l'endroit que Lila détaillait. Pendant qu'elle répondait aux questions de Pierre et qu'il créait sa fiche en pianotant sur son ordinateur, elle l'observait. Il était grand, plus grand que Karl. Il était de quatre ans son cadet, mais il paraissait presque aussi âgé. Peut-être à cause de la barbe naissante qui ombrait ses joues et cachait à demi un visage émacié. Sa minceur frôlait la maigreur et voûtait légèrement ses épaules. Larges, celles-ci saillaient sous la blouse blanche. Ses cheveux tiraient sur le châtain foncé et ses yeux étaient marron. Il parlait très peu. Il butait sur les mots – peut-être était-ce de la timidité ? –, alors il se contentait de phrases courtes, de hochements de tête et de « mmmh » appuyés.

Officiellement, Lila venait pour une visite de routine, on lui avait conseillé de consulter un ostéopathe une fois par an. Officieusement, elle était en mission. Elle voulait percer à jour celui qui se cachait derrière le masque sérieux, la mine grave. Elle cherchait les points communs avec Karl, sans en trouver, si ce n'était la couleur des yeux. Si elle n'avait pas su, jamais elle n'aurait deviné qu'ils étaient frères.

Il lui demanda de se déshabiller, de ne garder sur elle que ses sous-vêtements. La pièce était chauffée, mais elle se sentit frissonner. Elle venait pour une mise à nu, mais pas la sienne. Elle n'avait pas pensé à ça… Pourtant elle s'exécuta et s'assit, maladroite, sur le bord de la table. Pierre était de ceux qui ne prenaient pas de place avec les mots, qui savaient s'effacer pour mettre à l'aise. Il attrapa sa jambe droite entre ses grandes mains aux longs doigts fins et commença son travail. Avec une douceur infinie, il examina chaque muscle, chaque articulation et chaque tissu de son corps. Il sembla détecter un trouble au niveau de sa hanche gauche, car il s'y attarda plus longuement et demanda à Lila d'exercer quelques mouvements de pression en luttant contre la force de ses bras à lui. Lila profitait de la séance pour le détailler, encore et toujours. Il mobilisait toute son énergie et sa concentration sur ses gestes. Il était bien plus fort qu'elle. D'un simple mouvement, il aurait pu lui luxer l'épaule ou lui démettre le poignet. Pourtant, elle n'avait pas peur. Entre ses mains, elle se sentait en confiance.

Il fit rouler son tabouret pour se placer derrière sa tête. Là, elle sentit ses doigts se déployer tout autour de son crâne. Elle visualisa ce masseur à griffes qu'elle avait offert à Prune, adepte d'acupuncture. Elle finit par fermer les yeux et se laissa aller à la caresse du massage. C'était divin. Soudain, elle se dit qu'elle se trouvait depuis un bon moment déjà sur cette table d'ostéopathie. Dans quelques minutes, la séance prendrait fin, elle se rhabillerait, paierait et partirait. Et regretterait. Si ce n'était pas lui ? Si ce grand gars dégingandé était un remplaçant ou un collègue de Pierre ? Après tout, il ne s'était pas présenté.

— Vous êtes bien Pierre Le Goff ? s'entendit-elle l'interroger avant de se poser davantage de questions.

— Oui..., répondit-il.

Son ton était interrogateur, comme s'il ne comprenait pas bien que cette patiente se demande encore qui était l'homme qui la manipulait depuis une heure.

— Je m'appelle Lila Tessier. Il se trouve que je suis aussi la compagne de Karl, votre frère.

Elle sentit les doigts se crisper sur son crâne. Cela ne dura pas longtemps. Il se ressaisit et reprit ses gestes pour s'attarder à présent sur son cou. Elle n'avait pas choisi le bon moment pour les aveux : elle ne voyait pas son visage.

— Je-je... Je ne s-savais pas, dit-il au bout d'un moment.

Il était bouleversé, cela accentuait son bégaiement. Et pourtant ses doigts continuaient, mine de rien. Ils pétrissaient sa nuque à l'aide de pressions délicieuses, appuyant juste ce qu'il fallait sur les muscles sensibles. Lila s'arracha à contrecœur de ces mains prodigieuses, et s'assit, se tournant vers lui et remontant la serviette qui masquait sa nudité.

— Il a reçu votre carte, dit Lila à voix basse. Mais il a eu tellement de peine. Pourquoi êtes-vous parti ?

L'autre question était « Pourquoi êtes-vous revenu ? », mais Lila la retint. Pierre fit rouler le tabouret pour s'éloigner d'elle. Il s'appuya sur ses cuisses pour se soutenir et baissa la tête, les yeux rivés au sol. Lila revit Karl au-dessus de la table de la cuisine, dans une position presque identique.

— Vous étiez la seule famille qu'il lui restait, poursuivit-elle.

— C-c'est... ce qu-qu'il vous a dit ?

Quand il se redressa et ancra ses yeux dans les siens, il n'était plus l'ostéopathe calme et prévenant qu'il était encore quelques minutes plus tôt. Elle lut l'angoisse sur son visage. Les interrogations, et une grande attente. Il semblait ravagé. Comme Karl l'avait été à la découverte de son retour. Était-ce le deuil, la perte, qui remontaient à la surface ? Ou bien y avait-il autre chose ?

— Pardon, j'ai oublié Odette. Je sais que vous avez encore votre grand-mère. Mais vous n'êtes plus que tous les trois. Vous devriez vous serrer les coudes.

Pierre se leva et se dirigea vers son bureau.

— Vous pouvez vous rhabiller, murmura-t-il.

Il avait repris le costume de l'ostéopathe.

— N'en faites pas trop pendant... d-deux ou trois jours. Vous serez... disons... fatiguée. Peut-être m-même avec quelques douleurs. Votre corps se remettra en place, c'est, c'est... normal.

Les mêmes mots, sans doute, répétés séance après séance. Un discours qui n'avait rien à voir avec ce passé qu'il avait pourtant lui-même convoqué et qui refaisait surface d'une manière aussi soudaine qu'inattendue.

— Je ne suis pas venue pour vous jeter la pierre. Vous aviez vos raisons de partir. Karl a besoin de temps pour l'accepter, mais surtout de comprendre. Il y a trop de colère en lui pour l'instant, mais je suis sûre qu'il finira par saisir la main que vous lui tendez. Il n'est pas vraiment rancunier, et il a besoin de sa famille. Soyez patient.

Derrière son bureau, Pierre n'esquissa pas un sourire. Il paraissait lutter contre différentes émotions. Le soulagement de se sentir soutenu par au moins une personne en ce monde, le désespoir de savoir son frère furieux de sa disparition. L'angoisse face à ce choix de revenir et de reconstruire sa vie près de lui. Même si Lila lui disait le contraire, ses sourcils froncés montraient ses doutes quant à la capacité de pardon de Karl.

Lila sortit son portefeuille de son sac. Pierre se releva précipitamment.

— N-non. C'est bon. Laissez.

— J'y tiens, insista Lila.

Il tendit sa paume face à elle pour appuyer son refus. C'était comme s'il mettait une barrière entre eux. Son trouble attendrissait Lila. Ses fêlures étaient si intenses qu'elles l'aspiraient tout entier, utilisaient tout l'espace.

Elle fut dehors avant d'avoir réalisé que l'entretien était terminé. Elle rentra chez elle en déplorant les blancs de leur conversation. L'absence d'explication.

Elle n'avait pas payé sa séance.

C'était une bonne excuse pour le revoir, non ?

8

Dix-neuf heures trente. Karl venait de sortir de la maison. Il avait rendez-vous avec un client. Cela tombait bien, Lila allait profiter de son absence pour régler ses dettes contractées la veille auprès de Pierre. Surtout pour voir comment il digérait leur rencontre. Et, pourquoi pas, essayer de comprendre comment les deux frères en étaient arrivés là. Lila n'avait pas dit à Karl qu'elle avait pris rendez-vous chez un ostéopathe. Il n'était pas idiot, il aurait vite compris. Elle n'aimait pas lui cacher des choses, mais elle se rassurait en se disant qu'elle le faisait pour lui.

Lila s'installa au volant de sa 207 et démarra en direction du centre-ville. Elle n'avait pas eu besoin de relire l'enveloppe froissée qu'elle avait glissée dans un vieux carnet. Elle avait retenu l'adresse, elle était simple : 75, rue d'Orléans.

Il n'y avait pas de place pour se garer dans la rue, mais elle essaya de se rapprocher au maximum : son temps était compté. Elle remonta jusqu'au numéro 75 en courant. Il pleuvait. Elle arriva devant une pharmacie, trempée. À droite se trouvait l'entrée vers les logements du dessus. Aucun interphone ne bloquait la porte, elle la poussa et monta jusqu'au premier. Sous la sonnette de la porte de gauche, il était noté « M. et Mme Denis ». Rien à droite, aussi Lila y frappa-t-elle. Elle réitéra plusieurs fois, jusqu'à ce qu'enfin Pierre vienne lui ouvrir. Sa surprise fut totale. À moins qu'il ne soit déçu. Pierre était difficile à cerner. Il lui fit penser à Charlotte, avec sa carapace plus lourde qu'elle. Il était empêtré dans quelque chose qui le dépassait. D'ailleurs, la chemise sombre dans laquelle il flottait en était l'illustration parfaite.

— C'est encore moi ! Vous ne vous attendiez pas à me revoir si vite, pas vrai ? s'exclama Lila gaiement dans l'espoir de le détendre un peu.

Cela n'eut pas l'effet escompté. Pierre regarda ses chaussettes blanches, dans lesquelles ses orteils battaient la mesure.

— Je vous dérange, c'est ça ? demanda-t-elle.

Il hocha la tête en silence, d'un geste imprécis qui n'offrait pas de réponse. L'espace d'une seconde, Lila se demanda s'il n'allait pas la sommer de partir. Alors elle s'empressa d'ajouter :

— Je suis venue régler ma séance. Les bons comptes font les bons amis, n'est-ce pas ?

Pierre balaya ses mots d'un revers de la main, avant de s'écarter pour la laisser entrer. Le couloir était étroit.

— A-a-avancez. C'est tou-tou-tout… C'est au bout sur la droite.

Elle déboucha sur un salon, presque vide. La vaste pièce sentait le cirage, les cartons et la poussière. Un unique canapé engloutissait le mur du fond. Un plaid avait été jeté sur le parquet blond et des voix criaient à bas volume. Pierre devait être en train de regarder la télévision. Il désigna le divan pour qu'elle s'y installe. Lila devinait qu'il faisait l'économie des mots. Était-ce parce qu'il était simplement gêné, ou bien à cause de son bégaiement ?

— On peut se tutoyer ? demanda-t-elle pour combler le silence.

— Oui. T-tu es ma... *b-b-be-belle*-sœur.

Il buta un peu plus sur le « belle ». Il n'y avait pas de sarcasme dans sa voix, juste un peu d'amertume. Comme Karl ces derniers temps. Cela conforta Lila dans son choix de lui rendre visite. Elle ne faisait pas d'erreur. C'était pour leur bien, à tous.

— Je suis contente que tu sois revenu dans la région. Il ne s'en rend pas encore compte, mais c'est bon pour Karl, dit Lila en s'asseyant.

Une lueur traversa le regard de Pierre, et pour la première fois, il esquissa un sourire. Lila en fut touchée et s'autorisa à se détendre.

— Qu'est-ce qui t'a poussé à rentrer ?

« Rentrer », comme revenir à la maison, rejoindre le seul endroit où il devait être. Retrouver les siens. Elle ne savait rien de lui, pourtant elle s'exprimait comme si son histoire lui était familière.

— C'était... c'était le moment.

Il avait parlé doucement et à voix basse, évitant que les mots se bousculent.

— Karl me m-manque, ajouta-t-il.

— Je suis sûre que vous y arriverez, tous les deux.

Un sourire triste étira les lèvres de Pierre. Il passa une main dans ses cheveux, balayant les quelques mèches qui tombaient sur son front. Il était d'une certaine beauté quand son visage s'illuminait.

— Je re-re-reviens, fit-il.

Lila entendit des bruits de chaise en provenance de la pièce attenante. Il revint en poser une face au canapé, puis leva un doigt en l'air.

— Je te-te... je ne t'ai pas proposé à b-boire. Qu'est-qu'est-ce que je peux offrir à ma... belle-sœur ?

Cette fois, il prononça le mot normalement, à croire qu'il s'était déjà habitué à cette idée. Elle déclina sa proposition, mais il insista, alors elle lui dit qu'il n'avait qu'à sortir ce qu'il avait d'ouvert. Il retourna à la cuisine et s'affaira un moment. Pendant ce temps, Lila jeta un coup d'œil autour d'elle. Comme à son cabinet, l'absence de meubles et de décoration ne lui permettait pas d'apprendre quoi que ce soit sur son hôte, à moins que le minimalisme soit un goût assumé. Un carton entrouvert traînait dans un coin du salon. Un magazine télé était posé sur la table basse et masquait un cahier dont seul un morceau de couverture de cuir noir dépassait. Lila souleva la revue et contempla le carnet. Il ressemblait à s'y méprendre à son cahier de croquis. Elle l'ouvrit, mais eut à peine le temps de distinguer des lettres manuscrites, qu'elle entendit Pierre revenir. Elle le referma d'un coup sec et reposa le magazine par-dessus.

— Du champigny ? Apr-près tout, on habite... S-Saumur ou pas ?

Il se mit à rire, un peu gêné par sa blague, et déboucha la bouteille. Elle n'en boirait qu'un verre, mais elle ne protesta pas. L'heure tournait. Que dirait-elle à Karl s'il rentrait avant elle ?

— Sers-toi, dit-il en lui tendant le ramequin de gâteaux secs qu'il avait rapporté de la cuisine.

Elle prit un biscuit salé, mais il était tout mou, le sachet n'avait pas dû être bien refermé. Comme pour le verre, elle n'en prendrait qu'un.

— Pouah !

Pierre recracha le gâteau dans sa main avant de saisir le rouleau d'essuie-tout.

— Je n'ai qu-que ça ! ajouta-t-il en haussant les épaules.

— Laisse tomber, Pierre, ce n'est pas grave. Je suis désolée de venir t'importuner sans m'être annoncée et de m'immiscer dans ta vie de cette façon, mais… – elle marqua une pause, cet aveu lui brûlait la langue et l'amour-propre – j'ai perdu le Karl que je connaissais depuis qu'il a reçu ta carte. Il est devenu… triste. Il n'évoque jamais le passé et il ne veut plus entendre parler de toi. Mais je crois qu'il a besoin de comprendre.

Pierre eut l'air presque heureux de cette nouvelle. Son frère ne le rejetait pas sans états d'âme, cela le réconfortait.

— D-d-d'abord, je-je suis désolé p-p-pour… ça, dit-il en posant une main sur sa gorge. J-j-je suis suivi par quelqu'un. Au tra-travail, ça va. M-m-mais ça re-revient quand j-je suis stressé.

Elle le sentit si misérable. Le bégaiement de Pierre n'était pas qu'un simple embarras, il souffrait d'un vrai trouble du langage.

— Je-je-je cr-crois qu'il m'en… veut toujours, reprit Pierre.

Ses fins de phrases étaient prononcées rapidement comme s'il voulait les expulser, de peur que les mots restent bloqués avant de franchir ses lèvres.

— Parce que tu es parti.
— Oui, mais p-pas que ça. Il ne t'-t'a pas... parlé du dé-dé-décès de nos parents ?
— Il m'en a parlé une fois. Avant que je sois au courant pour ton existence. C'était un accident domestique, c'est ça ?
Pierre acquiesça et considéra Lila un moment en silence. Son regard était aussi intense que celui de Karl, parfois.
— Si-si tu as un p-peu de temps, je-je vais te ra-raconter ce qui s'est p-passé...

Karl avait vingt-quatre ans à l'époque. Il était parti de la maison depuis longtemps. Il était pressé de mener sa barque. Il n'avait jamais été très famille. Les repas que leur mère organisait parfois le dimanche ne le passionnaient pas. Il venait quand il en avait envie, c'est-à-dire pas souvent. Pierre, lui, avait vingt ans. Il sortait d'une période difficile. Il avait flirté avec les interdits, l'alcool, la drogue, celle qu'on appelle douce, mais qui vous rend aussi accro que la dure. Bref, il avait failli mal tourner. Si sa grand-mère n'avait pas pris le taureau par les cornes et obligé ses parents à l'envoyer en cure de désintoxication, il n'avait aucune idée de ce qu'il serait advenu de lui. Peu de temps après sa sortie du centre, ses parents avaient voulu fêter sa sobriété en famille au restaurant. Karl n'avait pas envie d'y aller. Il disait qu'il n'y avait rien à célébrer, parce qu'il n'aurait jamais dû sombrer ainsi. Mais Pierre ne s'imaginait pas repartir du bon pied sans lui. Alors il a décidé qu'ils remettraient ça à plus tard. Ce soir-là, il est sorti avec les rares amis qui lui restaient et ses parents ne sont pas allés au restaurant. Lila connaissait la suite.

Le silence s'installa dans la pièce, seulement troublé par le bruit des moteurs dans la rue et de la pluie contre la fenêtre. Il faisait nuit. Les réverbères renvoyaient leur halo blanc dans le salon, et avec les phares des voitures et les lumières de la télévision, ils dessinèrent des ombres sur les murs. Lila y vit celle d'un chat au dos rond, qui s'étira, s'étira jusqu'à devenir une sorte de grand canard grimaçant. Puis la forme changea de nouveau, et Lila perdit le fil. Quelque chose la tracassait :

— Tes parents ne voulaient pas t'envoyer en cure ?
— Ce-ce-ce n'est p-pas qu'ils... ne voulaient pas. C'est qu-qu'ils ne voyaient pas.

Elle acquiesça, se demandant si ses propres parents auraient pu ne pas voir, si elle avait été à sa place. Peut-être. Voyait-on vraiment ce qui se passait sous son toit ? Après tout, ils n'avaient jamais su, pour les cigarettes fumées derrière la tour.

— Tu sembles t'en vouloir de ce qui s'est passé. Ce n'est pas ta faute si ce dîner n'a pas eu lieu. Ni celle de Karl si la cuisinière à bois était défectueuse.

Pierre se contenta de baisser les yeux, mal à l'aise.
— C'était le destin de toute façon.

Lila souffla ces mots à voix très basse, parce qu'elle avait peur de blesser Pierre. Selon elle, lorsque le destin avait décidé que c'était l'heure, rien ne pouvait se dresser sur son chemin. Mais que pouvait en penser un homme devenu orphelin ? Lila s'étonna qu'il ait réussi à maintenir son sevrage après le drame. Elle remarqua seulement qu'il ne s'était pas servi de champigny.

Elle ne pouvait pas imaginer par quelles souffrances il avait dû passer. Soudain, elle sentit une vibration le long de sa cuisse, contre laquelle reposait sa besace. Son téléphone. Karl. Mon Dieu, il était rentré !

Lila se leva précipitamment, ce qui mit Pierre en alerte.

— J'ai d-d-dit quelque chose de mal ? demanda-t-il en se levant à son tour.

— Je dois y aller. Laisse-moi du temps, mais je trouverai comment recoller les morceaux avec Karl. Tu as parlé de ta grand-mère, tout à l'heure, qui t'a sauvé de tes addictions. Peut-être qu'elle a encore son rôle à jouer.

— C-comment ça ?

— On pourrait se réunir autour d'elle…

— P-p-pourquoi pas ? J-j-je vais s-souvent la voir depuis que je suis re-revenu.

Il la raccompagna à la porte.

— Tu-tu es g-garée loin ? Il pleut beaucoup. Je suis j-juste en bas, je te ramène à ta voiture.

Lila secoua la tête. Ça irait. Elle repensa à l'objet de sa visite et sortit de nouveau son portefeuille. Pierre insista pour qu'elle le range. C'était sa façon à lui de lui montrer sa reconnaissance.

Dans la voiture, Lila se tritura les méninges. Qu'allait-elle dire à Karl ? Elle avait eu besoin de sortir faire un tour ? Sous la pluie ? Elle pourrait s'arrêter à la pizzeria, comme si une brusque envie l'avait poussée à acheter une pizza à emporter. N'importe quoi… Lila poussa de gros soupirs. Elle avait horreur de mentir. Tant pis, elle dirait la vérité. Karl se braquerait et cela anéantirait ses plans. Mais elle n'avait pas le choix.

Quand elle arriva à la villa, elle tremblait un peu. Elle remarqua cependant que la voiture de Karl n'était pas sous l'appentis. Elle appela dans la maison, mais personne ne lui répondit. Alors elle lui téléphona.

— Ah, Lila ! Tu n'as pas entendu ton portable ? Je suis tombé en panne d'essence. J'étais en retard à mon rendez-vous, je n'ai pas eu le temps d'en prendre et je me suis fait avoir. Je voulais que tu me rapportes le jerrican que je laisse toujours dans le garage. Mais du coup, j'ai eu Olivier et il va venir me dépanner. Désolé, mon amour. Tu n'es pas obligée de m'attendre pour dîner. À tout à l'heure.

Lila était encore abasourdie quand elle raccrocha. Elle avait une chance incroyable. Une chance de débutante. Ou de cocue.

9

La résidence Chanel, maison de retraite ainsi baptisée en hommage à Coco Chanel, née à Saumur en 1883, était située sur la rive gauche de la Loire, côté centre-ville. L'ensemble d'édifices, entouré par un mur d'enceinte, s'étendait presque tout le long de la rue. Lila en fit plusieurs fois le tour pour trouver l'entrée. Elle finit par rejoindre l'accès principal et se gara sur le parking. Un nuage blanc se matérialisa devant sa bouche quand elle sortit de la voiture. Décembre était arrivé, remplaçant la pluie qui n'avait laissé que de brèves périodes de répit par un air glacial.

Après sa visite chez Pierre, Lila avait préféré attendre avant d'aller voir Odette. Elle n'était pas à l'aise avec les mensonges, y compris ceux par omission. Quand Karl était rentré après s'être fait dépanner par Olivier, Lila sortait de la douche. Elle n'avait même pas eu à justifier ses cheveux et ses vêtements trempés. Ça avait été trop facile, elle s'en était voulu. Parfois, leurs discussions prenaient des allures un peu étranges. Lila avait l'impression qu'ils se parlaient à mots couverts.

Par exemple, Karl lui avait demandé ce qu'elle était prête à faire par amour. Elle avait répondu « Tout ! » sans réfléchir. « Même à cacher le corps de quelqu'un que j'aurais tué ? » Sa propre question l'avait fait rire, mais elle avait semblé si horrifiée qu'il avait été obligé d'ajouter qu'il plaisantait. Malgré tout, elle n'avait pas pu s'empêcher de s'inquiéter pour Pierre et avait téléphoné à son secrétariat en faisant mine d'avoir besoin de lui, avant de se raviser une fois qu'elle avait eu la confirmation que l'ostéopathe allait bien et assurait ses rendez-vous. Lila avait songé qu'elle devenait complètement parano. Elle avait tâché de soulager sa conscience par un : « Quoi qu'il se passe entre nous, est-ce que tu m'aimeras toujours ? » Karl avait hésité. « Je t'aime comme un fou. N'en doute jamais. Mais n'en profite pas pour croire que je suis prêt à tout accepter. » C'était dit.

Depuis quelque temps, Karl semblait cependant aller mieux. Si elle n'avait pas été au courant du retour de Pierre, elle aurait pu croire qu'il avait seulement été soucieux à cause du travail. Mais même alors que Karl avait retrouvé son vrai sourire, elle remarquait bien qu'il souhaitait s'éloigner de Saumur le week-end. Ils étaient allés deux fois à Vouvant et avaient passé deux jours à Bordeaux chez un copain d'enfance de Karl. Il voulait à tout prix éviter de croiser Pierre.

Lila resta un instant à observer autour d'elle, malgré le froid vif et pénétrant. La taille écrasante des bâtiments et la couleur sombre des toitures, obscurcie par le ciel bas et gris, donnaient à l'endroit une certaine austérité.

Elle se dirigea vers la porte et pénétra dans l'édifice. Il y régnait une chaleur étouffante. Son premier geste fut d'ouvrir son manteau. À l'accueil, elle demanda à rendre visite à Odette Le Goff. Un jeune homme la conduisit à travers le bâtiment principal, parcourant un dédale de couloirs. Il semblait avoir été conçu pour dissuader les résidents de vouloir sortir d'ici tout seuls. Ils débouchèrent enfin sur une vaste salle au plafond haut, dans laquelle régnait une cacophonie digne d'une cour de récréation. La télévision crachait une scène réchauffée d'un feuilleton du style *Les Feux de l'amour*. Plusieurs pensionnaires regardaient le poste assidûment, ou s'endormaient devant, bien au chaud sous la couverture de leur fauteuil. D'autres ricanaient et s'invectivaient en jouant aux cartes. Quelques autres étaient éparpillés aux quatre coins de la pièce, seuls ou à deux. Ce qui frappa Lila, ce fut l'odeur. Un mélange d'urine, de vêtements mal séchés et d'hôpital. Un peu la même que lorsqu'elle rendait visite à ses arrière-grands-parents paternels, quand ils étaient encore de ce monde. Cela la déstabilisa suffisamment pour qu'elle perde de vue son guide. Elle paniqua, l'espace d'une seconde, tournant la tête de droite à gauche. Puis elle le vit. Il lui faisait de grands signes, près de la porte-fenêtre qui donnait sur le jardin intérieur.

— Vous avez de la visite, madame Le Goff, dit-il en haussant la voix.

Il ajouta à l'intention de Lila :

— Je vous laisse, vous avez un peu de temps, le repas est servi dans quarante-cinq minutes.

Il était aimable et souriant, mais Lila crut lire dans sa voix une sorte de « bon courage », qu'elle s'empressa de chasser bien vite. Elle fabulait, évidemment. Lila resta ainsi, les bras ballants, d'abord décontenancée par le visage d'Odette, obstinément tourné vers la fenêtre, comme si elle n'avait pas entendu l'arrivée de la visiteuse. La grand-mère de Karl était assise dans un fauteuil qui menaçait de l'engloutir, tant elle était mince. Le dos courbé par le poids des années, elle paraissait perdue dans ses pensées, loin, très loin de la maison de retraite.

Lila rapprocha une chaise abandonnée dans un coin. Elle s'assit et se pencha vers la vieille femme.

— Bonjour, Odette.

— Bonjour, Liliane.

Sa voix était fluette et chevrotante. Lila se demanda qui était Liliane. Son prénom en était proche, mais Odette la prenait pour quelqu'un d'autre.

— Comment vont les garçons ? ajouta la vieille femme.

Lila comprit alors qu'elle faisait référence à la mère de Karl. Elle hésita sur la marche à suivre, puis choisit de commencer par les présentations qui s'imposaient :

— Je m'appelle Lila. Je suis la petite amie de Karl.

Enfin, Odette tourna son visage, émacié et plein de taches, vers le sien. Derrière le regard vitreux, elle chercha un semblant de vie, crut y lire un éclair de malice. Odette sourit, dévoilant des dents jaunies et quelques espaces vides. Son sourire était large, un brin insolent.

— Karl est bien jeune pour avoir une petite amie ! s'exclama-t-elle de la même voix tremblotante qui faisait d'elle une petite grand-mère qu'on avait envie de protéger.

Lila s'apprêtait à répliquer quand Odette désigna d'un coup de tête complice la tablée des joueuses de cartes.

— Je n'aime pas jouer avec ces vieilles peaux... elles trichent ! lâcha-t-elle en prenant un ton de conspiratrice.

Cet aveu fit rire Lila, qui se sentit soudain tout à fait à l'aise aux côtés de cette femme.

— Je suis contente de vous rencontrer enfin, commença-t-elle.

— Regardez ce pigeon là-bas, la coupa Odette en pointant son doigt noueux vers la pelouse. Claudine, elle jette des graines pour les mésanges, mais c'est lui qui mange tout, je le vois faire. Vous avez vu comme il est gras ? Rapace, va !

Elle zozotait un peu à cause de ses dents en moins. Lila suivit le manège du pigeon. Mais le temps filait, il fallait qu'elle en vienne au fait.

— Ça fait un peu moins d'un an que Karl et moi nous connaissons maintenant. Mais il ne parle pas beaucoup de son passé. Il est assez... secret. J'aurais aimé que vous me parliez un peu de lui, de sa jeunesse.

Odette la considéra, les sourcils froncés. Pas de colère, mais elle semblait soucieuse. Peut-être ne comprenait-elle pas ce que Lila attendait d'elle. Par quoi la vieille dame pouvait-elle bien commencer ?

— Pierre et lui sont fâchés, vous le saviez ? l'interrogea Lila.

Odette émit un petit rire résigné.

— Ah, pour sûr qu'ils ne se sont jamais bien entendus. C'est des caractères dans la famille ! Enfin, un surtout... Ce n'est même pas une question de caractère finalement. Ni d'âge... D'éducation peut-être. La semaine dernière, ils se sont encore battus.

— La semaine dernière ?

— Oui, je l'ai dit à Liliane, mais vous savez... elle est très occupée. Je sais bien qu'il faut vivre avec son temps, et que les femmes ont autant le droit de travailler que les hommes, mais moi, ce que j'en dis, c'est que ce sont ces pauvres enfants qui trinquent. On peut avoir des gens pour s'occuper d'eux, mais ce n'est pas pareil que les parents. Elle va bientôt revenir me voir, Liliane, je lui en retoucherai deux mots. C'est une bonne fille, ma foi.

Lila était interloquée par ces paroles. Comment y accorder du crédit quand Odette semblait toujours vivre des décennies plus tôt ? Le silence s'établit, suffisamment longtemps pour qu'elle finisse par penser qu'Odette avait dû l'oublier. Lorsqu'elle se tourna vers elle, celle-ci demanda :

— Ma petite Liliane, c'est vous ? Comment va Bernard ? Et Karl, est-ce qu'il est toujours malade ?

Malade ? À quoi Odette faisait-elle référence ?

— Karl est malade ?

— Karl ? Non, pas Karl.

Lila inspira profondément. Elle n'y comprenait plus rien. Elle était déroutée par cette femme et leur dialogue de sourds. De qui parlait-elle ? Odette semblait atteinte de sénilité avancée. Lila en était attristée. C'était peut-être ce qui en avait éloigné Karl, elle le connaissait assez à présent pour imaginer sa détresse face à un tel comportement. Elle remarqua que la couverture sur les genoux d'Odette avait glissé. Avant de la remonter, elle aperçut la ceinture qui tenait la vieille femme attachée à son fauteuil. Cette vision lui glaça le sang. Le geste de Lila ramena Odette à l'instant présent :

— Qui êtes-vous ? Une infirmière ? Vous n'êtes pas venue pour me dire que je ne peux plus le voir, n'est-ce pas ?

— Plus voir qui ? demanda Lila, dans une dernière tentative désespérée.

Mais la grand-mère de Karl répéta d'une voix hébétée :

— Qui êtes-vous ?

Lila comprit qu'elle lui faisait peur et prit congé. Quand elle croisa le soignant qui l'avait conduite jusqu'à Odette, elle l'interrogea :

— Odette perd la tête, n'est-ce pas ?

— Ah, vous n'aviez pas été prévenue ? Alzheimer... Et puis l'âge est là.

— Est-ce qu'elle est comme ça tout le temps ?

— Vous n'êtes pas venue au moment le plus propice. Avant le repas, elle a faim et elle commence à fatiguer. Après la sieste de l'après-midi, il y a encore des moments où elle est lucide.

10

Noël était arrivé plus vite que prévu. Contre toute attente, Lila avait été très occupée, et elle n'avait pas vraiment eu de temps à consacrer à son « enquête ».

Il y avait d'abord eu la librairie Mille Feuilles qui voulait refaire son enseigne et changer de logo. Une association de retraités qui organisait une soirée spéciale pour le réveillon et avait besoin d'une affiche. Une jeune romancière qui se lançait en autoédition et avait fait appel à elle pour son illustration de couverture. « L'Atelier de Lila » était en pleine effervescence, et elle s'était dit que si ça continuait comme ça, elle n'aurait pas matière à s'ennuyer. Ni à se sentir seule. Peut-être même qu'elle finirait par aimer sa petite entreprise.

Et puis Lila affectionnait particulièrement cette période avant Noël. L'odeur des bougies parfumées qu'elle allumait un peu partout, le thé au massepain et aux écorces d'orange qui infusait toute la journée dans la théière, et le feu qui crépitait dans le poêle. Elle était allée acheter un sapin chez un fleuriste, parce que Connie, celle de Vouvant, lui avait dit un jour que c'était un gagne-pain précieux pour son commerce. Ses parents prenaient toujours le leur chez elle. Elle l'avait décoré avec Esteban. Rien ne valait un regard d'enfant sur un sapin pour transmettre la magie de Noël. Charlotte les observait quand elle passait dans le coin, mais elle ne disait jamais rien. Même plus : « Tu ne déranges pas Mlle Tessier, hein ? »

Depuis que Lila avait parlé du père d'Esteban à Charlotte, elle ne lui avait plus dit un mot. Lila la saluait, et l'employée de maison répondait, poliment, mais froidement.

Esteban lui avait demandé de l'aider à réaliser un beau dessin pour sa mère. Il voulait le lui offrir à Noël. Lila trouvait que c'était une merveilleuse idée. Elle avait voulu savoir ce qu'il pensait dessiner. Esteban avait haussé les épaules, pas très sûr de lui.

— Maman, elle aime bien quand on va à la plage l'été. Tu te souviens, je t'ai dit qu'on allait au camping ? Elle aime pas se baigner, elle a peur de l'eau. Mais elle aime regarder la mer. Elle y passe des heures !

— Va pour la mer ! Je vais chercher mes aquarelles. Je vais t'apprendre à t'en servir.

Ils avaient installé leur atelier dans la cuisine. Esteban avait travaillé plusieurs mercredis de suite. Il avait fallu être discrets pour que Charlotte ne découvre pas l'œuvre de son fils avant Noël, mais comme elle évitait Lila, ça avait été assez facile. La jeune femme avait choisi de faire peindre à Esteban une mer calme. C'était plus simple qu'une eau déchaînée, pleine de rouleaux, d'écume, de détails. Elle avait découpé le tableau en plusieurs portions. Cela permettait d'interrompre leur travail quand c'était l'heure. Elle prenait plaisir à montrer à Esteban sa palette de couleurs : le bleu céruléen, le bleu de Prusse, le vert émeraude.

— Ouah, toutes les couleurs que t'as ! s'était ébahi Esteban.

Au début, il n'avait pas été satisfait de son œuvre. Il disait que c'était juste un ensemble de bleus – elle l'avait repris : « On appelle ça un camaïeu ! » – et qu'on ne voyait pas ce qu'il représentait.

— Tu sais ce que disait Picasso ? lui avait-elle demandé.

— Non.

— Tu connais, Picasso ?

— Oui. La maîtresse nous a parlé de lui. On a collé un de ses tableaux dans notre cahier d'art.

— Lequel ?

— Je sais plus… Une tête colorée. Mais bizarre.

— Ah çà, il en a réalisé beaucoup, des œuvres bizarres ! Alors Picasso – Pablo, de son prénom – disait : « Certains peintres transforment le soleil en un point jaune ; d'autres transforment un point jaune en soleil. » Tu comprends ce qu'il voulait dire ?

— Mmmh… Il y a des peintres pour faire des beaux soleils et d'autres des moches ?

Lila n'avait pu réprimer un rire.

— Oui, c'est ça. Toi, avec ce tableau, tu transformes des taches bleues en mer. C'est beau, non ?

— Pas mal… Tu l'aimes bien ?

— Ta mer ? Je l'adore.

— Non, Picasso.

— J'admire ce qu'il a apporté à la peinture. Ce n'est pas donné à tout le monde de fonder un mouvement artistique.

— Qu'est-ce que c'est, un mouvement artistique ?
— Picasso est le père du cubisme. Tu as vu que ses œuvres ne ressemblent à aucune autre. Ça a commencé comme ça.

Elle lui avait montré *Les Demoiselles d'Avignon*. À en juger par sa moue dubitative, le jeune garçon n'avait pas tout saisi, alors elle était revenue à son œuvre à lui. Elle lui avait expliqué qu'il leur fallait reprendre l'ensemble du tableau, ajouter des ombres pour apporter de la profondeur, des dégradés plus clairs pour que le soleil se reflète dans la mer. Il y avait bien eu quelques couacs : un peu trop d'eau qui avait fait dégouliner une couleur, par exemple. Mais finalement, c'était plutôt réussi. Une patte d'enfant, soignée, avec une once de fantaisie.

— On dirait une vraie peinture faite par un vrai peintre ! avait-il dit en souriant.

Lila ne savait pas si Charlotte avait apprécié son cadeau. Peut-être qu'elle lui en parlerait quand ils seraient tous de retour de vacances. Karl et elle avaient passé les fêtes à Vouvant. Il y avait Esther, Nicolas, Rose, Karl et Lila, mais aussi ses grands-parents maternels et paternels et la sœur de Nicolas, avec sa famille. Karl les avait rencontrés pour la première fois. Cette année était celle des premières fois. Leur premier Noël ensemble. Pour l'occasion, Karl lui avait offert des billets pour Venise. Ils y passeraient le week-end de Pâques. Lila aussi lui avait acheté des billets, mais c'était pour aller voir Laurent Gerra en spectacle. Il l'écoutait tous les matins sur RTL, et puis Karl avait besoin de rire, avait-elle pensé.

Lila avait aussi prévu un cadeau pour Esteban. Elle avait choisi une palette de crayons aquarellables, les mêmes que ceux qu'elle avait trouvés un jour dans ses chaussons la veille de Noël, chez ses grands-parents paternels. Elle avait six ans, et c'était le meilleur cadeau qu'elle ait jamais reçu.

Après Vouvant, Lila et Karl étaient partis quelques jours au bord de la mer. Si on aime la mer pour s'y baigner, ce n'est pas la meilleure saison. Mais si on aime *tout* dans l'océan, c'est-à-dire ses couleurs, son odeur iodée, sa magie et sa puissance, alors il faut le voir en plein mois de décembre.

Ils étaient arrivés en fin d'après-midi, trois jours après Noël, dans la petite maison qu'ils avaient déjà louée durant l'été. Lila était restée à admirer la vue de la porte-fenêtre. Le tableau de la mer démontée était aussi effrayant que grandiose. Il flottait dans l'air une sorte de rage de vivre. Les vagues déchaînées s'abandonnaient comme un cheval au galop. Elles n'avaient que faire de la petitesse des hommes.

Karl vint se blottir contre Lila et l'entoura de ses bras. Elle sentit son ventre se gonfler contre son dos, et elle ferma les yeux, apaisée.

— On va se balader avant de déballer nos affaires ? lui souffla-t-il doucement, pour ne pas briser le charme de l'instant.

Ils ajoutèrent tous deux un pull avant d'enfiler manteaux, gants, écharpes et bonnets, puis empruntèrent le chemin qui menait jusqu'à la plage. Le sable mouillé emprisonnait leurs traces derrière eux. Un rayon de soleil cherchait à percer à travers un amas de nuages, mais ceux-ci semblaient bien décidés à renforcer leur barrage. Karl et Lila avançaient, serrés l'un contre l'autre. Le bruit de la houle et du vent engloutissait leur voix, et il leur fallait crier pour s'entendre :

— Tu m'as dit un jour que tu trouvais la chambre trop fade. J'aimerais la faire refaire, selon nos goûts à tous les deux. Pour que tu te sentes davantage chez toi. Qu'en dis-tu ?

Lila se pressa contre Karl.

— Ça me fait plaisir. Ça veut dire que tu envisages de me faire une place durablement dans ta vie.

— Tu… sûre ?

— Qu'est-ce que tu dis ?

— Tu n'en étais pas sûre ?

Lila haussa les épaules. Karl s'arrêta et se posta face à elle, indifférent aux bourrasques qui lui fouettaient le visage.

— Je t'aime, Lila. N'en doute jamais. Je t'aime comme un fou.

Elle posa ses mains gantées sur ses joues et son rire cristallin explosa avant d'être emporté au loin.

Le 30 décembre, Prune et Célestine les rejoignirent avant qu'ils ne rentrent à Saumur fêter le réveillon avec Olivier, sa femme et une dizaine de connaissances.

Dans la cuisine de la petite maison de bord de mer, où le vent s'engouffrait sous les tuiles et frappait aux carreaux, les trois filles s'activaient pour préparer un apéritif dînatoire. Célestine fourrait les champignons de Boursin ail et fines herbes, Lila étalait de la mousse de saumon sur des toasts et Prune surveillait des mini-feuilletés qui doraient dans le four. Pendant ce temps, Karl consultait sa messagerie professionnelle dans le salon. Quand les filles arrivèrent avec les premières victuailles qu'elles déposèrent sur la table basse, il éteignit son ordinateur. Prune lui servit un verre de vin rouge. Les quatre jeunes gens trinquèrent aux dernières heures de l'année. Prune remémorait à ses amies des anecdotes honteuses de leur enfance. Les plaisanteries allaient bon train et chacune retraçait ses souvenirs les plus drôles. Le fou rire qui empêcha Célestine de poursuivre son histoire contamina l'assemblée. Même Karl se laissa aller à l'hilarité générale. L'ambiance était légère et joyeuse. Personne d'autre que Prune n'aurait été capable de la briser aussi soudainement :

— Au fait, Karl, ça va mieux avec ton frère ?

Un malaise palpable s'abattit dans la pièce. Il n'y avait plus que les lamentations du vent pour se faire entendre. Lila aurait volontiers étranglé son amie. Karl se racla la gorge.

— Je doute que ça s'arrange un jour…
— Pourquoi ?

Karl se contenta de hausser les épaules, mais Prune insista :

— Qu'est-ce qui s'est passé entre vous ?
— Tu ne lâches jamais, toi ? ironisa Karl. Des querelles de frères…

Il se leva pour ramasser les plats vides.

— Je vais vous laisser finir la soirée entre filles. Mais avant ça : place au dessert. Je ne vais pas me coucher sans y avoir goûté.

Lila se leva pour l'aider. Dans la cuisine, elle s'approcha et murmura un « désolée ». Il la plaqua contre lui, les mains sur ses hanches. L'espace d'un instant, le désir lui transperça le ventre avec fulgurance, et elle se mit à regretter la présence de ses amies. Mais Karl se détacha d'elle. Dans son regard amusé, elle comprit qu'il tenait ainsi sa petite vengeance.

Ils se goinfrèrent tous les quatre de mi-cuits coulants à souhait, puis Karl annonça qu'il allait se coucher. Quand elles furent seules, Lila lança sa serviette dans la tête de Prune.

— Tu ne pouvais pas le laisser tranquille avec son frère !

— Non, je ne pouvais pas !

— Tu connais Prune et son tact légendaire, intervint Célestine.

— Moi, au moins, j'ose mettre les pieds dans le plat ! Si ça dépendait de vous, on y serait encore à la Saint-Glinglin !

— En quoi as-tu fait avancer le Schmilblick ? Tu n'as rien appris de plus.

— Il a dit « des querelles de frères ». Pierre ne s'est pas volatilisé du jour au lendemain seulement pour faire son deuil, comme nous l'avons cru. À l'origine, ils se sont disputés.

11

Le lundi qui suivit la nouvelle année, la vie avait déjà repris son cours, comme si de rien n'était. Les excès de boissons et de rires étaient devenus de joyeux souvenirs, aussi colorés que les cotillons que Lila avait encore retrouvés dans la panière à linge, la veille au soir. Ce matin, elle avait souhaité une bonne année à Romuald et à Charlotte. Si le premier lui avait répondu en occitan « *bona annada plan granada e de maitas acompanhada* », ce qui voulait dire selon lui « une bonne année fructueuse et accompagnée de beaucoup d'autres », la seconde lui avait retourné ses vœux, les lèvres pincées. Elle ne lui avait même pas parlé du cadeau d'Esteban.

L'air était froid et sec. Comme il faisait beau, Lila s'était installée dehors pour peindre, bien emmitouflée dans son manteau. Cela faisait longtemps qu'elle voulait représenter la sublime fontaine du jardin. Au printemps, elle serait plus jolie, entourée de fleurs, mais Lila n'avait pas envie d'attendre. Elle pourrait toujours ajouter des couleurs après avoir tracé les contours de l'ensemble.

— B-bonne année ! chuchota soudain une voix derrière elle, qu'elle entendit à peine, mais qui la fit pourtant sursauter.

Pierre. Debout face à lui, un pinceau en l'air, elle ressentit un mélange de culpabilité et de joie. Karl ne savait toujours pas qu'elle l'avait rencontré. Célestine l'avait confortée dans l'idée qu'elle n'avait rien à se reprocher. Ce n'était pas comme si elle trompait Karl. Mais alors que Pierre se trouvait dans son jardin, elle n'en était plus si sûre. Elle se mordit l'intérieur de la joue pour ne rien laisser paraître.

— Je-je-je te dérange, on-on dirait ? fit Pierre, la mine penaude.

Lila ne put s'empêcher de penser qu'elle lui avait posé exactement la même question quand elle s'était rendue chez lui.

— Non, pas du tout, excuse-moi. C'est juste que… je ne m'attendais pas à te voir.

— J-je ne sais pas p-pourquoi, j'ai eu… envie d-de venir. P-présenter mes vœux, c'est u-une bonne excuse.

— Karl n'est pas encore rentré du travail. En tout cas, c'est gentil. Bonne année à toi aussi, Pierre. Qu'elle soit celle de vos retrouvailles. Tu as frappé à la maison ?

— N-non, j'ai v-vu l'homme à-à t-tout faire. Il m'a dit que tu étais dans le ja-jardin.

Lila sourit d'entendre Pierre appeler ainsi Romuald. Il était employé comme jardinier, mais il touchait en effet à tout : bricolage, peinture. Sauf aux serpents.

Pierre portait encore des vêtements sombres. Lila aurait voulu se servir de sa palette de couleurs pour égayer sa tenue. Il regarda autour de lui, et une certaine mélancolie l'envahit.

— C-cette maison... elle re-ressemble à celle d-de nos parents.

— C'est vrai ?

— J-je n'ai pas v-vu l'intérieur, mais... e-elle était c-comme ça : i-immense... Le perron avec les m... enfin les marches. La dé-dépendance...

— Tu sais qu'il y a des pièces à l'étage qui renferment encore les affaires de tes parents ?

Pierre eut l'air surpris.

— A-alors... il n'a pas... tourné la page. Quand j-je suis parti, il était sur le p-point de vendre la m-maison d-de nos parents. Il... il était fu-furieux que je le l-laisse s'en occuper tout seul. J'ai-j'ai cru... Je me suis t-trompé en revenant ici...

— Qu'as-tu fui ainsi, Pierre ?

— Je-je... Je l'ai fait p-pour lui.

— Comment ça, pour lui ? Et pourquoi t'es-tu trompé ?

Un énorme fracas retentit soudain dans la maison. Cela provenait de la cuisine. Lila attendit un cri, un appel, mais rien.

— Vous f-faites des tr-travaux ?

— Romuald retape la dépendance.

— Non, je veux dire, d-dans la maison.

Elle fit non de la tête. Charlotte avait dû faire tomber quelque chose en nettoyant.

Pierre hésita. Il avança une main vers Lila, pressa son épaule.

— Ce... ce n'était p-pas une b-bonne idée... S'il me v-voit là... Il faut q-que j'y aille...

Il partit en silence, comme il était venu. Lila resta à le regarder s'éloigner, interdite. Sa voiture avait démarré et quitté la villa depuis longtemps quand elle se souvint du vacarme dans la maison. Elle rentra en appelant :

— Charlotte ? Est-ce que tout va bien ? J'ai entendu du bruit tout à l'heure.

Dans la cuisine, les morceaux d'un plat en Pyrex gisaient sur le sol. Le rôti de bœuf cru qu'il contenait s'était écrasé par terre, éclaboussant le carrelage clair de sang, de sauce et d'herbes aromatiques.

— Charlotte ! appela-t-elle à nouveau en bas de l'escalier.

Celle-ci apparut en haut des marches, aussi blême que lorsque Zéphyr s'était échappé de sa cage de verre. Elle tenait sa main gauche dans la droite, avec des compresses de gaze. Même de là où elle se trouvait, Lila voyait l'auréole rouge se répandre et prendre toute la place du blanc. Rouge aniline ou rouge cinabre de son nuancier.

— Ce n'est rien, ça va aller…

Sa phrase se termina en une complainte. Lila la rejoignit en quelques enjambées. Les lèvres pincées de Charlotte s'étaient crispées tandis qu'elle grimaçait de douleur. Lila la fit asseoir et voulut regarder la blessure, mais Charlotte refusa d'ôter la compresse imbibée. La porte d'entrée s'ouvrit à toute volée. Soulagée, Lila entendit la voix de Karl :

— Charlotte ? Lila ? Où êtes-vous ?

Lila l'appela. En quelques secondes, il fut près d'elles. Il se décomposa à la vue du sang, mais il soutint Charlotte. Elle semblait sur le point de défaillir.

— Que s'est-il passé ? rugit-il.

Il paraissait en colère, se dit Lila, sans en comprendre la raison.

— J'allais mettre le plat au four, quand il m'a échappé des mains, expliqua Charlotte. J'ai voulu ramasser les morceaux, mais je me suis coupée et... Depuis quelque temps, j'ai des fourmis dans le poignet. Le canal carpien, peut-être. C'est la première fois que je casse quelque chose. Je suis désolée.

— Lila, appelle les pompiers. Ils doivent venir tout de suite. Il faut d'urgence recoudre cette plaie. Charlotte, si je vous soutiens, vous pourrez descendre l'escalier ?

— Il faut prévenir ma mère... Je ne serai jamais rentrée pour récupérer Esteban ce soir. Il faut qu'il dorme chez elle.

— Ne vous souciez pas de ça, je vais m'en occuper. Allez, venez avec moi. Là, c'est bien.

Lila n'appela pas les pompiers. Romuald surgit et décréta d'un air décidé qu'il allait conduire Charlotte à l'hôpital. Karl lui proposa d'aller la chercher quand elle en sortirait, mais elle refusa. Elle se débrouillerait.

De retour dans la cuisine, Lila jeta le rôti et les débris à la poubelle, puis elle nettoya le sol. Quand tout lui parut enfin propre et qu'il n'y eut plus qu'à laisser sécher, elle rejoignit Karl. Le numéro de la mère de Charlotte était noté dans leur carnet de liaison, il avait pu la prévenir.

— Une chance que tu sois rentré, soupira Lila en s'asseyant près de lui sur le canapé. Je ne sais pas ce que j'aurais fait sans toi.

— Tu ne trouves pas bizarre que je me sois arrêté à la maison, justement ? demanda Karl.

Il s'était redressé et la toisait d'un drôle d'air.

— Charlotte t'a prévenu ?

Il secoua la tête. Alors Lila repensa à cette colère à son arrivée, et pour la première fois depuis l'incident, elle fit le lien avec Pierre. *Comment avait-il su ?*

Karl se leva.

— Je sortais d'une visite et repassais devant la maison avant de retourner à l'agence. C'est là que je l'ai vu. Il sortait d'ici. Il n'a pas tourné la tête vers moi, mais je l'ai reconnu. Qu'est-ce qu'il faisait là, Lila ? Qu'est-ce que mon putain de frère faisait chez moi ?

La vulgarité de sa dernière phrase, prononcée avec un emportement qu'elle ne lui connaissait pas, la fit frémir. Elle n'aurait pas voulu lui dire la vérité dans ces circonstances. Elle aurait voulu attendre le bon moment, mais y en aurait-il jamais un ?

Alors elle lui raconta ses visites à Pierre, plus d'un mois auparavant. Cela partait d'un bon sentiment, c'était pour les aider. Elle avait appris, pour les excès de Pierre, et pour sa guérison. Il semblait se sentir fautif du décès de leurs parents, mais il ne pouvait pas l'être. Ni Karl non plus, d'ailleurs. Il devait cesser de se torturer et faire la paix avec son passé. Pierre était venu à la villa pour provoquer leurs retrouvailles, comme Lila semblait ne pas réussir la mission qu'elle s'était confiée. Si Karl le voyait… Pierre était si misérable. Elle avait rencontré un homme profondément abattu, qui luttait contre ses démons.

À présent, Karl enrageait dans le salon. Il fulminait et faisait les cent pas, on aurait dit un taureau condamné dans une arène. De peur d'attiser son emportement, elle continua à taire sa rencontre avec Odette. Chaque chose en son temps.

— Putain, Lila, tu fais chier ! dit-il en renversant une pile de revues posée sur le bout du canapé.

Lila se tassa un peu plus sur son assise. Elle ramena ses genoux devant sa poitrine et les entoura de ses bras pour se protéger de sa colère. Elle se sentait comme une petite fille prise en faute et houspillée par son père. Soudain, il se planta devant elle, s'abaissa à sa hauteur et la regarda intensément. Ses pupilles marron cerclées de noir lançaient des éclairs.

— Tu dois me jurer que jamais plus, tu m'entends, jamais plus, Pierre ne remettra les pieds ici.

Lila, les yeux écarquillés, la bouche sèche, ne parvenait pas à se détacher du spectacle survolté qui se jouait devant elle. Son cœur tambourinait dans sa cage thoracique avec une telle force qu'elle était certaine que tout pouvait arriver.

— Promets-le-moi, Lila !

Elle déglutit avec peine.

— Je te le promets, souffla-t-elle.

12

Karl

Quand il avait vu son frère sortir de sa maison, Karl avait eu le sentiment d'être tiré en arrière et ramené de force vers le passé. Il avait cru pouvoir s'échapper, mais ça n'avait été qu'un sursis.

Finalement, il avait rencontré Lila au pire moment. Ses barrières étaient tombées sans qu'il cherche à les retenir. Son cœur avait été mis à nu et elle le lui avait dérobé, avec toute la joie de vivre et la naïveté qui la caractérisaient. Elle lui avait donné le sien. À présent, ils étaient tellement liés l'un à l'autre qu'ils allaient souffrir tous les deux. Combien de temps parviendrait-il à maintenir ses fantômes à distance ? Il allait tout faire pour la préserver. Elle ne devait pas savoir.

Il n'ignorait pas que parfois la vie envoyait des leurres. Lila en était un. Avec elle, il avait pu croire qu'il était un homme bien. Elle le regardait avec tant de confiance ! Sauf que ce soir, il était sorti de ses gonds. Pour la première fois, il avait lu la peur dans ses yeux.

Il lui en voulait. Elle lui avait menti, elle avait œuvré dans son dos. Pour son bien, certes. Mais cela ne la regardait pas. Elle ne devait pas se mêler de ça.

Tard dans la nuit, quand il la rejoignit dans le lit, il comprit qu'elle ne dormait pas. Il vint se blottir contre elle, mais elle lui tourna le dos. Une puissante envie d'elle s'était emparée de lui. Il se sentit blessé par son refus. Il se colla à elle et lui caressa le bras. Lila se dégagea doucement et se leva. Il entendit la porte de la chambre grincer, et le bruit de ses pas feutrés sur les premières marches. Un sentiment d'abandon l'étreignit. Elle espérait peut-être un pardon, une explication. Il ne pouvait pas lui donner ce qu'elle désirait. Il attendit, les yeux ouverts dans le noir, les sens en alerte. Aucun son ne filtrait du rez-de-chaussée. N'y tenant plus, il sortit du lit à son tour. Il la trouva dans la cuisine, devant une tablette de chocolat. Elle n'avait allumé qu'une bougie qui faisait danser des ombres sur son visage. Karl la trouva très belle. Elle n'ouvrit pas la bouche. Il s'approcha d'elle et vint s'asseoir sur la chaise bleue à ses côtés. Elle, elle prenait toujours la verte. Il leva la main et lui caressa la joue. Elle ferma les yeux.

— Regarde-moi, souffla-t-il.

Elle plissa d'abord très fort les paupières, comme si elle avait peur de les rouvrir. Elle finit par obtempérer. Une larme s'échappa de ses cils. Avec ses doigts, il la fit disparaître tel un magicien.

Lui seul avait ce pouvoir.

Il allait faire en sorte de ne pas la perdre.

Dans une pulsion, il écrasa ses lèvres contre les siennes, lui arrachant un soupir. Sa langue s'engouffra dans sa bouche, elle la laissa entrer et se mêler à la sienne. Il se recula à peine pour murmurer un « pardon ». Elle le serra dans ses bras. Il la guida pour qu'elle se lève tout en écartant les bretelles de sa chemise de nuit, jusqu'à faire glisser la fine étoffe le long de son corps. Les mains sur ses fesses, il la hissa sur la table, avant de lui faire l'amour avec une rage passionnée.

13

Le médecin avait prescrit trois semaines d'arrêt à Charlotte. Elle avait eu beaucoup de chance, aucun tendon n'avait été touché. Cependant, au regard de son métier, elle était contrainte à un repos forcé. Karl avait proposé de la faire remplacer, mais Lila avait refusé. Elle prendrait le relais le temps de sa convalescence. Elle ne pouvait à présent que constater ce dont elle se doutait déjà : l'entretien de la villa représentait un travail colossal. À son retour, Charlotte retrouverait la maison négligée, malgré toute la bonne volonté de Lila. Mais pour la faire briller autant que savait le faire l'employée, il lui faudrait y passer sa semaine. Elle n'en avait pas le temps.

Au bout de quelques jours, Lila était allée rendre visite à Charlotte. Ça lui avait pris sur un coup de tête, un matin qu'elle s'escrimait à faire disparaître les vilaines traces sur la baie de la cuisine, que les rayons du soleil prenaient un malin plaisir à faire réapparaître à la moindre occasion. Elle savait que Charlotte ne se départait jamais de son vinaigre blanc. Mais comment l'utilisait-elle sur les vitres ? Le carnet de liaison lui avait délivré son adresse. Quand Charlotte l'avait vue sur le seuil de la maisonnette qu'elle louait à Distré, au sud de Saumur, elle n'avait pas semblé ravie. Elle ne lui avait même pas proposé d'entrer. Lila avait pris de ses nouvelles. La plaie avait bien cicatrisé, on ne tarderait pas à lui retirer les points.

— Comment faites-vous pour conduire ? avait demandé Lila.

— Pour l'instant, je ne conduis pas.

— Et pour emmener et aller chercher Esteban à l'école… ?

— Ma mère s'en charge, ou bien la voisine. On s'arrange.

— Si vous avez besoin, vous savez que je suis là.

Charlotte n'avait pas répondu. Ni remercié, ni rien demandé non plus.

— Le jour de l'accident…, avait ajouté Lila alors qu'elle s'apprêtait à partir. Vous… vous avez vu la personne qui discutait avec moi ?

— La cuisine donne sur la fontaine…

— Vous avez compris de qui il s'agissait ?

— Quelqu'un que je n'aurais pas dû voir ?

— Je n'ai rien à cacher. C'était le frère de Karl. Vous ne l'aviez jamais vu ?

— Non, je m'en serais souvenue.

Lila était retournée une autre fois chez Charlotte, pour lui apporter des gâteaux. Elle avait choisi un mercredi pour voir Esteban, qu'elle avait quitté avant Noël. Un brin d'agacement avait traversé le regard de l'employée, mais elle avait maugréé un vague « merci » pour les gâteaux. Quand il avait entendu sa voix, Esteban s'était précipité à la porte.

— Viens voir où on a accroché le tableau.

L'aquarelle trônait dans le salon, au-dessus du canapé. Lila avait observé la pièce du coin de l'œil, s'étonnant de constater à quel point Charlotte semblait aimer les fleurs : il y en avait de peintes sur des toiles, et d'autres bien réelles dans des vases.

— Romuald demande souvent de vos nouvelles.

Une vague rougeur avait envahi le cou de Charlotte, puis elle avait balbutié un « ça va » confus. Elle s'était vue dans l'obligation d'offrir un café à sa visiteuse, qui s'était empressée d'accepter. Pendant que sa mère le préparait, Esteban avait dit à Lila :

— Tu sais, j'ai écrit ma petite annonce.

— Tu me la feras lire quand tu reviendras chez moi, avait répondu Lila, mal à l'aise.

Puis elle lui avait tendu son cadeau de Noël. Il avait déchiré le papier argenté avec excitation.

— Oh, trop bien ! Tu as vu, maman ? Je pourrai même dessiner à la maison, maintenant !

Karl ne reparlait jamais du jour où Pierre était venu à la villa. Sa colère s'était évaporée, comme l'orage laisse place au beau temps. Le calme après la tempête. Lila évitait de penser à ce moment, de replonger ses yeux dans les prunelles ceintes du cercle noir. Mais, parfois, le visage de Karl transfiguré par la fureur surgissait de nulle part. Elle avait alors besoin de reprendre son souffle, elle sentait les palpitations agiter son cœur. Puis elle songeait aux paroles d'Odette : « Et Karl, est-ce qu'il est toujours malade ? » Était-ce sa maladie ?

Ne pas pouvoir contenir sa rage quand elle le dévorait ? Devenir quelqu'un d'autre, se perdre dans les méandres d'un esprit torturé ? Torturé par quoi ? Par le passé ou par un mal plus profond ? La jalousie, par exemple. Célestine avait été la première à mettre des mots sur les soupçons de Lila quand elle l'avait eue au téléphone, un peu plus tard :

— Peut-être que Karl est jaloux ? Que son frère lui piquait autrefois ses nanas et qu'il a peur que ça se reproduise avec toi ?

— Mais il devrait avoir confiance en moi, au moins...

— La jalousie, ça ne se commande pas.

— Tu crois qu'il est aussi possessif que Prune l'a sous-entendu, quand elle se plaignait qu'il ne nous laissait pas tranquilles, au café ? Une possessivité... maladive ?

— Je ne sais pas... C'est toi qui vis avec, Lila. Tu devrais t'en rendre compte mieux que moi...

— Jusqu'à présent, ça ne m'avait pas frappée. Je me disais juste qu'il était amoureux. Où se situe la limite, Cel ?

— J'imagine que l'histoire du cœur a quelque chose de beaucoup moins rationnel que celle de l'esprit. Il s'agit de ressentis, d'impulsions. Il faut que tu suives ce que te dicte ton cœur, Lila.

— Il m'aime comme un fou, ça, je le sais. C'est lui qui me le dit. Comme un fou...

Il y avait eu un silence au bout de la ligne. Célestine avait soufflé un peu, comme si elle montait une côte. Puis elle avait repris la parole :

— L'autre jour, la prof de psycho nous a dit qu'il n'existe bien souvent qu'une vérité, mais qu'elle peut prendre un aspect différent selon l'éclairage qu'on lui apporte. Le bien, le mal... Deux éléments contraires qui se situent parfois sur une ligne si ténue qu'on ne parvient pas à les distinguer. Et puis soudain, il se passe quelque chose et le bien devient mal. On le voit avec un œil nouveau, ce qui semblait beau ne devient qu'horreur, et inversement. Tout dépend du regard que tu portes sur Karl. Peut-être que tu y projetais trop d'amour, et que ta vision a été embellie à cause de tes sentiments ?

— J'ai besoin de comprendre sa relation avec son frère.

— Essaie de le faire parler.

— Non, Cel. Karl me dira ce qu'il voudra. Ou peut-être même ce que j'ai besoin d'entendre, et ma vision sera déformée. Je vais me débrouiller toute seule.

— D'accord, mais promets-moi une chose, ma belle : si ça pue, quitte-le.

Plus tard, elle avait trouvé un article sur Internet, relayé par le journal *Ouest France* en mai 2008 :

« Liliane et Bernard Le Goff, un couple de médecins très estimés, vivant et officiant à Saumur depuis plus de vingt-cinq ans, ont été retrouvés morts dans leur maison samedi soir aux alentours de vingt-trois heures par leur fils aîné. Selon les gendarmes qui se sont rendus sur place, les deux quinquagénaires seraient décédés après avoir inhalé du monoxyde de carbone, dégagé par une ancienne cuisinière à bois mal entretenue. Ils laissent derrière eux des fils de vingt-quatre et vingt ans. Le parquet de Saumur n'a pas souhaité ordonner d'autopsie, considérant que le taux anormal de monoxyde de carbone relevé est suffisant pour conclure à un terrible accident domestique. »

L'article avait fait froid dans le dos de Lila. Quelques lignes seulement pour parler de deux vies perdues, et de deux autres vies brisées. « Ils laissent derrière eux des fils. » Près de neuf ans plus tard, les meurtrissures causées par ce vide béant, subit, injuste et effroyable, étaient toujours vives. Rien n'avait cicatrisé, ou seulement en apparence. Karl s'obstinait à proclamer qu'il ne regardait que devant lui, niant le passé, mais il ne faisait qu'y foncer tête baissée. Pourtant, comme il avait dû avoir mal… C'était lui qui avait retrouvé ses parents morts. Ces images ne devaient pas le quitter.

Ces derniers temps, elle le dessinait souvent. Parfois seulement son visage, d'autres fois sa silhouette.

— Est-ce qu'il existe un masculin pour le mot « muse » ? lui avait demandé Karl.

— Non, je ne crois pas. Pourquoi ?

— Parce qu'on dirait que je suis ta muse. Je t'inspire ?

Elle s'était contentée de hausser les épaules.

— Ne me dis pas que c'est pour ne pas m'oublier.

Il avait dit ça d'un air ironique. Ça lui arrivait, depuis peu. Comme si leur couple ne fonctionnait plus aussi bien. Comme s'il s'en voulait pour son excès de colère. Alors Lila dessinait et crayonnait encore. Elle se replongeait dans les yeux marron qu'elle n'oubliait pas de cercler de noir. Mais dans aucun de ses dessins, elle ne réussit à traduire la rage qu'elle y avait lue ce jour-là. Le jour où tout avait basculé.

Il fallait donc qu'elle retourne à la maison de retraite, pour en avoir le cœur net.

Pour mettre toutes les chances de son côté, Lila rendit visite à Odette après la sieste à quinze heures trente, juste avant le goûter. N'étant pas disponible pour l'accompagner, la personne à l'accueil lui indiqua le numéro de sa chambre et lui expliqua comment y aller. Lila s'efforça de tout retenir.
Elle trouva l'aile qui desservait une dizaine de chambres, dont celle d'Odette. Par les portes entrouvertes, elle apercevait des personnes âgées qui se levaient, s'apprêtaient à vaquer à leurs occupations. Lila ralentit en approchant de la chambre d'Odette, comprenant que quelqu'un s'y trouvait déjà. La voix d'une femme s'en échappait, claire et forte, comme s'exprime le personnel pour être compris.
— ... vous a fait ça, madame Le Goff ?
— C'est rien... juste un petit bleu de rien du tout.
Lila se figea.
— Non, ce n'est pas rien, madame Le Goff. Je vais être obligée d'en référer à la directrice.
— Non, elle lui interdirait de revenir me voir ! s'écria Odette avec véhémence.
— C'est pour votre bien, madame Le Goff.
— Il n'était pas venu depuis des mois...
— S'il vient pour vous faire ça, autant qu'il reste chez lui.
— Mais j'ai besoin de le voir. C'est mon petit-fils, après tout.
Le cœur de Lila tambourinait tellement fort qu'il résonnait jusqu'à ses oreilles. Elle se refusait à

comprendre. Son esprit n'en était pas capable. Lila n'entendit pas les paroles de la femme, ni même si elle avait répondu quelque chose. Odette reprit :

— Il ne se rendait pas compte de ce qu'il faisait. Il est malade, vous savez.

— Dans ce cas, il doit se faire soigner. Mais il ne vous fera plus de mal, madame Le Goff, comptez sur nous.

Odette n'avait pas vu ce petit-fils depuis des mois… C'était bien de Karl qu'elle parlait. Ça ne pouvait pas être Pierre, puisque ce dernier lui rendait souvent visite depuis son retour. Lila songea aux mains de Pierre qui l'avaient parcourue. Elles étaient douces, attentionnées. Elles réparaient les corps, elles ne pouvaient pas faire de mal. Elle pensa aussi à celles de Karl qui faisaient d'elle une femme comblée. Qui l'aimaient, tantôt avec tendresse, tantôt avec passion. Celles-ci non plus n'étaient pas capables de blesser. Et pourtant… Pour la première fois, l'idée que Karl n'avait peut-être pas supporté que Pierre la touche s'insinua en elle. Était-ce le retour de son frère qui le rendait violent ? Maudissait-il ce lien qui existait dorénavant entre son passé et son présent ? Est-ce qu'elle aussi, en voulant l'aider, avait réveillé sa rage ?

Les pensées de Lila furent interrompues par un sifflement désespéré, comme si Odette n'avait pas pu retenir un sanglot. Lila eut envie d'entrer dans la chambre, de la prendre dans ses bras, de la bercer et de lui dire que ce n'était rien, que tout était fini. Que rien de tout cela n'avait jamais existé, qu'il était incapable de faire le moindre mal à quiconque. Mais ce n'était pas vrai, elle en était sûre à présent. Face à cette bouffée d'empathie, une vague déferla, plus puissante encore : le besoin de fuir. Disparaître, s'éloigner de ce poison. Odette était meurtrie par l'idée de ne plus revoir son petit-fils, bien plus que par celle d'avoir été molestée par lui. Comme si elle y était… habituée. Ce mot résonna en Lila avec effroi. Là où elle se trouvait, malgré ses blessures, Odette était en sécurité. Le personnel veillait sur elle et empêcherait son agresseur de revenir. Elle serait également épargnée de son chagrin quand la forteresse de la maladie l'enfermerait de nouveau, l'obligeant à oublier le présent.

Mais Lila, elle, n'avait personne pour la protéger. Célestine était la seule à qui elle s'était confiée, et elle se trouvait si loin… Que faire, maintenant ? Rentrer en Vendée ? Porter plainte ? Pour dire quoi ? Qu'elle avait été témoin d'une discussion où une aide-soignante avait fait avouer à la grand-mère de Karl, à demi-mot, qu'il l'avait maltraitée ? Et elle, que pouvait-elle lui reprocher ? Ils s'étaient disputés, comme tous les couples.

Elle repensa à sa rage le jour de la visite de Pierre, et cela eut sur elle l'effet d'un vase communicant. Toute la haine de Karl se déversa en elle. Un torrent bouillonnant, chaud, poisseux. Elle se sentit salie.

Elle lui avait fait confiance. Elle lui avait tout donné. Il ne se montrait pas digne de son amour. Il ne lui restait plus qu'une seule chose à faire.

14

Karl

Planté devant la fenêtre d'une bâtisse qu'il était en train d'estimer pour le compte d'un client, Karl pensait à Lila.

Ces derniers temps, habité par une sorte d'urgence de vivre, il s'arrangeait pour organiser ses visites en début de journée. Il quittait l'agence dès que possible, même s'il devait ramener quelques dossiers pour ne pas perdre le rythme. Il n'était jamais rentré aussi tôt chez lui. Parfois, son personnel y travaillait encore. S'il s'était jusqu'alors mis en tête d'éviter Charlotte et Romuald, parce que cela lui rappelait les habitudes du domicile familial, il vivait leur proximité différemment : Lila était là maintenant. Il aimait s'arrêter sur le seuil de la porte de la cuisine et l'observer en silence dispenser ses conseils artistiques à Esteban. Le gamin l'écoutait toujours avec attention, les sourcils froncés. Faisait-elle semblant de ne pas remarquer sa présence ? Il faisait durer le plaisir, s'imprégnait de sa joie de vivre, de sa fraîcheur. Puis il se raclait la gorge. Esteban se retournait, le sourire aux lèvres, et lui demandait des nouvelles de Zéphyr. Lila venait l'embrasser. Il se préparait un café en contemplant l'élève et son maître. Savoir Karl près d'elle ne changeait pas le comportement de Lila. C'était une fille vraie.

La complicité de ces deux-là avait donné une idée à Karl. Il voulait que Lila lui apprenne à dessiner et à peindre à lui aussi. Son intérêt pour sa passion n'était auparavant qu'extérieur. Il avait désormais besoin de plus. Il ne possédait pas sa fibre artistique, mais qui sait, cela viendrait peut-être avec un peu d'entraînement ? Et puis il ne s'agissait pas de devenir le nouveau Van Gogh. Il cherchait surtout à pénétrer son univers pour la comprendre davantage. Ne faire plus qu'un avec elle.

Cet amour passionnel l'effrayait autant qu'il l'exaltait. Karl écartait les doutes qui l'assaillaient à longueur de journée, se concentrant sur l'essentiel : il devait profiter d'elle tant qu'elle était là, avant que son absence ne la rende encore plus présente.

Car il le savait : le temps pourrissait tout, leur amour n'y ferait pas exception. C'était en lui, il était maudit. Quand il l'avait vue pour la première fois dans ce café d'Angers où il n'avait jamais mis les pieds avant, il avait pensé à une apparition. Il était revenu le lendemain, et il avait été surpris de la revoir. Encore plus qu'elle accepte leur premier baiser. Il y avait quelque chose en elle de si spontané, de touchant. Il s'était pincé à plusieurs reprises pendant qu'elle dormait à ses côtés pour se prouver qu'il ne rêvait pas. Pour l'instant, elle semblait réelle. Mais elle pouvait se révéler mirage, un être féerique qui disparaîtrait à la moindre occasion. À la moindre zone d'ombre. Lui, il *était* l'ombre...

Depuis que Pierre était revenu, il lui arrivait de faire des cauchemars. La même scène revenait en boucle. Celle où il avait failli basculer du mauvais côté. Il s'en était fallu de si peu... Il se réveillait chaque fois en nage, étonné de ne pas avoir crié.

Il était encore à l'étage quand la porte de l'entrée se ferma. Il sursauta. Les visites n'auraient pas lieu avant plusieurs semaines. Il entendit des talons claquer sur le sol, faire le tour des pièces puis gravir les marches. *Zut*...

— Qui est là ?

Guidés par sa voix, les talons se rapprochèrent. Il soupira de soulagement quand il reconnut la silhouette élégante de Lila. Mais il révisa son jugement en remarquant son état. Elle avait pleuré, de ses yeux rougis coulaient deux traces noires. Ses lèvres tremblaient. L'inquiétude lui noua le ventre.

— Mon amour ! s'exclama-t-il en se précipitant.

— Ne me touche pas ! hurla-t-elle. Tu vas me faire comme à elle, c'est ça ? C'est comme ça que tu t'y prends quand ça ne te plaît pas ?

Karl ne saisissait pas un traître mot de ce qu'elle lui disait.

— Je suis passée à l'agence. Olivier m'a dit que tu étais ici. Tu as de la chance que ton client ne soit pas là. Parce que même si tu avais été accompagné, Karl Le Goff, je serais venue te faire un esclandre ici. Devant tout le monde !

Karl essaya de la calmer, mais rien n'y fit, elle continuait à crier. Un goût de charbon s'était installé au fond de sa gorge. Il ne parvenait pas à déglutir ni à prononcer un mot. Il comprenait à peine les siens, ponctués de hoquets et de pleurs.

Odette... traces sur les bras... maison de retraite... ton frère... c'est de la jalousie... sont morts... monstre...

Il ignorait qu'elle était capable de déchaîner tant de colère. Mon Dieu qu'elle était belle ! Il aurait aimé la prendre dans ses bras, lui dire de ne pas s'en faire, qu'il n'était pas celui-là. Mais il ne le pouvait pas. Elle avait raison. Ce jour-là devait avoir lieu, depuis le début il le savait. Il aurait juste voulu que ça ne se passe pas ainsi. Qu'elle garde une bonne image de lui. Qu'il demeure sa muse pour l'éternité.

— C'est fini entre nous, Karl. Je m'en vais.

Ce furent ses derniers mots. Ses talons résonnèrent dans l'escalier et, quand elle fit claquer la porte, les murs tremblèrent. Il aurait voulu la retenir, mais ses pieds étaient comme pétrifiés, cloués sur place. Il entendit juste une plainte monter dans sa gorge et jaillir de sa bouche, à lui en déchirer la poitrine. Il s'adossa au mur et, lentement, se laissa choir par terre. Il récoltait ce qu'il avait semé. Tout recommençait. Il ne la méritait pas. Il avait honte. Tellement honte.

Il resta longtemps dans cette position, jusqu'à ce que son téléphone se mette à sonner. Il le chercha fébrilement dans sa poche. C'était peut-être elle qui regrettait. Il décrocha : c'était la directrice de la maison de retraite de sa grand-mère.

15

Lila attendit de se garer quelques rues plus loin avant de s'effondrer. La tête sur le volant de sa 207, elle pleura de longues minutes. Elle venait de quitter Karl. C'était la meilleure chose qu'elle avait à faire, et pourtant, son cœur venait de se briser. Était-ce d'avoir porté un tel espoir en leur relation alors que Karl n'en valait pas la peine ? D'avoir idéalisé cet homme qui n'était en fait qu'un monstre ?

Quand elle se redressa enfin, elle jeta un coup d'œil dans le miroir du pare-soleil et tenta d'essuyer ses larmes charbonneuses avec un mouchoir en papier. Elle reprit son souffle et se demanda quoi faire. Elle ne pouvait pas repasser par la villa : Karl y était probablement rentré pour essayer de la retenir. Après la scène qu'elle venait de lui jouer, il avait sans doute recouvré ses esprits et était prêt à se confronter à elle. À faire croire n'importe quoi pour ne pas la voir partir.

Rentrer à Vouvant dans cet état lui paraissait au-dessus de ses forces. En la voyant ainsi, ses parents haïraient sûrement Karl pour le restant de leurs jours. Et il y avait déjà trop de haine autour d'elle. Cette aversion de Karl pour son frère ne lui avait-elle pas coûté assez cher ?

Pierre... Elle ne l'avait pas vu souvent, mais il était peut-être le mieux placé pour la comprendre. Cette perspective lui mit un peu de baume au cœur. Il était la seule personne susceptible de l'aider.

Lila se rendit à son cabinet et se présenta devant la secrétaire, qui lui annonça qu'il venait juste de rentrer en consultation. Lila semblait tellement abattue que la femme lui demanda si elle pouvait faire quelque chose pour elle. Après quelques explications évasives de son interlocutrice, qui peinait à retenir ses larmes, elle accepta de déranger Pierre au téléphone. En prenant connaissance de l'identité de la visiteuse, il demanda à lui parler directement. La secrétaire tendit le combiné à Lila.

— Il faut que je te voie, Pierre. C'est important.
— Qu-qu'est-ce qui se passe ? Tu v-vas bien ?
— Non.
— Je te... t'écoute.
— Pas au téléphone. On se rejoint chez toi, d'accord ?
— J'ai en-encore heu... deux... patients. Je devrais être chez moi, disons... vers... dix-huit heures. Ç-ça ira ?
— D'accord. À tout à l'heure.

Lila ne lui dit pas que le temps allait lui sembler affreusement long.

Pour patienter, elle alla se réfugier dans un café. Mais le Blues Bar était bien différent de Couleurs Café, beaucoup moins chaleureux, et tous ces visages inconnus la mirent soudain mal à l'aise. D'ordinaire, se retrouver au milieu des autres, même de parfaits étrangers, lui procurait une sensation de cocon. Elle avait l'impression d'être en sécurité dans l'anonymat, sans compte à rendre à personne. À présent, pourtant, c'était comme si les dernières heures de sa vie se lisaient sur son visage tel un livre ouvert. Elle essaya de griffonner une nouvelle esquisse dans son carnet, mais elle n'y parvint pas. Son esprit était obsédé par ce qu'elle venait de découvrir. Elle ne réalisait pas vraiment. Karl avait un côté sombre, certes, mais elle ne l'envisageait pas ainsi. Elle n'avait pas voulu voir, elle s'était cramponnée à celui qu'il prétendait être. Tout était calculé. Comment pouvait-on dissimuler à ce point sa véritable nature ?

Quand elle en eut assez d'attendre Pierre dans ce café, elle sortit pour rejoindre le palier de son appartement. Il arriva à dix-huit heures vingt. Il était essoufflé et ses joues rouges rehaussaient sa tenue monochrome.

— P-pardon. Je… heu… suis en retard.

Il se pencha pour lui faire la bise, avant d'ouvrir la porte et de s'effacer pour la laisser entrer. Lila se dirigea vers le salon. Elle alla s'installer sur le canapé pendant que Pierre rangeait son pardessus dans la penderie du couloir de l'entrée. Elle remarqua de nouvelles étagères dans la pièce, qu'il avait commencé à remplir de quelques livres et bibelots. Pierre craqua une allumette et approcha la flamme vacillante d'une grosse bougie posée sur le meuble. Elle éclaira une statuette en résine noir et or qui se trouvait à sa droite. Celle-ci représentait un visage d'homme inachevé, comme un masque aux contours déchiquetés. Il tenait sa main devant sa bouche, l'index relevé. L'objet était joli, mais Lila ne sut comment l'interpréter. Victime ou bourreau ? Menace ou exhortation au silence ?

— C-cette statuette s-s'intitule *Le silence est d'or*, dit Pierre en suivant le regard de Lila, un sourire aux lèvres. Un souvenir d-de mes parents.

Il lui montra le bas du visage, à quel point les détails étaient précis. On aurait dit qu'il avait été moulé sur une vraie personne. Les lèvres étaient fermées sans être pincées. L'homme du *Silence est d'or* était calme, malgré les tempêtes. Pierre raconta que ce bibelot le fascinait quand il était petit. Il était comme un rappel à l'ordre. Peut-on tout dire ? Doit-on tout dire ? La statuette semblait affirmer que non et elle n'en était pas troublée le moins du monde. *Le silence est d'or...*

— Et toi, qu'est-ce que tu caches ? murmura Lila, intriguée. Qu'est-ce que tu aurais eu envie de dire, que ce bibelot t'a empêché ?

Pierre alla jusqu'à la fenêtre, l'ouvrit et se pencha pour fermer les volets. Lila regretta cette pause, qui permit à Pierre de se composer un visage neutre. L'avait-il seulement entendue ? Il s'assit ensuite en face d'elle. Lila songea à la description que Pierre venait de lui faire de la statuette. Il avait parlé de « calme », de « lèvres fermées sans être pincées ». Elle trouvait pourtant qu'un brin d'ironie flottait sur ses lèvres.

Son portable vibra dans son sac, mais elle l'ignora. C'était sans doute Karl. Elle chassa cette pensée pour se concentrer sur l'objet de sa visite.

— *Le silence est d'or* est un cadeau de tes parents ?

Pierre acquiesça.

— Karl a Zé-Zé... enfin son s-serpent, moi j'ai cette statue.

Un être vivant, mais silencieux… et un objet, muet par définition.

— Il vous reste encore toutes les affaires familiales.

— Oui, enfin… c'est p-provisoire.

— Vous ne parliez pas beaucoup chez vous ?

— Disons que… nos parents n'étaient pas… enfin pas t-tellement disponibles. Ils étaient plus souvent dans leur c-cabinet a-a-avec leurs patients qu'à la maison avec nous. Nous n'avons man-manqué de rien. Pas même d'affection. Ma mère se rattrapait le-le soir. Et… et il y avait m-ma grand-mère aussi. Elle nous câ-câ… euh… nous câlinait beaucoup.

— Je suis allée voir Odette, aujourd'hui.

— Ah oui ? Est-ce que… est-ce que je te sers un verre, Lila ?

— Non merci. Je sors d'un café où j'en ai avalé plusieurs.

— Je vais me ch-chercher un Coca, j'ai très… enfin je meurs de soif. Je te ramène du vin…

— N'ouvre pas une bouteille pour moi. Donne-moi juste un peu d'eau.

Pierre lui adressa un clin d'œil. Il revint bientôt avec les boissons.

— Comment a-allait ma grand-mère ? demanda-t-il.

— C'est cette visite qui m'a secouée, Pierre. Karl a battu Odette.

— Q-quoi ?!

Pierre manqua de s'étrangler.

— Quand je suis arrivée, une soignante était dans sa chambre et discutait avec elle. Elle n'en revenait pas des bleus qu'il lui avait laissés sur le corps et… et ta grand-mère, elle prenait sa défense ! C'est moi qui

ai demandé à Karl de renouer avec sa famille, Pierre !
C'est ma faute !

Lila sanglotait à présent. Pierre se leva et vint poser une main sur son épaule, penaud. Il lui tendit son verre d'eau.

— Tiens, prends... t-tu as besoin de-de te rafraîchir.

Lila but quelques gorgées.

— Pourquoi... qu'est-ce qui... qui te fait dire qu-qu'elle parlait de Karl ?

— J'en suis certaine. Odette ne voulait pas qu'on lui interdise de le revoir, ça faisait longtemps qu'il n'était pas venu. Et toi, tu y vas régulièrement, non ?

Pierre semblait réfléchir.

— Est-ce que tu savais qu'il lui faisait du mal ? Est-ce que c'est déjà arrivé, Pierre ? Est-ce que Karl est malade ?

— Karl n'est pas... m-malade !

Sa réaction fut si véhémente qu'elle fit sursauter Lila.

— Dé-désolé, se ressaisit-il. C'est juste que... enfin... parfois, quand on ne rentre pas dans... heu... les cases, les gens s'imaginent qu'on-qu'on est malade. C'est tellement fa-facile...

— Ce n'est pas « les gens ». C'est votre grand-mère. Elle vous connaît, non ?

— Oui, mais elle n'est p-plus elle-même, Lila. Vraiment. Il m'a fallu des... enfin, très longtemps p-pour l'accepter, mais... c'est c-comme ça.

— Pas aujourd'hui. Pas là. Elle paraissait bien.

— Tu... tu lui as parlé ?

— Non, mais... j'ai compris qu'elle était bien.

— Écoute, Lila. Moi, avec mes... euh... addictions. Mon bé-bégaiement. J'ai tou-toujours été souffrant de quelque chose. Nous avons vécu des choses qui-qui nous rendent… différents. Mais nous ne sommes pas malades.

— Qu'avez-vous vécu ?

Pierre souffla. Son regard traversa la pièce, comme s'il cherchait une issue de secours. Le cœur de Lila bondit dans sa poitrine. Elle ressentit les coups si fort qu'elle aurait pu jurer les avoir entendus. C'était le cas : on frappait à la porte.

Karl ? Est-ce qu'il serait venu la traquer jusque chez son frère ?

Pierre s'excusa, un brin irrité, et se dirigea vers la porte. Elle aurait voulu lui crier de ne pas y aller. De là où elle se trouvait, Lila ne pouvait pas voir le visiteur, mais puisque aucun son déplaisant ne provenait de l'entrée, elle se détendit. Ça ne pouvait pas être Karl. Bientôt, Pierre réapparut :

— Désolée, Lila, c'est M. De-Denis. Il est de garde ce soir et… enfin il a besoin de mes conseils d'ostéo pour un client à la ph-pharmacie. Je ne peux pas… euh… je ne vais pas dire non. Il me rend sou-souvent service avec le déménagement…

— Bien sûr ! Vas-y, je t'attends.

— Ressers-toi, ajouta Pierre avec un clin d'œil en direction de la bouteille d'eau, avant de disparaître et de claquer la porte derrière lui.

Le silence envahit la pièce, une sorte de malaise flotta dans l'air, avant que Lila n'ose bouger. Elle extirpa son téléphone de son sac et le consulta compulsivement. En effet, Karl avait cherché à la joindre plusieurs fois et lui avait laissé des messages qu'elle ne prit pas la peine d'écouter.

Puis elle attendit. Une légère odeur de fumée vint lui chatouiller les narines. Lila en chercha la provenance et s'aperçut que la bougie sur l'étagère s'était éteinte. Malgré elle, son visage se tourna vers la tête du *Silence est d'or*. Avec ses yeux vides, elle dégageait quelque chose de morbide. Les parents de Karl et de Pierre leur avaient vraiment laissé de drôles de souvenirs… À présent seulement éclairé par la lumière du plafonnier, le visage semblait pourtant avoir perdu son air ironique. Il fallait croire que tout était question de perspective…

Le regard de Lila fut soudain attiré par un petit objet juste au-dessus. Un livre dont on ne distinguait que la reliure en cuir noir.

Le carnet !

Celui que Lila avait vu posé sur la table basse lors de sa première visite. Elle hésita et se tourna vers l'entrée, comme si elle allait bientôt entendre Pierre revenir. Mais non, le silence était toujours là, presque oppressant. Lentement, elle tendit la main vers le carnet et s'en saisit. Elle trembla quand elle l'ouvrit. Le remords lui mordit les doigts tandis qu'elle tournait les premières pages, mais la brûlure n'était que fugace. Elle ne voulait pas, elle ne *pouvait* pas faire autrement.

Les premières lignes s'étalaient devant elle. L'écriture était semblable à celle de Karl, en moins stricte, plus enfantine. Le carnet commençait ainsi :

Pour m'aider à remonter la pente, le médecin m'a suggéré d'écrire. Pas sur n'importe quel sujet. Je dois affronter mes démons. Il paraît que mettre des mots sur ma souffrance peut me faire du bien, même si personne ne lit jamais ces lignes. Il faut que j'extériorise. L'écriture comme thérapie... Alors allons-y...

Mon frère et moi n'avons jamais réussi à nous entendre. Nos parents travaillaient tard, et nous étions souvent livrés à nous-mêmes. Ils embauchaient pourtant du personnel pour nous garder, et la baby-sitter avait fort à faire. Ou plutôt devrais-je dire les baby-sitters, car nous en avons vu défiler beaucoup. Ma mère nous disait souvent qu'elles étaient payées pour travailler, qu'elles ne faisaient pas partie de la famille. Sa façon de s'assurer que nous ne la remplacions pas pendant son absence. Mon frère la prenait au mot et leur menait la vie dure. C'était sans doute sa manière à lui de se venger du manque d'attention parentale. Moi, j'étais catastrophé à l'idée qu'ils rentrent du boulot en ayant encore fort à faire, à ranger les jouets qu'il avait disséminés un peu partout, récurer les taches de chocolat sur les rideaux ou passer la serpillière dans la salle de bains qu'il avait pris grand plaisir à transformer en piscine. Je le suppliais d'arrêter de torturer cette pauvre fille qu'on n'avait pas encore appris à connaître, et je le laissais en échange faire ce qu'il voulait : utiliser mes jeux, sauter sur mon lit. Il trépignait jusqu'à ce qu'il obtienne ce qui me tenait le plus à cœur et finissait immanquablement par le casser. Mon frère ne s'excusait jamais. Il savait que je ne dirais rien. D'aussi loin que remontent mes souvenirs, je l'ai toujours connu animé par une sorte de jouissance à l'idée de m'atteindre. J'essayais parfois de masquer mes sentiments, mais ce n'était pas si facile.

Après tout, nous n'étions alors que des enfants...

Lila se redressa, le souffle coupé. Ainsi donc, dans ce journal qui lui servait d'exutoire, Pierre confessait la relation venimeuse qui le liait à son frère. C'était plus que ce que Lila espérait. Grâce à lui, elle pourrait comprendre l'esprit, peut-être pas malade, mais torturé, de Karl. Et de Pierre. Elle se tourna vers le visage du *Silence est d'or*. Était-ce lui qui l'avait empêché de se confier quand il était enfant ? Lui, encore, auquel il se raccrochait pour expliquer son silence sur la vraie nature de son frère ? Lila avait besoin de lire ce carnet. Même si c'était mal. Même si elle violait les secrets de Pierre. Si c'était pour le sauver, cela en valait sûrement la peine. Sur ces pensées libératrices, Lila tourna la page pour lire la suite, mais la porte d'entrée s'ouvrit soudain. Prise de court, elle se pencha au-dessus de son sac à main et y fourra le carnet. Pierre entra dans le salon.

— Désolé, les gens qui viennent en dehors... enfin quand c'est f-fermé, se croient vraiment tout permis. J'ai-j'ai bien cru ne jamais remonter. Je ne suis p-pas de permanence, moi, hein ?

Son regard se dirigea vers l'étagère, et Lila crut qu'il allait remarquer la disparition de son journal intime. Elle n'avait pas lu assez loin, mais peut-être qu'il continuait à le remplir, et que ce carnet était vital à ses yeux ? Même si cela faisait des années, Pierre était un ancien toxico, alors l'écriture dans ce cahier pouvait être une drogue – saine – aussi puissante que la coke. S'il se rendait compte de sa disparition, comment allait-il réagir ?

Lila retint son souffle quelques secondes. Quand Pierre reporta son attention sur elle, son expression n'avait pas changé. Lila expira de soulagement, tiraillée entre l'excitation à l'idée de se replonger dans sa lecture, et la culpabilité. Non seulement elle trahissait la confiance de Pierre, mais en plus elle le volait. Elle n'avait jamais fait ça de sa vie, même lorsque Prune avait connu sa période cleptomane et qu'elle l'avait incitée à sortir des magasins avec un « petit truc de rien du tout ». Qu'est-ce que Karl lui faisait faire ? Il répandait décidément son venin partout.

Elle jeta un œil vers la statuette et chercha à se dédouaner. Non, toute vérité n'était pas bonne à dire. Du moins sur l'instant. Le carnet devait rester dans son sac. Elle irait le lire dans sa voiture. Elle comprendrait tout. Puis elle reviendrait et glisserait le cahier dans la boîte aux lettres, accompagné d'un mot d'excuse.

Enfin, elle s'évertuerait à faire le deuil de sa relation avec Karl, et pleurerait tout son soûl s'il le fallait.

16

Lila se hâta de prendre congé. Arrivée en bas de l'escalier, elle n'avait toujours pas entendu la porte se refermer. Elle s'en voulut d'avoir laissé Pierre en plan. Assoiffée par son besoin de lire le carnet, elle était partie comme une sauvage. Alors qu'il avait fait l'effort de la recevoir. Elle ne se montrait pas digne de sa confiance.

Elle pensait à ça tandis qu'elle marchait dans la rue. Pierre avait pris la défense de Karl, et elle ne lui avait même pas dit qu'elle envisageait de le quitter. Guidée par ses remords, elle fit demi-tour. Elle trouva Pierre en bas de son immeuble. Il avait troqué sa doudoune sombre contre un manteau si coloré qu'elle avait l'impression que son vœu avait été exaucé : elle avait renversé sa palette de peinture sur lui. C'était la première fois qu'elle le voyait porter ce genre de vêtement. Il semblait agité.

— Pierre ? l'interpella-t-elle.

Il lui jeta un regard surpris, sans répondre.

— Excuse-moi, je suis partie comme une voleuse, je m'en suis rendu compte. En fait, je ne t'ai même pas dit : j'ai quitté Karl.

Les yeux de Pierre s'arrondirent encore. Il restait muet comme une carpe, et Lila commença à éprouver un certain malaise. Elle ouvrit la bouche pour dire quelque chose, mais il fut le plus rapide :
— Je t'offre un verre ?
Lila s'apprêtait à refuser. Elle n'avait pas franchement envie de replonger dans une nouvelle discussion. Sur le visage de Pierre, cependant, dansait une gravité sombre qu'elle n'avait pas lue jusqu'alors.
— Tu t'apprêtais à sortir ?
— C'est juste que… j'avais besoin de prendre l'air.
Même le ton de sa voix avait perdu la jovialité qu'il y mettait dernièrement. Ils marchèrent en direction du bar le plus proche et, pour la deuxième fois de la journée, Lila se retrouva assise autour d'une table du Blues Bar.
Pierre s'était débarrassé de son pull noir et portait à présent une chemise claire. Il ne lui avait pas dit qu'il avait prévu de sortir. Le tissu fin révélait plus de muscles qu'elle ne l'aurait cru. Pierre enroula ses manches, dévoilant un tatouage à l'intérieur de son bras gauche. Lila regardait le dessin, hypnotisée, tandis qu'il levait la main pour commander à boire. D'abord, elle y lut un huit étiré. Le symbole de l'infini, comme dans la série *Revenge* qu'elle avait regardée avec Célestine et Prune. Si elle devait un jour se faire tatouer, ce serait le signe qu'elle choisirait. Le recommencement. L'amour sans fin. L'éternité. L'équilibre. Autant de thèmes qui la touchaient, et le symbole en soi était harmonieux. Juste avant que Pierre ne repose sa main sur la table, elle remarqua que son tatouage n'était pas un simple huit. C'était un serpent au long corps entrelacé et parsemé d'écailles. Sa gueule était ouverte et sa queue y entrait,

apportant une continuité dans le symbole. Le serpent qui se mordait la queue. Lila frissonna.

— Tu prends une bière ? demanda-t-elle. Tu n'as pas peur que…

— Oh, ça ? Non… Une bière, ça ira. Maintenant, tu vas tout me raconter.

— Je ne pouvais pas réagir autrement. Karl a blessé Odette ! Je ne peux pas rester avec un homme violent.

Le regard de Pierre vacilla. On aurait dit qu'elle lui rappelait une réalité qu'il avait préféré oublier.

— Raconte-moi comment ça s'est passé.

— Je te l'ai déjà dit.

— Répète-le-moi, je veux comprendre.

Lila s'exécuta. Elle lui raconta tout dans les moindres détails. Pierre posait de nombreuses questions. Cela semblait lui faire du bien de réentendre ce qu'elle savait. Au fur et à mesure de leur conversation, ses traits se détendaient. Lila ne regrettait pas d'être revenue sur ses pas, quitte à perdre du temps. Elle se sentit d'autant plus soulagée quand il conclut :

— J'appellerai la maison de retraite dès demain. J'exigerai des explications. Comment vais-je faire à présent sans toi ? Tu es la seule à t'être jamais souciée de notre relation. Lila, tu es une trop belle personne pour rester avec Karl…

— Tu es pourtant revenu vivre auprès de lui, toi aussi ?

— J'ai… j'ai eu tort. J'ai cru qu'il avait changé… Sais-tu qu'il m'a toujours tenu pour responsable de la mort de nos parents ?

— Mais, c'était un accident, tout le monde le sait !

— Pas Karl. Il rejette la faute de ses malheurs sur les autres. Il pense que si j'avais emmené mes parents au restaurant ce soir-là comme prévu, même si lui brillait par son absence, le drame aurait pu être évité.

— Avec des « si », on peut tout changer…

— Et surtout, il considère mes anciennes addictions comme des faiblesses honteuses. C'est pour ça que je suis parti.

— Oh, Pierre !

— Je t'ai bouleversée, on dirait ?

Lila inspira pour chasser ses larmes.

— Où vas-tu aller ? poursuivit Pierre. Tu as besoin que je t'héberge quelque temps ?

— C'est gentil de ta part, mais je vais me débrouiller. Ne t'en fais pas pour moi.

Elle plissa les yeux. Il venait de lui lancer un grand sourire sincère qui s'effaça aussi vite qu'il était apparu. Lila eut juste le temps d'y lire la même insolence que dans celui d'Odette. Elle le sentit contrarié.

— Vous n'êtes pas frères pour rien.

— Pourquoi ? demanda-t-il, amusé.

— Il est difficile de vous tirer les vers du nez. Tu me révèles seulement la vraie raison de ton départ.

— C'est ce qui fait notre charme.

— C'est un charme qui peut lasser, Pierre.

— On n'aime pas parler de nous. Que veux-tu ? C'est le lot des gens bien.

Un air faussement suffisant flotta sur son visage, tandis qu'il croisait les bras devant sa poitrine. Elle ne put s'empêcher de lui administrer une petite tape amicale. Son sourire se figea, puis disparut. Il la regardait intensément. Ses prunelles étaient de la même couleur que celles de Karl. Elle passa en revue sa palette de marron. Était-ce « auburn », qui correspondait le mieux ? Trop clair. « Blet » ? Trop terne. « Brun » ou « brou de noix » ? Trop foncés, à n'en pas douter. « Marron », tout simplement. C'était bien. Ou « caramel ». Lila hésitait. En revanche, elle était sûre d'une chose : contrairement à ceux de Karl, les iris de Pierre n'étaient pas auréolés de noir.

— C'est le lot de ceux qui ont des choses à cacher, murmura-t-elle.

Elle insista pour payer, lui rappelant qu'elle lui devait toujours une consultation. Il rit et la laissa aller au comptoir, munie de son portefeuille. Quand elle revint à sa place, elle remarqua que sa besace était restée grande ouverte, et que le petit carnet de cuir noir dépassait. Elle sentit ses joues s'empourprer de honte, mais Pierre ne semblait pas avoir remarqué que son journal intime se trouvait presque sous ses yeux.

— Eh ! s'enthousiasma-t-elle. On dirait que tu vas mieux.

Elle porta la main à sa gorge pour se faire comprendre, mais Pierre garda les sourcils froncés.

— Ta prononciation…
— Oh, ça… c-c'est vrai.
— Il suffisait d'en parler !
— C'est parce que là… ici… dans un cadre différent…
— C'est agréable aussi, de te voir porter des couleurs.

Elle désigna son manteau.

— Il est réversible. L'intérieur est noir.
— Malin !

Pierre se leva, elle se hissa sur la pointe des pieds pour l'embrasser puis elle se dirigea vers la porte du Blues Bar. À présent, elle n'avait qu'une hâte : se retrouver dans sa voiture.

Lila n'avait pas trouvé de place près de chez Pierre. Elle devrait marcher un peu pour rejoindre son véhicule, mais cela ne la gênait pas. Au contraire. L'air frais de la rue lui fouetta le visage, rien de tel pour remettre les idées en place et laisser les quelques vapeurs d'alcool se volatiliser dans la nuit. Absorbée dans ses pensées, Lila parcourait la rue d'Orléans, peu animée, et croisait sans les voir les quelques passants qui, comme elle, rejoignaient leur voiture ou leur appartement.

En s'engouffrant dans la ruelle qui menait au parking, l'idée ne l'effleura pas tout de suite qu'elle aurait pu faire un détour pour éviter de l'emprunter. Ce ne fut que lorsque, arrivée en son centre, elle entendit des pas précipités dans son dos, que la voix de sa mère résonna dans son esprit : « Attention, Lila, c'est un coupe-gorge. »
Elle jeta un coup d'œil derrière elle et vit un homme encapuchonné de noir qui s'approchait à vive allure. Ses poils se dressèrent sur sa peau. La peur lui fouetta le sang si vigoureusement qu'elle s'élança en avant, avec une énergie insoupçonnée. La ruelle n'était pas si longue, elle déboucherait bientôt sur le parking. Avec un peu de chance, elle atteindrait sa voiture avant que l'inconnu l'ait rattrapée. Le cœur de Lila se serra quand elle comprit qu'elle n'aurait jamais le temps de fouiller à l'intérieur de sa besace pour y dénicher la clé

et déverrouiller les portières de sa voiture. Pourquoi avait-elle acheté un sac à main aussi grand ? Elle passait toujours un temps infini à retrouver ses affaires. Lila ne vit qu'une seule solution : hurler. Son cri traverserait les volets clos autour d'elle et quelqu'un finirait bien par sortir pour voir ce qui se passait. Mais elle n'en eut pas le temps. Une main gantée s'abattit sur sa bouche et son nez avec force. Le goût et l'odeur du cuir s'insinuèrent en elle, annihilant toute chose. Comme dans un cauchemar, le cri mourut sur ses lèvres, prisonnières du gant. Elle ne pouvait plus respirer, luttait comme une diablesse pour échapper à la poigne de l'homme. Mais il était bien plus fort qu'elle. Il la fit tomber, la tête face au sol. Elle se prépara à sentir la lame d'un couteau sur sa gorge, ou à devoir écarter les jambes. Que lui voulait cet homme ?

Puis le poids de l'inconnu sur elle s'allégea jusqu'à ce qu'elle ne le sente plus du tout. Le bruit de ses pas qui s'éloignaient résonna longtemps dans ses oreilles. Il n'était plus là, et pourtant elle n'osait pas bouger. Recroquevillée sur elle-même, elle se sentait salie. Souillée. L'étoffe de son pantalon, entre ses jambes, était trempée. Lila resta ainsi prostrée, sidérée, pendant plusieurs minutes. Ce qui se passait autour d'elle était très loin, comme si elle se trouvait dans une bulle que rien ne pouvait atteindre.

Presque aucune lumière n'éclairait le centre de la ruelle. Elle était là, immobile, petite forme encore plus noire que la nuit, et personne ne viendrait jamais la retrouver. Bien sûr, le matin arriverait, la vie reprendrait. Mais c'était tellement loin.

Soudain, des pas retentirent de nouveau. Ils étaient moins rapides. Lila se tassa davantage sur elle-même, terrorisée. C'était *lui* qui revenait. Il n'en avait pas fini avec elle. Et elle était restée, au lieu de fuir. Une lumière quadrilla la rue. Elle la balaya avant de se poser sur elle avec insistance. Lila tenta de se cacher au creux de ses bras. Elle entendit une exclamation de stupeur. Une petite voix dans sa tête lui murmura que ça ne pouvait pas être *lui*, il n'aurait pas eu cet air désespéré.

Une main se posa sur son épaule. Elle sursauta.

— Lila ? Que s'est-il passé ?

C'était presque un hurlement. Comme elle se tendait, son interlocuteur ajouta doucement :

— Je suis là, ça va aller. Tu n'as plus rien à craindre maintenant.

Lila était à présent secouée de lourds sanglots et de spasmes incontrôlables. Les larmes l'aveuglaient. Elle ne voyait pas Karl face à elle, mais elle avait reconnu sa voix et elle sentait son odeur, mélange de musc et de savon de Marseille, derrière celle du cuir qui imprégnait encore ses narines. Il l'attira contre lui et la berça comme un petit enfant, agenouillé à ses côtés. Son contact était chaud, rassurant. Elle s'agrippa longtemps à son cou. Quand elle se dégagea de son étreinte, Lila le considéra avec autant de curiosité que d'hébétude. Que faisait Karl ici, alors qu'elle ne lui avait pas dit où elle se trouvait ? Avait-il remarqué qu'elle avait fait pipi dans sa culotte ? Que lui voulait cet affreux bonhomme encapuchonné ?

— Lila, qu'est-ce qu'il y a ?

— Il... il y avait un homme...

— Quelqu'un t'a touchée ?

— Oui... non... Il... m'a fait tomber... Puis plus rien.
— Je vais t'accompagner au commissariat.
Ces mots firent éclater la bulle qui l'entourait et la plongeait dans un état léthargique.
— Ça va, je n'ai rien.
— Lila, tu viens de te faire agresser. Tu dois déposer plainte.
Lila ramena ses genoux contre elle et les entoura de ses bras, tout en maintenant son sac devant son entrejambe.
— Tu as vu son visage ? demanda-t-il.
— Non... Il avait une capuche. Un manteau sombre. Et toi ? Qu'est-ce que tu fais là ?
— Ça fait un moment que je te cherche partout. J'ai reconnu ta voiture sur le parking. Je m'apprêtais à aller voir si tu étais chez Pierre, quand je t'ai trouvée ici.
Les souvenirs affluèrent dans l'esprit de Lila.
Odette. Pierre. Le carnet. *Le silence est d'or*.
— Tu étais disposé à parler à Pierre ? demanda Lila.
— J'aurais tout fait pour te retrouver. Quand je suis rentré à la villa, j'ai cru que tu serais partie, mais tes affaires étaient encore là. J'ai eu un peu d'espoir. J'ai eu tort ?
Sa voix trahissait l'inquiétude qui avait dû être la sienne toute la journée. Lila ne répondit pas à sa question. Karl reprit :
— Pourquoi es-tu allée voir Pierre ?
— Je voulais comprendre...
— Et qu'as-tu compris ?
— Rien. Rien...
Elle avait passé l'après-midi à essayer de décortiquer le cerveau tortueux de Karl. Et c'était lui-même qui

venait à son secours. Elle refoula une vague de bile qui remontait dans sa gorge et tenta de se redresser, mais ses jambes flageolèrent. Karl parut soudain paniqué à l'idée qu'elle tourne de l'œil. Déposer plainte n'apparut plus comme une priorité puisqu'il annonça :

— Viens par là, je te ramène à la maison.

Avec douceur, il la prit dans ses bras. Elle enroula un coude autour de son cou et posa sa tête contre son épaule. Il la pressa un peu plus contre lui et lui parla à voix basse.

— Ne t'en fais pas, je suis là. Ça va aller maintenant. C'est fini.

Son corps se relâcha et elle sentit une immense fatigue l'envahir. Plus rien ne comptait tant que dormir. À tel point que lorsqu'elle ouvrit les yeux, elle se trouvait dans son lit.

Il l'avait dévêtue et lui avait passé un pyjama. S'était-elle montrée coopérative ou complètement inconsciente ? Elle n'en gardait aucun souvenir. Elle n'avait pas dû dormir beaucoup, Karl n'était même pas encore couché. Ou au contraire, peut-être était-il tard ? Lila chercha son réveil du regard : 7 h 42. Elle avait donc dormi bien plus longtemps qu'elle ne l'avait pensé. Elle se leva et une vague honte l'envahit au souvenir de ses sphincters qui avaient lâché à cause de l'agression. Malgré la température de la chambre, Lila frissonna. L'image de l'inconnu à la capuche était intacte dans son esprit. Floue, car elle ne l'avait pas vraiment vu, mais les émotions qu'elle avait ressenties étaient toujours prégnantes : la peur panique, la révulsion, l'instinct de survie. Tout était là, au bord des lèvres. La porte de la chambre s'entrouvrit précautionneusement et le visage de Karl apparut.

— Tu es réveillée, constata-t-il, soulagé.

Il poussa la porte à l'aide de son coude et entra avec un plateau.

— Reste au lit, je nous ai préparé un petit déjeuner. Rien de tel pour un samedi matin.

Lila se laissa guider, alléchée par l'odeur des tartines grillées et du café. Ils mangèrent en silence. Karl lui demanda comment elle se sentait. Elle avait du mal à remettre de l'ordre dans ses idées. La veille, elle voulait le quitter, et à présent elle se retrouvait à prendre le petit déjeuner au lit avec lui.

Comment en était-elle arrivée là ?

17

Karl

Le lundi suivant, Karl attendit l'arrivée de Charlotte avant de se rendre au bureau. Elle était toujours là dès neuf heures, après avoir conduit son fils à l'école.

Dans le salon, il leva les yeux au plafond, comme si son regard pouvait le traverser pour se poser sur Lila, endormie dans le grand lit. Il était surpris qu'elle soit restée. Elle n'avait pas pris la fuite. Son agression l'avait clouée au lit, elle n'était pas sortie de la chambre de tout le week-end. Il avait failli appeler la police pour la forcer à porter plainte, mais il s'était dit qu'elle lui en voudrait encore davantage. Il avait été à deux doigts de téléphoner à son médecin, avant de se raviser. Si elle s'était conduite en démente hystérique, le docteur aurait pu lui administrer des calmants. Mais que faire face à cette torpeur dans laquelle elle était plongée ?

Ce qu'il lui fallait, c'était de la compagnie. La sienne n'était manifestement plus souhaitée. Quand il se lovait contre elle, elle ne témoignait plus rien : elle ne l'écartait pas, mais ne se blottissait plus dans ses bras. Elle restait aussi inerte qu'une poupée de chiffon. Ça le rendait mal à l'aise. Il avait l'impression que l'agresseur avait tué une partie de son être. Il avait pensé appeler l'une de ses amies. Célestine était la plus compréhensive. Et puis elle étudiait la psychologie, elle saurait ce qu'il fallait faire. Sauf que Lila ne s'était pas encore confiée à elle. Encore une fois, il craignait de la bousculer. À vouloir arranger les choses, ne risquait-il pas de l'agacer ? Pourtant, c'était exactement ce qu'elle avait fait avec lui. Il pourrait lui rendre la pareille, elle verrait que ce n'était pas agréable. Sauf que ce qu'il cachait était bien plus grave.

Karl secoua la tête pour empêcher son esprit de dériver. Il n'avait pas entendu Charlotte entrer, mais il sentait déjà l'odeur de vinaigre blanc flotter dans l'air. Sur le seuil de la cuisine, il la regarda faire. Elle venait de mélanger dans un bol le vinaigre et l'eau du robinet, et de chauffer le tout au micro-ondes pour s'en servir de nettoyant pour le frigo. Elle faisait toujours ça.

Quand il la salua, elle sursauta. Elle n'était pas habituée à le voir, même si elle avait dû constater que sa voiture était encore là.

— Bonjour, monsieur Le Goff, dit-elle.

Karl comprenait ce que Lila ressentait face à la froideur de son employée. Tout en elle était glacial, des traits fins de son visage à ses gestes précis, jamais ouverts vers l'extérieur.

— Charlotte, je ne passerai pas par quatre chemins : Lila a subi une agression vendredi soir.

Charlotte se figea. Elle resta penchée sur son bol, les paupières baissées. Ses mains se mirent à trembler, elle les cacha dans son dos.

— C... comment... qu'est-ce qui s'est passé ?

Sa voix n'était qu'un murmure rauque, comme si elle n'avait pas parlé depuis longtemps.

— Un homme l'a jetée à terre. Il est parti avant de lui avoir fait du mal. A priori, il ne lui a rien volé. Je ne comprends pas. Elle sortait de chez... mon frère. Depuis, elle reste couchée. Mutique.

Charlotte se racla la gorge. Elle avait retrouvé un ton assuré quand elle demanda :

— Vous savez ce qui a pu se passer ?

— J'ai retourné la situation plusieurs fois dans ma tête. J'ai envisagé toutes les options possibles. Rien ne colle. Je me dis qu'elle a dû tomber sur un simple voyou qui voulait lui voler son sac. Il aura été dérangé avant d'en avoir le temps.

— A-t-elle porté plainte ?

— Elle refuse de le faire. Je n'ai pas eu le cœur de la contraindre. Vous savez... elle s'apprêtait à me quitter quand c'est arrivé.

Le silence s'abattit dans la cuisine. Ce fut Romuald qui le rompit à coups de marteau. Il attaquait les grands travaux dans la dépendance. Karl tourna la tête vers la fenêtre et observa le ciel gris. Un frisson le parcourut.

— Charlotte, j'ai un service à vous demander.

Le visage de l'employée resta impassible. Il aurait voulu y lire un encouragement, comme un « Allez-y, demandez-moi, je veux bien vous aider ». Même un simple « Dites toujours, je vais voir ce que je peux faire » aurait suffi, mais il n'y avait rien. Charlotte était un mur.

— Je sais que vous avez déjà beaucoup à faire ici, mais ce ne sera que temporaire. J'ignore combien de temps elle m'accordera encore la grâce de sa présence. Je voudrais que vous vous occupiez de Lila, Charlotte. Je veux dire, pas comme une infirmière ou une garde-malade. Plutôt comme une amie. Une dame de compagnie, appelez ça comme vous voulez. Que vous passiez du temps avec elle. Lila va mal et elle n'a personne ici. Je sais qu'il y a des choses… que vous comprenez. Alors s'il vous plaît, prenez-la sous votre aile. Depuis qu'elle est là, elle n'attend que ça.

Charlotte baissa de nouveau la tête et se mit à mélanger le contenu du bol avec une cuillère, d'un geste machinal et inutile.

— Je ne sais pas si je pourrai, répondit-elle enfin.
— Bien sûr que si, vous pourrez.
— Ma présence n'est pas… enfin, vous savez. Je ne suis pas quelqu'un pour elle.
— Pourquoi ? Parce que vous travaillez ici ?
— Non, enfin oui. Oui et non. À cause de tout.
— Elle n'est pas obligée de savoir. Je ne vous demande pas de vous confier à elle.
— …
— Charlotte, regardez-moi.

Il fut obligé de glisser un doigt sous son menton pour qu'elle accepte de relever la tête. Elle tressaillit à ce contact.

— Vous avez vos secrets et je vous ai toujours dit que je les respecterais. Je vous demande d'ailleurs de continuer à honorer votre promesse envers moi. Je ne sais pas si je réussirai à garder Lila. Si le destin me donne ma chance, je devrai lui dire certaines choses. Mais pas tout. Je ne vous trahirai pas.

Charlotte se dégagea doucement. Elle n'osait jamais aller à l'encontre de la volonté de Karl. Était-ce en remerciement de l'aide qu'il lui avait apportée ? Ou bien parce qu'il lui inspirait de la crainte ? Il n'avait jamais su. Charlotte était si secrète qu'elle cachait tout ce qui trahissait ses sentiments. Comme une louve protège ses petits.

18

Quand Lila ouvrit les yeux, la pièce baignait dans une lumière terne. Karl avait tiré les rideaux pour laisser le jour entrer. Elle devina qu'il était tard. Cela faisait deux nuits qu'elle ne dormait pas, elle se rattrapait le jour. Quand elle se réveillait, elle se sentait encore plus fatiguée, comme si son âme pesait trois tonnes. Elle se levait pour avaler un Doliprane et passer aux toilettes. Elle était incapable de faire autre chose. Elle n'avait pas touché à son portable depuis trois jours, encore moins à son carnet à dessins. Karl l'avait forcée à manger tout le week-end, à présent il devait être parti au travail. Tant mieux, elle avait la paix. Elle n'en revenait pas de la patience qu'il lui avait témoignée. Il s'était montré tellement attentionné. D'un autre côté, cela lui paraissait logique : il faisait sa rédemption. Cette agression était survenue comme une aubaine pour lui.

On frappa trois coups à la porte de sa chambre. Elle fit « oui » tout en réfléchissant à l'identité du visiteur : Karl frappait pour s'annoncer, mais entrait sans attendre sa réponse. Esteban était à l'école. Charlotte ?

C'était bien Charlotte qui pénétrait dans la chambre, portant un plateau. Des effluves de tartine grillée parvinrent jusqu'à son lit. Son ventre y répondit avec empressement.

— Il est près de midi, mais j'ai pensé qu'un petit déjeuner vous donnerait plus envie, au sortir du lit.

Lila se frotta les yeux. Elle avait du mal à croire que Charlotte se trouvait bien là, aux petits soins avec elle. L'employée déplia les pieds du plateau et positionna ce dernier devant elle, après que Lila se fut redressée et appuyée contre les oreillers.

— Je vous ai entendue vous lever pour aller aux toilettes, expliqua Charlotte.

Lila gardait le silence. La mère d'Esteban ne lui avait jamais parlé autant, surtout sans y être invitée. C'était troublant, à tel point que Lila pensa qu'elle préférait avant. Le plus déconcertant fut de constater que Charlotte n'était pas décidée à quitter la pièce. Elle alla d'abord ouvrir les volets et laissa la fenêtre entrebâillée pour aérer la chambre. Elle s'employa ensuite à ramasser les quelques vêtements épars. Lila se sentit affreusement gênée.

— Mangez, ordonna Charlotte. Il ne faut pas vous laisser abattre.

Même sa voix avait perdu de sa rugosité glacée. Lila en était déroutée, mais bien vite, elle fit le lien :

— C'est Karl qui vous a demandé de veiller sur moi, n'est-ce pas ? Il n'est pas là, alors il veut s'assurer que je mange.

— Vous ne pouvez pas l'en blâmer.

Elle ne niait pas. Ainsi donc Lila avait vu juste. Elle prit le couteau à beurre et garnit sa tartine généreusement.

C'était la première fois que Charlotte s'occupait du petit déjeuner. Comme pour le reste, c'était parfait. Elle avait même choisi la tasse à petits cœurs roses et rouges que sa sœur lui avait offerte à Noël. À la couleur rosée du thé, Lila reconnut son Happy Fruits, qu'elle achetait en vrac.

— Il ne faudrait pas que vous vous forciez, déclara Lila.

Charlotte, qui était en train de replier une couverture qui avait glissé au sol, suspendit son geste quelques instants.

— Je sais que vous ne m'aimez pas, reprit Lila.

— Vous vous trompez...

Comme Lila n'avait pas l'air de la croire, Charlotte s'assit avec précaution au bout du lit.

— C'est plus facile pour moi d'agir avec l'assentiment de mon employeur... Enfin, que voulez-vous ? On ne se refait pas. Et puis, quand il m'a dit... je... enfin je sais, pour vendredi soir. J'imagine ce que vous ressentez. Je ne peux pas vous laisser vous débattre toute seule avec ça.

— Pourquoi ?

— Parce que... parce que je suis une femme ! Je ne suis peut-être qu'une employée de maison – et une mère célibataire, qui ne parle pas fort et ne paraît pas très intelligente –, mais je lis beaucoup. Cette solidarité qui unit les femmes, simplement parce que nous sommes nées femmes, avec tous les avantages et les inconvénients que ça implique, ça s'appelle la sororité. Alors au nom de ce mot compliqué et pas très joli, je me dois de vous aider. Et pas seulement parce que M. Le Goff me l'a demandé.

Lila, sa tartine dans une main, était à présent incapable de bouger. La tirade de Charlotte sonnait si vrai qu'elle lui avait coupé la chique. Pour la première fois, elle éprouva un élan de sympathie envers cette femme. D'ailleurs, Charlotte lui arracha un sourire malgré elle. Charlotte le lui rendit, timidement.

— M. Le Goff m'a dit aussi que vous ne vouliez pas porter plainte ?

Lila secoua la tête.

— Ça ne servirait à rien. Je n'ai pas vu son visage.

— Et alors ? Un homme sans visage ne lui donne pas tous les droits. Allez braquer une banque avec un masque, on vous retrouvera.

— J'étais toute seule, Charlotte. Personne ne pourra témoigner.

— Vous ne pouvez pas savoir ce que donnera le travail de la police. Ils vont interroger les gens du quartier, peut-être que certains ont vu des choses étranges. Les enquêteurs peuvent faire des recoupements et trouver le coupable. Et puis M. Le Goff n'était pas très loin. Avec l'aide des policiers, un détail lui reviendra peut-être en mémoire.

— Justement...

— Justement quoi, mademoiselle Tessier ?

— S'il vous plaît, pas de mademoiselle Tessier avec moi. Lila, c'est très bien.

— Entendu, je vais essayer.

Lila finit sa tasse de thé. Elle sentait la chaleur descendre dans sa gorge, et la saveur gourmande et acidulée des fruits rouges lui fit du bien. Elle se leva pour poser le plateau par terre avant de revenir sur le lit.

Elle s'assit en tailleur et confia à Charlotte, comme s'il s'était agi de l'une de ses amies :

— Je voulais le quitter, Charlotte. Comme par hasard, ce soir-là, je me fais agresser par un homme que je n'ai pas vu. Et c'est Karl qui me retrouve et me ramène à la maison.

— Vous croyez... que... M. Le Goff aurait fomenté ce plan pour vous récupérer ?

Lila hocha la tête en silence.

Charlotte avait du mal à rester sans rien faire. Elle se leva et fit le tour de la pièce, comme pour s'assurer que tout était en ordre. L'air était frais, alors elle ferma la fenêtre puis s'assit de nouveau. Lila devinait qu'elle brûlait d'envie d'aérer la chambre en grand et de changer les draps.

— C'est vraiment l'idée que vous vous faites de M. Le Goff ?

Comme Lila ne répondait pas, elle poursuivit :

— Alors pourquoi restez-vous ici, mademoiselle... je veux dire, Lila ?

Lila réfléchit. Elle avait raison. Mais s'obstinait-elle à rester, ou ne pouvait-elle pas partir ? Déjà à cette question, elle ne trouvait pas de réponse.

— Vous savez, si vous ne voulez pas porter plainte pour vous, vous pourriez au moins le faire pour les autres, reprit Charlotte.

Lila ne comprenait pas. Qu'est-ce que les autres avaient à faire dans l'histoire ? Quels autres, d'ailleurs ?

— Si vous ne dénoncez pas votre agresseur, il recommencera sans doute. Et... un jour... Oh, vous ne le saurez sûrement jamais, mais... une autre femme subira le même sort... voire pire.

Lila frissonna. Elle eut soudain froid dans son pyjama et remonta les couvertures sur ses jambes. Charlotte se leva à nouveau. Elle lui donnait le tournis. Qui eût pensé qu'une femme aussi terne et distante débordait de tant d'énergie ? Lila n'avait jamais vu cette ardeur en elle. Charlotte revint du dressing et posa la besace de Lila à côté d'elle sur le lit.

— J'aimerais que vous vérifiiez si votre agresseur vous a volé quelque chose. On va sûrement vous le demander.

— Charlotte, je n'irai pas au commissariat.

— Vous ne voulez pas savoir si on vous a volée ?

— Il n'en a pas eu le temps, je crois.

— Vous croyez.

À contrecœur, Lila obtempéra. Elle tenta de se remémorer ce qu'il y avait à l'intérieur. Elle fronça les sourcils et plongea la main dedans. L'essentiel s'y trouvait : son portefeuille, sa carte bleue, ses papiers d'identité, son téléphone.

Puis elle le vit. Intact, il l'attendait tout au fond de son sac : le journal intime de Pierre.

— J'ai tout, dit-elle.

Son visage était bouleversé, aussi Charlotte lui demanda-t-elle si elle était sûre. Lila acquiesça et répéta qu'elle ne porterait pas plainte. Charlotte l'examina un long moment sans rien dire. Lila n'en éprouva pas de gêne, parce que Charlotte ne la regardait pas vraiment. Elle semblait perdue dans des pensées lointaines. Quand elle parla à nouveau, sa voix avait pris des accents plus graves.

— Un jour, une de mes amies s'est fait agresser aussi. Oh, c'était il y a de nombreuses années. Elle était jeune.

Elle avait toute la vie devant elle. Et puis... un homme l'a violée. Parce qu'il la désirait et qu'elle ne voulait rien lui donner. Mon amie... elle n'a plus jamais été la même après ça. Elle a toujours eu peur d'attirer de nouveau les désirs malsains sur elle. Alors elle est devenue comme ces femmes-caméléons qui se cachent pour qu'on les laisse tranquilles. Cette amie n'a jamais porté plainte. Elle disait comme vous que... que ça ne servirait à rien. Aujourd'hui encore elle s'en veut de cette lâcheté, parce qu'elle pense qu'il a pu recommencer.

— Il n'est pas trop tard, n'est-ce pas ? Il n'y a pas prescription.

Charlotte haussa les épaules.

— Je refuse de laisser quelqu'un d'autre gâcher sa vie sans rien faire. Sans insister.

— Je n'ai pas été violée, Charlotte. C'est beaucoup moins grave.

— Vous ne l'avez pas été, mais... que voulait vous faire cet individu ? C'est normal d'être bouleversée. Personne n'a le droit de nous toucher sans notre consentement. C'est... c'est ce que je dis à mon fils.

Lila considéra Charlotte un long moment. Elle ressemblait à cette femme-caméléon dont elle avait parlé. L'affreuse expérience de son amie violée avait eu des conséquences bien plus larges. Charlotte était un dommage collatéral.

— D'accord, j'accepte. J'accepte de porter plainte. À condition que vous veniez avec moi.

Lila ne regretta pas sa décision, rien que pour le sourire soulagé et sincère que Charlotte lui adressa.

19

Karl

Le soir, Karl rentra plus tôt. Il avait ramené quelques dossiers pour travailler chez lui, mais Lila passait avant tout. Il ne pouvait pas prendre le risque de la voir partir. Il voulait la garder près de lui.

Il avait tout fait pour l'éviter, mais son passé semblait se répéter, encore et encore. Ses pensées tournaient en boucle dans sa tête, lancinantes. Les voix de son frère et de sa grand-mère se mélangeaient. Des phrases, des mots prononcés de nombreuses années auparavant, surgissaient de nouveau. Depuis que Pierre avait refait surface, il avait l'impression de devenir fou. Tout remontait en lui. Une sorte de spirale infernale qui menaçait de l'engloutir tout entier.

Il avait pris une grande décision. Il avait rendez-vous la semaine suivante avec un psychanalyste. Il avait failli sauter le pas, à l'époque, mais il s'était ravisé. Trop de fierté, trop de honte, et pas assez de prise de conscience. De maturité, peut-être. À présent, il était prêt. Pas pour lui, mais pour Lila. Si c'était pour Lila, ça signifiait sûrement qu'en fait, c'était pour lui. Pour satisfaire son monstre d'égoïsme.

Karl la chercha dans la maison. Elle n'y était pas. Il se rappela avoir vu sa voiture garée sous l'appentis et tâcha donc de se raisonner, elle ne pouvait pas être partie. Il sortit dans le jardin et la trouva tout de suite. Elle portait une courte doudoune noire sur un jean élimé. Le soleil dardait sur elle ses rayons lointains. Ces derniers caressaient sa longue tresse et en faisaient scintiller les reflets cuivrés. Elle était si belle. Comment une fille comme elle pouvait-elle s'intéresser à un type comme lui ? Karl masqua le tremblement de ses mains en les enfouissant dans ses poches. Elle dut déceler ses mouvements du coin de l'œil, car elle tourna la tête dans sa direction. Il fut surpris de la voir lui sourire. Le soulagement lui arracha presque un soupir. Il prit sur lui pour ne rien montrer. Surtout ne pas la considérer comme acquise. Assise sur le rebord de la fontaine, elle dessinait. Il prit place à côté d'elle et se pencha sur son ébauche. Elle croquait un poisson rouge. Son coude frôlait le sien. Il se rapprocha un peu plus, jusqu'à ce que sa cuisse effleure son jean. Il se concentrait pour sentir sa chaleur contre lui. Quand il redressa la tête, deux yeux immenses le mangeaient du regard. Il eut soudain l'impression que c'était leur premier rendez-vous. Il se sentait timide face à elle, comme si tout était à reconstruire. Comme s'il n'avait pas dormi à ses côtés la nuit dernière, serrant dans ses bras une poupée de chiffon. Il caressa sa joue du bout des doigts. Elle frémit à son contact. Il retira sa main, mais son sourire sembla l'inviter à continuer. Imprévisible Lila.

Il fondit sur elle. Ses lèvres cherchèrent les siennes et il la pressa contre lui, les mains dans ses cheveux. Elle répondit à son baiser, leurs langues se mêlèrent avec ardeur. Lorsqu'ils s'écartèrent, ils étaient pantelants. Si le personnel de la maison ne s'était pas trouvé là, quelque part, il lui aurait fait l'amour. Il lui tardait de retrouver leurs étreintes passionnées.

— Je suis allée porter plainte au commissariat tout à l'heure, annonça-t-elle après avoir repris ses esprits.

— C'est bien.

Elle hocha la tête en silence.

— Tu sembles soulagée, remarqua-t-il.

Elle acquiesça d'un simple geste.

— Je leur ai dit qu'on ne m'avait rien volé, et puis je me suis rendu compte que si.

— Qu'est-ce qu'il te manque ?

— Mon carnet à dessins. C'est bête... je le cherchais tout à l'heure. Je le laisse toujours dans mon sac au cas où, tu te souviens ? Je ne l'ai pas trouvé.

— Tu es sûre qu'il y était ?

— Certaine.

— Tu ne l'as pas sorti, après l'agression ?

— Non... je n'avais pas envie de dessiner. Je n'ai touché à ma besace qu'aujourd'hui. Enfin je crois...

— Pourquoi voudrait-on te voler un carnet à dessins ?

Lila fit virevolter sa tresse sans répondre. Elle remit de l'ordre dans sa chevelure décoiffée par Karl. Elle semblait sur le point de partir.

— Je... j'ai quelque chose à te dire, Lila.

— Oui ?

Elle mit tant d'espoir dans ce mot que cela lui pinça le cœur. À travers ce « oui », elle lui signifiait qu'il pouvait tout lui dire, qu'elle était résolue à l'entendre. Que tout allait forcément s'arranger après ça. Il allait la décevoir.

— Est-ce que tu as confiance en moi ?

Elle soupira.

— Je ne sais pas, Karl… J'ai l'impression de ne plus te connaître, ou de m'être trompée à ton sujet. Il y a tellement d'éléments que je ne comprends pas.

— Demande-moi…, avança-t-il d'une voix hésitante.

— Pourquoi tiens-tu Pierre pour responsable de la mort de vos parents ?

— Qui t'a mis ça dans la tête ?

— Pierre lui-même.

— Je croyais qu'il ne t'avait rien appris ?

— Eh bien si. C'est même la raison pour laquelle il est parti.

Karl était réellement ébranlé par cette révélation.

— Mais… c'est ridicule, voyons. Je n'ai jamais rien dit ou fait pour qu'il le croie… Au contraire, c'est moi… si j'avais accepté ce dîner… Enfin, on ne peut pas revenir sur le passé.

— C'est parce que tu t'en veux que tu conserves toutes ces vieilleries à l'étage ?

Karl se tut. Lila devrait se contenter de l'aveu qu'il venait de lui faire à demi-mot. Il évita de répondre en orientant la conversation vers sa précédente question :

— Au début de notre relation, tu me faisais confiance, n'est-ce pas ?

— Je t'ai fait confiance, mais comment veux-tu que ce soit encore le cas aujourd'hui ? Tu ne me dis rien, tu m'exclus d'une partie de ta vie. Je ne peux pas comprendre si tu ne m'expliques pas.

— Je n'ai pas changé, Lila. Je suis toujours le Karl que tu as connu.

— Qui est ce Karl ?

Son regard vibrait d'intensité. Elle voulait qu'il la conforte, qu'il ravive les espoirs qu'elle avait eus pour lui, pour eux.

— Je... je suis en train de faire un bout de chemin... Tu m'as ouvert les yeux. Je dois retrouver qui j'étais, comprendre certaines choses. Je vais suivre une thérapie, Lila. Je veux m'en sortir. Pour toi. Je suis prêt à tout pour ne pas te perdre. Je t'aime comme un fou, rappelle-toi. Mon amour, je suis Karl. Celui qui est capable d'entendre le chant des cigales rien qu'en regardant tes dessins de Provence. Celui à qui ton père a appris à jouer à la belote. Celui que Prune n'aime pas beaucoup parce qu'il lui pique sa meilleure amie. Celui que tu n'en finissais pas d'embrasser devant le magasin de parapluies du passage de l'Ancre à Paris.

En l'écoutant, Lila riait à travers ses larmes. Elle perdit cependant de sa gaieté quand elle revint sur la scène qui avait tout bouleversé.

— Et ta grand-mère ?

— Je voudrais que tu me fasses confiance. Je n'ai pas violenté ma grand-mère. Crois-moi, Lila. Ce n'est pas moi qui lui ai laissé ces traces.

— Alors qui ?

Karl ferma les yeux.

— Mon amour, je suis le tuteur de ma grand-mère. Après ton passage, la directrice m'a appelé pour me tenir informé de la situation.

— Tuteur ? Mais je croyais que tu n'allais jamais la voir ?

— Ce n'est pas parce que je n'y vais pas souvent que je ne m'en occupe pas. Je gère tout pour elle. Elle n'a que moi.

— Non, elle a Pierre aussi.

— Mais il n'était pas là.

— Il se rattrape.

Le sourire de Karl se fit grimaçant.

— Qui alors, Karl ? Qui ? insista Lila en accrochant ses doigts au col de son manteau.

Il ne répondait pas. À bout de nerfs, elle rugit.

— Qui ? Qui va enfin répondre à mes questions, bordel ? QUI ?

Karl était désemparé. Lila s'était levée et gesticulait dans tous les sens. Il ne trouva qu'une solution pour la calmer : il l'éclaboussa avec l'eau de la fontaine. Elle s'arrêta net, interloquée par son audace.

— Alors là !

Elle se pencha vers le bassin et tenta d'emprisonner un peu d'eau dans ses mains en coupe pour arroser Karl. Il avait anticipé son geste, mais fit mine d'être surpris. À son tour, il tenta de se venger, et elle partit en courant. Il la talonna. Lila se retourna et quand elle se vit ainsi poursuivie, elle poussa un petit cri. Karl pensa instantanément à son agression ; il s'en voulut, mais il était déjà sur elle. Il la prit par la taille, stoppant sa course. Il plongea son nez dans ses cheveux et poussa quelques mèches pour l'embrasser derrière l'oreille, comme elle aimait. Il sentit ses réticences tomber. Alors il la serra contre lui avec force.

— Je ne peux pas vivre en me disant que demain tu vas peut-être me quitter, souffla-t-il contre son oreille. Lila, est-ce que tu acceptes de me faire confiance ?

Lila se dégagea doucement pour se retourner face à lui.

— J'accepte, dit-elle à voix basse. Mais ne me déçois pas.

20

Lila sortit le gâteau du frigo. Esteban allait rentrer de son entraînement d'une minute à l'autre. Un peu inquiète, elle observa les « petits bruns ». L'assemblage était resté intact.

La veille, elle avait parlé d'Esteban avec Charlotte. Pendant que celle-ci nettoyait les baies vitrées du salon – son astuce pour supprimer toutes les traces, c'était de frotter avec du papier journal –, Lila s'était installée à côté d'elle pour discuter. Charlotte était encore distante, cela faisait seulement une semaine qu'elles avaient brisé la glace. Mais quand il s'agissait de son fils, elle se montrait intarissable. Lila avait vite compris que parler d'Esteban, de ses efforts à l'école, de sa facilité à se faire des copains, de sa passion pour le foot, de sa révélation pour le dessin transformait la ligne d'horizon des lèvres de Charlotte en une courbe, accentuant les pattes-d'oie sous ses yeux. Charlotte lui avait confié le faible d'Esteban pour le gâteau de sa grand-mère, qu'elle appelait « petits bruns ». Le lendemain, Lila avait acheté tous les ingrédients et demandé à Charlotte de lui apprendre à le faire. Elle avait suivi ses conseils, trempé les Petit Lu juste un peu dans le café fort pour qu'ils ne s'émiettent pas. Charlotte lui avait dit de se méfier de certaines recettes trouvées sur le Net qui recommandaient de mélanger de la crème au beurre avec des œufs montés en neige : cela faisait des grumeaux. Christine, sa mère, n'y mettait qu'un œuf entier, et c'était très bon ainsi.

Un quart d'heure plus tard, Esteban embrassait sa mère et racontait comment son équipe avait mis une « branlée » à ses adversaires.

— C'était pas vraiment un match, mais attends qu'on fasse ça samedi contre Montreuil. Ils vont se prendre une ratatinade !

— Tu as encore grandi, toi ! Regarde-moi tes bas de pantalon ! rit Lila en ébouriffant ses cheveux à peine secs.

— C'est parce qu'il ne vous a pas dit qu'il préfère porter ses vieux joggings tout troués. À le voir, on croirait que c'est un pauvre enfant sans le sou.

— Le dernier pantalon que tu m'as acheté, il est trop long.

— Il est juste à ta taille, Esteban. C'est parce que c'est la mode, d'aller à la pêche, ajouta-t-elle d'un ton de conspiratrice à destination de Lila.

— Ma sœur est pareille, répondit-elle, amusée. Et puis, les tongs-chaussettes aussi, c'est in !

Elle envoya un clin d'œil complice à Esteban. Quand il passait le seuil de la villa, il se rendait au local de Charlotte et chaussait ses claquettes. Ainsi affublé de son pantalon troué et trop court, de ses socquettes blanches et de ses claquettes de piscine, il se sentait comme chez lui.

— Et il n'a que dix ans ! conclut Charlotte en levant les yeux au ciel.

— Oh, mon gâteau ! s'exclama Esteban depuis la cuisine. Trop bien !

— Ta mère m'a donné sa recette, dit Lila en le rejoignant. J'ai une idée : si tu allais chercher Romuald pour qu'on goûte tous les quatre ?

— Oh ouais !

Esteban revint bien vite, Romuald sur les talons, qui s'excusa de déranger : le Pitchou lui avait proposé un morceau de son gâteau favori, alors il n'avait pas pu refuser. À côté de lui, Charlotte se leva plusieurs fois pour aller chercher des ustensiles que Lila avait déjà sortis. Cette dernière ne manqua pas de s'apercevoir que l'employée de maison était rougissante et avait du mal à aligner deux phrases. Sa froideur cachait donc une grande émotivité… Esteban parlait la bouche pleine, disant que le gâteau était presque aussi bon que celui de mamie.

Il en avait fallu du temps, mais Lila avait réussi. Elle avait rassemblé des gens qui se côtoyaient au sein d'un même foyer, sans jamais vraiment se voir ni se parler. Romuald se montra d'excellente compagnie. Il parlait fort et, avec son accent chantant, Lila était sûre qu'elle pourrait entendre les cigales si elle fermait les yeux. Comme Karl quand il regardait ses dessins. Karl. Il ne manquait plus que lui. En vérité, c'était grâce à lui, tout ça. Il n'avait pas seulement fallu que leur couple soit au bord de la rupture ou qu'elle se fasse agresser pour déclencher cet élan d'amitié à la villa. Il avait suffi d'une demande de Karl à Charlotte. Elle n'avait pas l'air de se forcer à présent. Était-ce le premier pas qui s'était révélé difficile ? Le barrage avait ensuite cédé facilement.

Esteban fit promettre à Romuald qu'il pourrait venir l'aider à travailler dans la dépendance.

— J'aimerais bien faire ça plus tard. Des travaux.

— Je croyais que tu voulais devenir footballeur ?

— Bah, faire des chantiers, c'est bien aussi.

— Tu feras ce qui te plaira, mais surtout tu feras des études, annonça sa mère.

— L'essentiel, ce n'est pas le métier que tu choisis, mais la façon dont tu t'y investis.

Les paroles de Romuald, pleines de sagesse, les laissèrent tous pensifs.

— Vous connaissez l'histoire des trois casseurs de pierres[1] ? lança-t-il.

Et comme tout le monde secoua la tête, il poursuivit :

— Mon père me la racontait souvent quand j'étais petit. Il disait qu'elle ouvre les yeux sur le monde. Interrogé par un pèlerin sur ce qu'il était en train de faire, commença-t-il, le premier casseur de pierres, sombre et rageur, expliqua qu'il cassait des pierres, que c'était dur, qu'il était fatigué et affamé. Le deuxième, plus serein, dit que ce travail lui servait à gagner sa vie et nourrir sa famille, et qu'il était bien content d'avoir un métier. Enfin, le troisième, qui rayonnait davantage que le deuxième et bien plus encore que le premier, répondit : « Moi, monsieur, je bâtis une cathédrale ! »

---

1. Fable de Charles Péguy.

L'histoire plut beaucoup à Charlotte. Lila le vit dans ses prunelles qui se mirent à briller.

Puis chacun retourna à ses occupations, Romuald à ses travaux dans la dépendance et Charlotte au nettoyage de la salle de bains.

— On dirait qu'elle t'aime bien, finalement, ma mère, dit Esteban en la regardant s'éloigner.

Cette remarque fit rire Lila. Ce garçon ne manquait pas de perspicacité.

— J'ai pensé à mon annonce, cette fois, reprit-il en sortant un bout de papier de sa poche.

Lila se raidit. Esteban lui tendit le précieux sésame, plié en huit. Lila y découvrit une écriture plus appliquée qu'à l'accoutumée :

« Je m'appelle Esteban Levy. Je cherches mon père, Florent. Il a rencontré ma mère pendant l'été 2005. Ma mère s'appelle Charlotte Levy. Si vous croyez être mon père, contactez-moi. »

Il concluait en laissant le numéro de téléphone de Charlotte.

Lila replia la feuille, pensive.

— Alors ? C'est bien ?

— Tu as fait une faute. Il n'y a pas de « s » à « je cherche ».

— Ah oui, c'est vrai. Je vais corriger. Mais sinon… tu crois que mon père pourra se reconnaître avec ça ?

— Mmmh… Ça me paraît maigre. Des Florent qui sont allés à Saumur durant l'été 2005, il n'y en a probablement pas qu'un seul.

— Mais un seul a rencontré ma mère.

— Il ne connaît peut-être pas son nom de famille ?

Esteban haussa les épaules.

— Quand on se rencontre, il faut penser à se dire ces choses-là.

— Tu as raison, c'est plus prudent. Et le numéro de téléphone ? Tu crois que ta mère serait d'accord pour qu'il soit donné à tout le monde ?

— Comment je vais faire alors ?

Lila éprouva un pincement au cœur à le voir ainsi désemparé. Bon sang, il était normal qu'il s'interroge sur ses origines ! Comment Charlotte pouvait-elle continuer à les entourer d'un tel silence ? Esteban était avisé, intéressant. C'était un amour d'enfant, on sentait qu'il était bien élevé. Mais son équilibre restait fragile, en pleine construction. À force de voir ses espoirs de retrouver son père s'envoler, ne risquait-il pas de changer ?

— Allons, laisse-moi réfléchir. On va bien trouver une solution.

Et soudain, Lila lança :

— Et si tu mettais mon adresse mail à la place ?

— C'est vrai ?

— Oui, ça ne me dérange pas. Viens par là, on va la finaliser, ton annonce, et la mettre sur les réseaux sociaux.

— Elle va passer dans le journal ?

— Le journal ? Non… Si ta mère voit son nom dedans, je doute qu'elle soit très contente. Et puis, le journal local, ça ne va pas assez loin. S'il habite à Marseille, ton père, il ne le lira jamais. Tu comprends ? Il faut voir plus grand pour ton papa, bien plus grand…

Ce soir-là, quand Charlotte et Esteban quittèrent la villa, Lila resta longtemps à la fenêtre. Bien après que leur voiture fut partie, elle voyait encore le garçon agiter sa main pour lui dire au revoir. Maintenant, l'espoir du petit était à la merci du premier fou en manque de descendance. Et si elle ne recevait aucun message, ce serait pire. Elle lirait dans les yeux d'Esteban toute sa déception face à un père qui, inconscient de sa paternité, ne cherchait même pas à le retrouver. Elle était à présent dans de beaux draps… Demain, elle devrait parler à Charlotte. Absolument.

Pour l'heure, elle comptait s'atteler à une tâche importante qu'elle avait laissée de côté. Depuis sa réconciliation avec Karl, elle avait peur de ce qu'elle allait comprendre. Ce soir, il avait son premier rendez-vous avec son thérapeute. Ce n'était sûrement pas le moment opportun : elle risquait de briser par une simple lecture ce qu'il s'évertuait à réparer. Pourtant, elle ne pouvait plus attendre. Elle s'installa sur le canapé, avec un plaid.

Et le journal intime de Pierre.

21

Pierre

Après tout, nous n'étions alors que des enfants...

Ma mère rattrapait le temps perdu en nous câlinant pendant de longues minutes avant que nous allions nous coucher. Elle voulait tout savoir de nos journées. Ce n'était pas une mauvaise mère, juste une femme obnubilée par sa responsabilité à l'égard de ses patients. Nous avions chacun notre chambre, et mon frère ne supportait pas qu'elle s'attarde dans la mienne. Il réclamait son attention, prétextait un besoin quelconque pour me l'arracher. J'étais comme un point noir qui obstruait sa vie, mais dont il ne parvenait pas à se débarrasser. Pour autant, il fallait que je reste dans son champ de vision car, comme le bouton qu'on triture pour qu'il disparaisse, il ne voyait que moi. Il avait besoin de moi.

Mon père se comportait de manière très différente. Il était de l'ancienne génération, de celle qui ne s'occupe pas des enfants. Il nous saluait, échangeait quelques mots avec nous ou nous réprimandait, mais il ne nous témoignait aucune tendresse, ne participait pas à nos jeux, et nous ne discutions jamais. Je crois bien n'avoir rien partagé avec lui. Il n'était pas méchant. Juste... indifférent. Mon frère et moi cherchions sans cesse à attirer son attention. À faire en sorte qu'il nous aime un peu. Aujourd'hui, je suis persuadé qu'il nous aimait... à sa façon. Mon frère, rongé par la jalousie, arguait qu'il me préférait à lui. Il m'appelait sans cesse « le chouchou » sur un ton dédaigneux. À l'époque, je voulais devenir médecin, comme mes parents. Lui, non. Il allait à contre-courant et se sentait exclu d'un cercle qui pourtant n'existait pas. En apparence, nous étions une famille sans histoire. En vérité, nous étions des êtres distincts, sans autres liens entre nous que ceux du sang.

Je le haïssais. Je le haïssais autant qu'il me détestait. Et j'avais besoin de lui autant qu'il avait besoin de moi. Je ne comprenais pas cette relation. Au début, ma grand-mère disait que c'était normal, entre frères. Nous étions comme chien et chat. Mais il y avait autre chose, du poison que je ne savais pas nommer. Je distinguais les contours d'un lien toxique sans pouvoir en expliquer la raison, sans savoir si mon ressenti était vrai. Il faut des années pour se défaire de ce qu'on a toujours connu. Pour accepter et même imaginer que cela puisse se situer en dehors de toute normalité. Il n'y a eu que peu de personnes pour dire « Laisse ton frère tranquille », « Ne te comporte pas ainsi avec lui ». Les baby-sitters s'y étaient risquées, et cela leur avait coûté leur place.

Si j'avais souvent tendance à capituler face à mon frère, il arrivait aussi que je me défende. Certains sujets m'affectaient plus que d'autres et j'étais capable de faire preuve de véhémence quand je ressentais de l'injustice. À un « Il a pris plus de bonbons que moi », je rétorquais « C'est pas vrai ! », et j'y mettais tant de sincérité que les larmes n'étaient pas loin. Je les refoulais, avec toute la force dont j'étais capable. Alors, on se méprenait, considérant que mon émotion encore contenue devait trahir ma faute. Ces mésententes puériles agaçaient la baby-sitter, mon frère pleurait, lui, avec des larmes de cinéma, la situation s'envenimait et il finissait par obtenir gain de cause.

J'avais l'impression que j'étais le seul à le voir tel qu'il était vraiment. J'ai commencé à douter. Et si le problème venait de moi ? Ces réflexions ne sont pas apparues dès ma petite enfance. Je ressentais déjà certainement une sorte d'anomalie dans notre relation, mais j'étais encore trop petit pour l'appréhender. C'est arrivé après, vers l'adolescence, je crois. Cet âge où l'on se cherche. Lui, il n'avait pas changé : il était figé dans son enfance, dans le seul mécanisme qu'il avait assimilé, celui de la manipulation. Il manipulait tout le monde et tout le temps. Évidemment, cela passait souvent inaperçu aux yeux des gens. Il savait s'y prendre, se faire discret quand ça commençait à sentir le roussi. Il réclamait des jouets puis de l'argent, à cor et à cri. Il lui fallait toujours plus, maintenant et tout de suite.

Après la mort de mes parents, ma grand-mère a récupéré le grand tableau qui trônait dans le salon et nous représentait tous ensemble, souriants. Je crois que pour une fois mon frère partageait mon avis : aucun de nous ne souhaitait conserver ce tableau, nous n'avions pas la force de faire semblant, face à l'image de cette famille unie. Lorsque je fouille dans ma mémoire, je n'y trouve qu'un seul moment pleinement heureux : des vacances dans le Vaucluse, où nos parents avaient loué une maison. En fait, un souvenir précis émerge encore : celui de notre visite à la Ferme aux crocodiles. Mon frère y est tombé amoureux des serpents. A-t-il trouvé dans cet animal l'incarnation de son esprit tortueux et fourbe, ou bien, comme ma grand-mère se plaisait à l'analyser, a-t-il simplement reporté sur un être vivant sa joie de ce temps suspendu en famille ? Un temps où nous n'avions pas besoin d'attirer l'attention de nos parents pour qu'ils s'intéressent à nous. Un temps de paix. Qui n'a pas duré. Cherchait-il à le retrouver quand, adolescent, il passait ses journées chez un copain de collège dont le père était herpétologue et lui apprenait tout sur ces animaux ? Mon frère n'a jamais voulu m'y emmener. C'était son antre. Je n'étais pas digne d'y pénétrer.

Je me souviens d'une fois où je l'ai surpris en train de piquer de l'argent dans l'enveloppe où ma mère conservait toujours quelques billets, à l'abri sous une pile de sous-vêtements. Mon frère a vu que je l'avais pris la main dans le sac.

— T'as intérêt à la fermer ! a-t-il sifflé, le regard dur.

Je savais que ce n'était pas la première fois, mais je n'en avais jamais eu la preuve. Pour démontrer à ma mère qu'il n'était pas le fils parfait qu'elle imaginait, je lui ai raconté le soir même. Aussi parce que je considérais le vol comme un acte odieux. Mon frère piétinait avec désinvolture la confiance de mes parents, et je ne pouvais pas le supporter.

Ma mère n'a pas réagi comme je m'y étais attendu. Bien sûr, il s'est pris une sacrée ronflante, mais il a su rebondir et lui retourner le cerveau, à tel point qu'elle a fini par en conclure que s'il s'était comporté ainsi, c'était parce que nous ne recevions pas assez d'argent de poche. Elle nous en a donné davantage dès le mois suivant.

— Tu vois, m'a-t-il dit, grâce à moi, t'as plus à dépenser. C'est pas toi qui aurais pu obtenir tout ça. Lavette comme tu es. Lavette et balance.

Quand je n'adhérais pas à ses idées, il me tapait. Les coups n'étaient jamais violents, de sorte à ne pas laisser de traces. Si j'osais me rebeller, il ricanait, arguait qu'il n'avait pas voulu me faire mal et que je n'avais pas d'humour. Il me traitait aussi de tous les noms, « p'tite bite » ou « couille molle » de préférence, « lavette », si quelqu'un risquait de nous entendre. Le sens était toujours le même. Et j'ai fini par le croire. Répétés tel un mantra, ces sobriquets s'étaient insinués dans ma tête jusqu'à ce que je me dise que je n'étais rien d'autre qu'une chiffe molle.

Dans cette débâcle de violence psychologique existaient des moments bénis où le calme régnait, où l'amour fraternel pointait le bout de son nez. Les orages entre nous me laissaient souvent à bout de forces, même si je ne le montrais pas. Ma carapace était là pour me protéger, mais à l'intérieur, je sentais chaque morceau de moi-même se fissurer. Un jour, le barrage finirait par céder, et Dieu seul savait ce qui se produirait. Peut-être que je disparaîtrais, purement et simplement. Peut-être que c'était tout ce que je méritais. Puisque je n'étais qu'un moins-que-rien... Et soudain l'éclaircie me prenait par surprise, m'aveuglant presque. Mon frère me disait des mots gentils, voulait que je lui apprenne comment j'avais passé un niveau à Prince of Persia, *car j'étais le « meilleur », ou encore proposait de me prêter son skate. Il se confiait à moi et je faisais de même.*

Quand nous vivions ces phases de répit, personne ne pouvait me comprendre mieux que lui. Je me disais alors que tout allait s'arranger. Que c'était à moi de faire des efforts, que s'il se comportait ainsi à mon encontre, c'était sûrement ma faute.

La roue finissait par tourner, inexorablement. Et l'orage revenait.

La seule personne à savoir ce qui se tramait entre lui et moi était...

22

Lila fut tirée de sa lecture par la voix de Karl dans l'entrée :
— C'est moi !
Elle sursauta, bondit du canapé et cacha à la hâte le carnet sous une revue. Il lui fallut rassembler une force extraordinaire pour arborer un sourire de façade. Les confidences de Pierre l'avaient profondément bouleversée. Elle imaginait ce petit garçon, puis cet adolescent, torturé ainsi par son grand frère. Quand Karl la prit dans ses bras, elle ne put s'empêcher de penser que ce n'était pas vrai. Ce n'était pas possible. Son Karl, celui qu'elle aimait, n'était pas cet homme-là.

Ou bien avait-il changé. C'était la raison pour laquelle il était prêt à aller voir quelqu'un. Il voulait s'en sortir. Oui, c'était cela. Elle comprenait tout à présent. L'éloignement de son frère lui avait fait du bien, Karl avait cessé de le vampiriser. Quand il était réapparu, il avait eu peur de redevenir celui qu'il avait été, peur que Lila connaisse la vérité et se détourne de lui. Et que dire de leurs parents ? Karl avait souffert de leur absence. Pierre aussi, certainement, mais d'une manière différente.

Lila serra Karl contre elle.

— Comment s'est passé ton rendez-vous ?

— Bien... Bien. Je pense que ça va m'aider. Il va me falloir du temps, mais un jour je serai prêt. Prêt à affronter mes démons.

Il prononça cette dernière phrase en faisant mine de boxer. Lila le trouva joyeux.

— Qu'est-ce qu'on mange ? Je meurs de faim.

Le lendemain midi, Lila s'enferma dans sa chambre pour appeler Célestine. Son amie était en pleine pause-déjeuner. Lila l'imaginait, ses lunettes sur le bout de son nez, un sandwich à la main et un livre de cours dans l'autre. Pour décrypter le comportement de Karl, elle aurait voulu lui lire quelques extraits du carnet de Pierre, mais elle ne l'avait pas retrouvé. Elle était pourtant sûre de l'avoir laissé sous un magazine... Charlotte avait dû faire le ménage dans le salon durant la matinée. Quand elle reviendrait de déjeuner, elle lui demanderait si elle l'avait vu. Avec ses mots, Lila essaya alors de retranscrire ce qu'elle avait lu.

— Merde ! s'exclama Célestine.

— C'est grave, docteur ?

— L'enfance de Pierre n'a pas été rose en tout cas.

— Celle de Karl non plus, certainement. J'ai pensé à un dédoublement de la personnalité... Ça pourrait être ça ? Schizophrénie, par exemple ?

— Non. Les schizophrènes sont persuadés d'être persécutés. Tu aurais été témoin de délires, d'hallucinations.

— Il en est peut-être guéri, maintenant.
— Mmmh…, fit Célestine, sceptique.
— Alors quoi ? C'est un psychopathe ?

Son amie ne put s'empêcher de rigoler à l'autre bout du fil.

— Tu sais que tu me fais froid dans le dos, ma belle ? Tu as fait des recherches ?
— Sur Internet.
— Vu ce que tu me décris, je pencherais plutôt pour une personnalité perverse.
— Ah bon ? Mais… il n'a jamais eu de comportement bizarre… je veux dire, sexuellement.

Célestine rit de nouveau et lui expliqua que la perversion n'avait rien à voir avec la sexualité – ou pas seulement. Un pervers, voire un pervers narcissique, était incapable d'émotions et ne prenait du plaisir qu'en éprouvant la souffrance de l'autre. Il déformait la réalité pour l'ajuster à sa convenance. Il avait besoin de rendre sa victime dépendante jusqu'à la vider totalement de sa substance.

— Je ne l'ai jamais vu ainsi, souffla Lila, effrayée par cette description.
— Picasso était comme ça.
— C'est-à-dire ?
— Picasso. Le peintre.
— Je sais qui est Picasso, merci. Mais qu'est-ce qu'il a à voir avec notre discussion ?
— Apparemment, il avait ce genre de… personnalité. L'une de ses amantes s'est enfoncée dans la dépression jusqu'à se faire interner, et sa dernière femme s'est suicidée après son décès. D'autres membres de sa famille se sont donné la mort ou ont sombré dans la folie après sa disparition.

— Pourquoi ?
— Parce que sans lui, ils n'étaient plus rien.
— On ne peut pas l'en blâmer, Cel.
— Et il menait des doubles vies.
— Ah. C'est juste qu'il était attachant, non ?
— C'était un prédateur. Il faisait en sorte d'être le centre de leurs mondes.
— Karl n'est pas comme ça ! s'indigna Lila, ébranlée par le tableau que Célestine venait de lui dresser.
— Bien sûr. Avant de se dévoiler, le pervers commence par une phase d'« hameçonnage ». Au moment de la rencontre, il se comporte du mieux qu'il le peut. On l'appelle aussi la période « lune de miel ». Désolée, c'est un peu technique, j'ai l'impression de te réciter mes cours, mais la psy chez laquelle j'ai fait un stage l'année dernière en connaissait un rayon sur ce type de personnalité. Elle disait qu'on ne peut malheureusement les étudier qu'à travers les témoignages de leurs victimes, car les pervers ne se livrent jamais.
— Alors Karl n'en est sûrement pas un : il s'est lancé dans une psychanalyse.
— La psy dont je te parlais me disait qu'elle s'est plusieurs fois fait avoir, parce qu'ils ont l'art et la manière de retourner la situation. Ils veulent faire croire qu'ils suivent une thérapie, mais au fond ce n'est que du vent, pour qu'on leur fiche la paix. Pour eux, ils ne sont pas malades. Ce sont les autres.
— Oh, Cel, mais qu'est-ce que je vais faire ?
— Tu as de la chance de t'en rendre compte avant qu'il ne soit trop tard. J'ai bien peur que tu ne doives le quitter, ma grande…

— Mais il est déjà trop tard. Je ne peux pas partir. Je me suis promis de les aider, lui et son frère.

— Si tu arrêtais de jouer les infirmières ? Et puis, tu crois que tu rendras service à Pierre, si tu le replaces entre les griffes de son bourreau ?

Là, Lila ne trouva rien à répliquer. Cependant, dans sa tête, une petite question s'installait, prenant de plus en plus de place :

Dans ce cas, pourquoi Pierre tenait-il autant à renouer avec son frère ?

Lila n'eut pas l'occasion de rebondir sur le sujet. Esteban venait de rentrer de l'école et l'appelait depuis le palier de l'étage. Elle remercia Célestine pour ses conseils, raccrocha et alla à la rencontre du jeune garçon. Il trépignait d'impatience. Elle en devinait la raison : il avait dû passer la journée à se demander si elle avait obtenu des réponses à leur annonce. Lila avait déjà reçu une photo de son père potentiel sur son adresse mail. Elle lui montra le visage de l'inconnu sur son téléphone. Il ouvrit des yeux immenses.

— Tu crois que ça peut être lui ? demanda-t-elle.

— Non, impossible, répondit-il d'un ton assuré.

— Pourquoi ?

— Parce qu'il est vraiment moche !

— Tu trouves ? interrogea-t-elle en faisant mine de regarder l'image de plus près.

— Maman aurait jamais pu aimer ce gars. En plus, il est bien trop vieux !

Lila pouffa malgré elle. L'homme qui avait répondu à la petite annonce d'Esteban était à n'en pas douter le type même du gars désespéré. Bouffi, l'air morne, les cheveux filasse, il écrivait qu'il avait rencontré une femme prénommée Charlotte cet été-là. Il souhaitait que de leur union ait pu naître un fils, qui remplirait le vide immense de son existence.

— Quel âge a ta maman ? demanda Lila.

Esteban réfléchit.

— Elle aura trente-cinq ans bientôt.

— Ah oui, en effet. Ça ne peut pas être ton papa, répondit Lila, catégorique.

Tout du moins elle l'espérait... Car une question commençait à lui trotter dans la tête...

Lila attendit le lendemain pour en parler à Charlotte – elle préférait qu'Esteban soit à l'école pour le faire.

Elle choisit de ne pas y aller par quatre chemins et de lui montrer la photo du géniteur potentiel.

— Ce gars te dit quelque chose ? demanda-t-elle.

Elle avait fini par convaincre Charlotte de se tutoyer. Cette dernière se trompait encore parfois, mais elle progressait. Elle considéra l'image sur le téléphone en fronçant le nez de la même manière qu'Esteban. Lila l'observa, mais à part une lueur mi-dégoûtée, mi-amusée, elle ne remarqua rien d'autre. Charlotte secoua la tête.

— Je devrais ?

Lila hésita, alors Charlotte s'exclama :

— Ils ont retrouvé le type qui t'a agressée ?

— Non ! Non, ça n'a rien à voir... Charlotte, je... enfin... Tu te souviens de l'histoire de la petite annonce d'Esteban ? Eh bien... il a voulu lancer une bouteille à la mer pour se donner la possibilité de connaître son père. Et je l'ai aidé.

— Quoi ?!

Charlotte blêmit. Son cou se mit à rougir à mesure que sa colère montait. Elle serra la balayette qu'elle tenait entre les mains.

— Et ce type prétend être son père ?

À présent, elle tremblait de rage. Lila rangea son téléphone dans la poche arrière de son jean. Elle se sentait ridicule.

— On est bien d'accord que…

— De quel droit ? rugit Charlotte. De quel droit interfères-tu dans nos vies de la sorte ? Esteban et moi nous n'avons pas besoin que quelqu'un mette le nez dans nos histoires !

— Charlotte, écoute…

— Non, c'est à toi d'écouter, parce que visiblement tu ne sais pas le faire. Je t'ai demandé de rester en dehors de ça.

— Charlotte, ton fils a besoin de savoir et tu n'ouvres pas la porte…

— Je t'interdis de l'ouvrir à ma place ! Je regrette… je regrette qu'on en soit là toutes les deux. Maintenant, laisse-moi travailler.

Elle reprenait le contrôle. Charlotte n'était pas femme à le perdre facilement. Elle ne partit pas en claquant la porte. Ce qu'elle fit était bien pire aux yeux de Lila. Elle retrouva la forteresse froide de son indifférence et s'y enferma à double tour. Elle ne lui adressa plus un mot de la journée. Quand Lila repensait à cette phrase « Je regrette qu'on en soit là toutes les deux », elle comprenait qu'elle ne parlait pas de leur altercation. Ce que Charlotte déplorait, c'est qu'elles se soient liées d'amitié.

23

Karl était parti travailler tôt. La maison était calme, comme chaque week-end. Depuis son réveil, l'oppression gagnait Lila et lui nouait la gorge comme si les doigts de l'angoisse lui enserraient le cou. Sa conversation avec Charlotte passait et repassait en boucle dans sa tête. Elle s'en voulait terriblement. Elle avait gâché leur amitié naissante. Son besoin d'aider était plus fort qu'elle. Elle aurait dû se contenter de donner son avis, sans chercher à jouer un rôle dans l'histoire d'Esteban et de sa mère. Elle ne pouvait s'en prendre qu'à elle-même.

Lila se prépara un café et se posta devant la baie de la cuisine, absorbée dans la contemplation des grosses gouttes de pluie qui s'écrasaient bruyamment contre la vitre. Puis elle monta à l'étage revêtir le vieux jogging confortable qu'elle s'autorisait à porter les jours de flânerie. Elle ajouta un châle sur ses épaules et, alors qu'elle s'apprêtait à redescendre, se ravisa pour aller chercher son cahier à dessins. À pas hésitants, elle se dirigea ensuite vers l'une des pièces inachevées, celle qui donnait sur le jardin. Elle resta longtemps à l'entrée, oscillant entre l'envie de refermer la porte ou bien d'ôter les draps blancs pour se plonger dans l'enfance de Karl. Elle finit par avancer et par tendre la main vers le tissu le plus proche. Quand elle le fit tomber, elle découvrit un bureau aussi grand que celui d'un ministre. Il était surmonté d'un fauteuil en osier, qu'elle attrapa pour le déposer au sol et s'y asseoir. Ses coussins moelleux invitaient à la paresse ; elle le recula de sorte à appuyer son crâne contre le mur. Puis elle ferma les yeux.

Que ressentait-elle, ici et maintenant ? Prune lui avait appris à se recentrer sur elle-même, à méditer, mais elle n'y était jamais parvenue. Tous ces trucs n'étaient pas pour elle. Qui était-elle vraiment, et de quoi avait-elle besoin ? Elle se sentait aussi perdue qu'une toute petite fille. Derrière ses paupières closes, elle voyait l'intérieur de Couleurs Café. Ne serait-elle pas mieux là-bas, plutôt qu'à se poser mille questions dans cette nouvelle vie ? Quand elle discutait avec ses parents au téléphone, elle ne leur parlait pas de ses tracas. Elle racontait le manque de père d'Esteban, sa relation prometteuse avec Charlotte, ses doutes quant à sa petite entreprise. Mais pas ceux concernant sa vie privée. Elle sentait qu'elle avait besoin de chercher les réponses toute seule, de s'émanciper. Elle avait beau se concentrer de toutes ses forces pour voir les solutions émerger, ses pensées se mélangeaient et devenaient de plus en plus opaques. Était-elle en train de devenir folle ?

Elle était assise depuis un temps qui lui paraissait infini, son carnet auquel elle n'avait pas touché à ses pieds, quand elle entendit la porte grincer. Elle sursauta. C'était Karl, qu'elle n'avait pas entendu rentrer.

— Ça va ? demanda-t-il doucement.

Lila se contenta de pousser un vague gémissement. Soucieux, Karl se laissa glisser le long du mur et prit place sur le sol, à côté du fauteuil, les bras autour de ses genoux. Il soupira.

— C'est si terrible d'être avec un gars comme moi ?

Lila écarquilla les yeux. Cette remarque lui pinçait le cœur. Elle aurait voulu démentir, lui certifier qu'elle était heureuse avec lui. Mais au fond, l'était-elle ?

Karl poussa un nouveau soupir. Il se releva, fit quelques pas dans la pièce. Sa main caressa le bois du bureau, tandis que, le regard dans le vague, il semblait remonter le temps. De longues minutes s'écoulèrent avant qu'il ne reprenne la parole d'une voix lointaine :

— C'était le bureau de mon père.

Lila se taisait, espérant qu'il poursuive.

— Il s'y asseyait des heures durant, tous les jours. Le soir tard quand il rentrait du travail. Et même le dimanche. Combien de fois a-t-il mangé là, au-dessus des dossiers de ses patients, de leurs résultats d'analyses ! À croire qu'il était collé à son siège. Ma mère faisait pareil sur le sien. Il doit être quelque part là-dessous.

Karl tendit son bras dans un geste ample en direction des formes blanches. Son esprit vagabondait dans une époque à jamais révolue et qui pourtant l'habitait encore. Il semblait avoir oublié la présence de Lila, et se parler à lui-même, accoudé au bureau.

— Mes copains de collège enviaient mon indépendance. Moi, je n'avais qu'un souhait : avoir des parents comme les leurs, qui s'inquiétaient, s'intéressaient, interdisaient, partageaient. Je ne devrais pas me plaindre. Nous n'étions pas des enfants battus.

Seulement négligés... Non, ce n'est pas non plus le mot qui convient, parce que nous ne manquions de rien. Nous étions nourris, logés, blanchis. Nous avions tout ce dont nous avions besoin. Même plus : tout ce que nous voulions. « Comment s'est passée ta journée aujourd'hui, mon chéri ? », c'est facile à dire quand tu n'as que cinq minutes devant toi pour entendre. Quand, même si ça ne va pas, tu n'arrêtes pas le train d'enfer de ta vie. Mes parents écoutaient les maux de leurs patients, pas ceux de leurs enfants.

Un sourire désabusé apparut sur les lèvres de Karl. Il se redressa, et revint s'asseoir près de Lila. Elle n'osait pas bouger, de peur d'interrompre ses confidences.

— Mon père et ma mère, ces deux grands absents ! ajouta-t-il avec ironie.

— Odette prenait le relais..., risqua Lila.

— Heureusement qu'elle était là ! Elle venait souvent.

— Et avec Pierre ? Vous vous entendiez bien ?

Karl acquiesça en silence. Lila pensa malgré elle aux confessions du carnet.

— Transférer tous ces meubles et ces objets dans ma nouvelle maison, c'était un peu comme reculer pour mieux sauter. Le tri, il faudrait bien finir par le faire. Pourtant, je n'ai pas pu m'y résoudre quand Pierre est parti. J'ai vécu son départ comme un abandon. Alors c'était comme si garder tout ce fatras me garantissait que je le reverrais un jour. C'était le dernier fil qui subsistait entre nous.

— C'est ton frère. Votre attachement n'est pas seulement matériel.

— Crois-tu que, dans une famille comme la mienne, des liens ont pu se tisser ?

Lila haussa les épaules.

— Aucune famille n'est parfaite. Regarde la mienne. On n'est pas toujours d'accord, et ça finit parfois en dispute. Mais on sait qu'on peut compter les uns sur les autres.

— Voilà ce qui n'existe pas dans la mienne.

— J'ai du mal à te suivre... Tu as refusé le départ de Pierre, et maintenant qu'il est revenu, tu ne veux plus le voir.

— J'ai attendu ce moment longtemps. Mais à présent, il est trop tôt... ou trop tard.

— Qu'est-ce qui a changé depuis ?

— Toi. Tu es arrivée dans ma vie, et je veux t'épargner.

— Tu ne dois rien t'interdire pour moi. Je vois bien que ça te rend malheureux.

— Ce qui me rendrait vraiment malheureux, c'est de te perdre. Tu n'as pas idée à quel point j'ai besoin de toi.

Il lui pressa tendrement le genou. Quand elle tourna le visage vers lui, elle fut surprise de le voir si ému. Elle remarqua seulement alors qu'ils n'avaient pas échangé un regard durant toute leur conversation. Cela avait dû rendre les choses plus faciles pour Karl. Il s'était épanché comme jamais, mais Lila gardait un goût d'inachevé. Certains verrous n'avaient pas sauté, elle sentait qu'il restait des zones d'ombre qu'il préférait taire. Elle n'était pas pleinement rassurée, pourtant elle n'eut pas le cœur de l'interroger davantage. Il lui faisait penser à un animal sauvage qu'elle devait apprivoiser en douceur. Le travail qu'il venait de faire sur lui était suffisant pour aujourd'hui. Elle lui administra une petite claque sur la cuisse :

— Le soleil est de retour, si on allait se promener ?

24

Sa dispute avec Charlotte avait à tel point hanté Lila durant le week-end qu'elle se précipita pour s'excuser dès qu'elle franchit le seuil de la villa le lundi matin. Karl était parti au bureau, elles ne seraient pas dérangées. Charlotte avait mauvaise mine. Ses paupières gonflées trahissaient des pleurs répétés et un manque de sommeil. Lila reconnut qu'elle avait eu tort, qu'elle avait cru être en droit de les aider parce qu'elle les aimait. Charlotte se mordait les lèvres, mal à l'aise. Elle semblait à deux doigts de craquer.

— J'ai parlé à Esteban de l'annonce, raconta-t-elle. Je lui ai expliqué que c'était une mauvaise idée, une fenêtre ouverte à tout... La preuve avec cet affreux bonhomme... Je lui ai dit qu'on s'y prendrait d'une autre façon, qu'on trouverait un moyen... Mais j'ai menti.

Sa voix se brisa et ses lèvres tremblèrent.

— J'ai supprimé le message, confia Lila.

C'était vrai. Elle ne pouvait satisfaire le fils sans raviver la souffrance de la mère. Elle préférait encore s'attirer la déception d'Esteban. Avant d'entamer leurs investigations, Charlotte et son fils devaient être d'accord tous les deux. Les mots de Charlotte ranimèrent les doutes de Lila.

— Cette femme-caméléon, c'était toi.

Elle avait parlé dans un souffle, parce qu'elle avait peur des mots, peur que ceux-là agrandissent le gouffre qui s'était ouvert entre elles. Charlotte eut un hoquet de surprise. Puis les vannes lâchèrent et elle chercha un appui de ses yeux hagards. Lila la guida doucement vers le canapé. Charlotte pleura de longues minutes, le visage dans ses mains. Lila avait passé un bras autour de ses épaules, mais Charlotte se refusait à laisser aller sa détresse contre elle. Quand elle se calma, elle essuya ses larmes avec un mouchoir en papier. Lila se surprit à penser qu'elle avait l'avantage de ne pas être maquillée. Elle se rendit à la cuisine pour lui préparer un café, puis vint se rasseoir près d'elle. Il se passa une éternité avant que Charlotte prenne la parole. Effleurant la cicatrice rosée qui barrait sa paume, elle se racla d'abord la gorge parce que sa voix avait du mal à sortir.

— C'est arrivé durant l'été 2005. Je travaillais chez ces gens depuis deux ans à peu près. Ça se passait bien, sauf avec lui. Il me reluquait d'un air libidineux. Il proférait des obscénités en ma présence. Je me disais que je devais trouver une autre maison, parce qu'un jour, rien ne le retiendrait. C'est arrivé alors que je terminais mon service. Je ne l'avais pas entendu entrer, je me croyais seule. Je suis allée me changer dans mon réduit. J'étais à moitié nue lorsqu'il est entré. Il a commencé à… me toucher…

Charlotte s'interrompit et ferma les yeux, comme pour chasser une image obsédante. Combien de fois cette scène avait dû se rejouer dans son esprit ? Lila posa une main sur la sienne pour la rassurer et l'encourager à poursuivre.

— Il répétait que c'était le bon moment. Je ne voulais pas, je le repoussais. Je me débattais, je criais. Il m'a giflée, avec une force que je ne lui soupçonnais pas. Il a ajouté : « Tu la fermes et ça se passera bien. Tu l'ouvres et t'es une femme morte. » Alors je l'ai bouclée. J'ai serré les dents et j'ai attendu que ça se termine. Quand il a eu fini, il a dit : « Tu vois que t'en avais envie, toi aussi. Avoue-le, sale pute. La preuve, t'as rien dit ! » Il est parti en remontant son pantalon et en ricanant. Le lendemain, je posais ma démission. Et quelques semaines après, j'ai découvert que j'étais enceinte.

Lila sentait les larmes rouler sur ses joues. La voix d'outre-tombe de Charlotte s'accrochait à ses tympans – jamais elle ne pourrait l'oublier. Les mots resteraient gravés en elle, avec toute la souffrance qu'ils charriaient. Lila comprit pourquoi Charlotte avait insisté pour qu'elle porte plainte après son agression. Elle voulait laver ses souvenirs. Lila caressait machinalement le dos de Charlotte, tandis que celle-ci triturait ses mains nerveusement.

— Je ne... je n'ai jamais raconté ça à personne. Ma mère n'a jamais su.

— Je ne dirai rien, c'est promis. Mais toi, tu dois le faire. Esteban a le droit de savoir.

— Savoir quoi ? Que son père est un monstre ? Que certains hommes violent les femmes et qu'il est de ceux-là ? Esteban est trop jeune pour l'entendre.

— Esteban est très mature pour son âge. Oui, son père est un monstre. Mais en voulant protéger ton fils, c'est lui que tu couvres. Si le besoin d'Esteban n'est pas satisfait, ça finira par se retourner contre toi. Esteban doit savoir qu'il n'a rien à attendre de son père.

Charlotte la dévisagea. Une lueur nouvelle brillait dans son regard. Elle était dévastée de s'être ainsi plongée dans un passé qu'elle s'efforçait d'oublier et de cacher. Mais en même temps, elle paraissait délestée d'un poids. Et les propos de Lila semblaient la faire réfléchir.

— Esteban est le plus beau cadeau que la vie m'ait offert. C'est juste la manière dont il a été conçu que je regrette.

— C'est ça que tu lui diras...

— Je lui ai menti, murmura Charlotte. J'ai menti à mon fils pour le préserver de ce cauchemar...

25

Karl

Installé dans la pénombre de son bureau, Karl observait Zéphyr s'enrouler et se dérouler autour de sa branche, éveillé par son horloge interne d'animal nocturne.

Le serpent le fascinait. Parfois il étirait sa longue langue fourchue contre la vitre, comme s'il en léchait la fraîcheur. En réalité, il s'en servait pour se repérer. Avec les fossettes au-dessus de sa bouche, elle palliait les défauts de sa vision. À cette heure-ci, il quittait souvent la zone chaude de son terrarium pour aller boire dans la gamelle d'eau située dans l'emplacement le plus frais.

Les écailles de Zéphyr scintillaient sous le faisceau de la lampe de bureau que Karl avait allumée.

Son serpent était beau. Il veillait sur lui avec soin depuis de nombreuses années, mais affirmer que Zéphyr reconnaissait son maître, et qu'il appréciait d'être manipulé, relevait de l'utopie. Karl comprenait les gens qui ne parvenaient pas à considérer les serpents comme des animaux de compagnie. Ils n'étaient pas de fidèles compagnons, comme les chats ou les chiens. Pourtant, Karl aimait Zéphyr et ses congénères. Il avait été hypnotisé par eux dès son plus jeune âge, depuis qu'il avait visité cette ferme dans le sud de la France, durant des vacances en famille. C'était une sorte de zoo qui n'abritait que des reptiles et des crocodiles. Les garçons avaient voulu y passer la journée, arpentant les allées de long en large, consultant les panneaux explicatifs avec attention. Leurs parents avaient le temps. Ils avaient ri de leur enthousiasme et s'étaient laissé prendre au jeu. Pour une fois. Était-ce la visite en elle-même qui était restée gravée dans le cœur des enfants, ou bien la douceur des liens qui s'étaient resserrés entre eux ? Une tranche de bonheur tellement fugace. Jamais ils n'avaient recommencé. Leurs parents n'avaient pas dû ressentir la même étreinte au cœur, car ils n'avaient plus trouvé le temps de partager d'autres si bons moments en famille.

Karl aimait son serpent, et pourtant, il le sentait, il lui faudrait bientôt s'en séparer. Cette idée lui était venue quelques jours plus tôt, et il en avait parlé à son psy. Zéphyr le raccrochait trop à son enfance. Le psy n'y voyait pas de problème particulier.

« Tout le monde a ses doudous. Ils servent de repères aux adultes que nous sommes devenus. Le tout est de savoir si on s'en sert pour de bonnes ou de mauvaises raisons. »

Karl avait réfléchi à ces mots, puis il avait secoué la tête. Il devait le faire s'il voulait avancer avec Lila. Elle n'aimait pas Zéphyr, il la tétanisait. Elle n'entrait jamais dans son bureau, poser les yeux sur le reptile lui était insupportable. Cela assurait à Karl de conserver un endroit rien qu'à lui. Son bureau était son antre de vieux garçon. Mais il n'avait plus envie de ça. Il voulait tout partager avec Lila. Même s'il n'était pas prêt à être pleinement sincère avec elle, il voulait leur donner la chance d'ouvrir leur vie l'un à l'autre. Se fabriquer des souvenirs de moments partagés à deux. Transformer le quotidien en une succession de sourires. Grâce à Lila, il était prêt à entendre et à comprendre.

Karl détourna les yeux de son serpent. Il hésita, puis se dirigea vers son bureau et fit pivoter la lampe vers l'objet posé sur le sous-main. Il lissa la couverture de cuir noir et inspira profondément avant d'ouvrir le carnet à la page où il s'était interrompu la veille.

Quand il était rentré du travail quelques jours plus tôt, il avait vu Lila cacher à la hâte quelque chose sous une pile de revues. Il avait trouvé cela étrange, mais il revenait de son rendez-vous et rien n'aurait pu ternir son enthousiasme. Il avait cependant traîné dans le salon avant de monter se coucher. Mû par une sorte de pressentiment, il avait soulevé les magazines. Il était tombé sur un carnet, semblable à ceux dans lesquels Lila faisait ses esquisses. Il l'avait ouvert, car il aimait plonger dans son univers ; il avait l'impression que c'était un moyen de lire son âme.

Le choc l'avait presque assommé. Il avait reconnu l'écriture. L'odeur de la souffrance était remontée, en même temps qu'un goût de bile au fond de sa gorge.

Elle avait lu.

Elle savait.

Où s'était-elle arrêtée ?
Qu'avait-elle compris ?
Lila semblait perdue, mais elle ne lui avait pas posé les questions qu'il redoutait. Elle n'avait pas dû aller assez loin dans sa lecture pour saisir le fond du journal intime. Il était arrivé à temps, et il avait soustrait l'objet au bon moment. Un jour, il lui expliquerait. Mais avant cela, il avait besoin de poursuivre sa thérapie.
Karl sombra dans le carnet. Encore un passage…

Mon frère était aussi perturbé qu'il me rendait fou. Il avait plusieurs cordes à son arc et plusieurs manières d'agir. Il y en avait une qu'il pratiquait régulièrement, parce que j'en aurais fini par me taper la tête contre les murs. C'est drôle, parce que pourtant, il ne me parlait pas. En fait, il faisait comme si je n'existais pas, et ça pouvait durer des semaines. Je lui parlais, il ne me répondait pas. Il ne daignait même pas me jeter un regard. C'était comme si j'étais un fantôme. Je voyais à son petit sourire en coin qu'il ne pouvait pas retenir qu'il ne perdait pourtant pas une miette de la scène. Il s'en délectait. J'essayais d'agir à sa manière, comme s'il n'était pas là. Mais je me retrouvais toujours dans l'obligation de lui adresser la parole. Je crois qu'il mettait en place des stratagèmes pour ça. Je n'étais pas aussi habile, je ne voyais pas le coup venir. Et sa façon de me rabaisser par son indifférence m'envoyait au carreau. Au contraire, il était adorable avec toutes les autres personnes qui se trouvaient avec nous. S'il y avait des témoins, il se comportait normalement avec moi. Puis le manège recommençait. Quand je perdais

mon sang-froid, il me regardait comme si j'étais bon à interner :
— *Ben quoi, qu'est-ce que je t'ai fait ? T'es vraiment parano, toi !*

Chaque jour, Karl en lisait quelques pages. Les souvenirs affluaient, remuant les miasmes de son enfance et de son adolescence. Il ressentait tout. Il revivait le passé, ses cinq sens en éveil. C'était un supplice, mais il n'avait pas le choix. Comme un bébé ne vient pas au monde sans douleur, sa deuxième naissance à lui serait une voie de souffrance. Son chemin de croix.

Pour expier ses fautes, il devait l'emprunter.

26

— Quoi ? demanda Lila, interrompant sa conversation avec Karl.
— Rien... Je te regarde.
Ça, pour la regarder... Il la dévorait des yeux depuis qu'ils s'étaient installés à la table d'un restaurant italien choisi avec soin. L'ambiance y était bon enfant. Ils étaient assis sous le grand olivier dans l'angle de la pièce, côté rue. Derrière l'immense comptoir tout en longueur, des centaines de bouteilles s'étalaient sur des étagères éclairées par des spots. Les poutres en bois qui quadrillaient le plafond étaient ornées d'une végétation luxuriante, à l'image du lierre que Romuald avait taillé sur les murs de la dépendance. L'ensemble dégageait un aspect bucolique qui plaisait à Lila. Si elle s'était trouvée seule dans cet endroit, elle l'aurait croqué. Elle tira son téléphone de son sac pour l'immortaliser et s'y consacrer plus tard. Karl lui sourit tendrement, satisfait d'avoir vu juste.

Ce midi, comme cela ne lui était pas arrivé depuis bien longtemps, Lila s'autorisa à se sentir bien. Karl avait une grande nouvelle à lui annoncer, c'était la raison pour laquelle il l'avait invitée à déjeuner à l'extérieur en pleine semaine. Son exaltation laissait présager une nouvelle heureuse. Il suffisait à Lila de pas grand-chose pour rayonner : un homme attentionné, prévenant et disposé à lui ouvrir son cœur. Elle avait failli ne pas être là, pourtant. Il s'en était fallu de peu pour qu'elle soit de retour à Vouvant, loin d'ici. Loin de lui. Elle avait été sur le point de le fuir parce qu'elle ne le comprenait pas. Elle aurait eu tort. Des jours qu'elle se torturait l'esprit d'interrogations qui prenaient des allures d'énigmes, et voilà qu'un repas prometteur suffisait à balayer ses doutes ! Elle n'avait qu'à se laisser aller à cette passion qu'elle avait soudain envie de vivre pleinement... Elle avait beau essayer de trouver le véritable Karl, elle ne voyait que son aimant contraire. Pas celui qui repousse, mais celui qui attire. Oui, ils étaient comme deux aimants liés l'un à l'autre par une force qui les dépassait.

— Quoi ? répéta-t-elle, un sourire amusé flottant sur ses lèvres.

Karl secoua la tête.

— Rien... c'est juste que... je t'aime.

Attendrie, elle se leva et se pencha pour l'embrasser.

— Je t'aime aussi. Comme une folle.

Elle avait répondu sans réfléchir. Son expression, dans sa bouche, semblait procurer à Karl un plaisir immense. Son regard s'illumina et une sorte de sérénité s'empara de lui. Elle aurait eu tort de le quitter, se répéta-t-elle. Il se débattait avec ses démons intérieurs, mais il faisait des efforts pour elle.

Et puis elle songea qu'elle n'aurait pas connu Charlotte. Ou tout du moins elle aurait imaginé qu'elle était cette femme froide et distante, alors qu'elle était en train de s'ouvrir. Elle faisait des progrès elle aussi. Un jour, elle finirait par avouer la vérité à son fils.

Karl était justement en train de lui dire qu'elle avait un don pour enseigner le dessin à Esteban. À lui aussi, même s'il se montrait mauvais élève. Lila ne put s'empêcher de se moquer gentiment de sa maladresse. Esteban se débrouillait bien mieux que lui ! Karl grimaça, puis poursuivit : elle devait exploiter ses talents. Pourquoi ne pas organiser des cours le mercredi après-midi à la villa ? Lila riait de son enthousiasme, sans grande conviction. Non, cela ne fonctionnerait pas. Elle en était capable avec Esteban, parce qu'elle affectionnait cet enfant. Mais qu'est-ce que cela donnerait avec une bande désordonnée de préadolescents ?

— Tu pourrais proposer des cours à des adultes. Lila, toi qui veux de la vie autour de toi, la voilà la solution !

Était-ce cela qu'il voulait lui dire ? Elle ressentit une pointe de déception, et décida de changer de sujet. Elle parla de son erreur d'avoir assisté Esteban dans son projet de petite annonce. Karl fronça les sourcils.

— Lila, il y a des choses qu'on n'est pas censé faire pour les autres.

— Je l'ai compris, crois-moi. Mais quand j'aime quelqu'un, j'ai du mal à ne pas vouloir l'aider.

Elle hésita à parler du secret de Charlotte, mais elle lui avait promis qu'elle ne dirait rien. Elle ne devait pas la trahir.

— Oh oui, je le sais ! s'exclama Karl en levant une main vers Lila pour effleurer sa joue. J'aime ça chez toi.

Mais tu ne peux pas venir au secours de tout le monde. Certaines personnes ne le souhaitent pas, d'ailleurs.

— Tu parles de toi ?

Karl se rembrunit. Il pencha la tête en direction de ses pennes, sans toutefois y toucher. Sa voix n'était qu'un souffle quand il reprit :

— Non, moi j'ai compris. Tu m'as fait grandir, Lila. Tu m'as forcé à regarder le passé en face. Je ne suis pas prêt pour tout. D'autant plus que j'ai fait des promesses... Mais... j'ai décidé de me débarrasser des affaires de mes parents. Je vais enfin suivre l'idée que Pierre avait suggérée à l'époque, et tout donner à des bonnes œuvres.

Lila manqua de s'étrangler. Alors c'était ça ! Elle battit des mains avec ferveur et les posa sur celles de Karl. Il tremblait légèrement.

— Ça y est, tu vas tourner la page ! s'exclama-t-elle.

— Je n'ai plus besoin de les garder pour faire revenir Pierre. Si notre relation doit renaître, ça prendra le temps qu'il faudra, mais ça se fera autrement.

Lila songea que leur discussion dans la pièce de l'étage n'avait pas été vaine. Karl évoluait. Il en était aujourd'hui à envisager un possible rapprochement avec son frère, c'était un pas énorme ! Pour construire une base solide autour des deux frères, il leur faudrait un ciment puissant, mais Lila ne se décourageait pas.

— J'ai pensé que nous pourrions utiliser l'une des pièces libres pour aménager ton atelier, qu'en dis-tu ?

Ragaillardie par la perspective d'offrir une seconde jeunesse à la villa – et par cette trouée d'espoir dans la brume qui refusait jusqu'alors de se dissiper –, Lila était cependant plus mitigée quant à cette suggestion. Elle ne se voyait pas s'isoler pour travailler. La cuisine ou la salle à manger lui convenaient mieux qu'un endroit où personne n'oserait jamais venir la déranger. Karl lui rappela l'idée des cours : elle ne serait pas seule entre ces murs.

— Mouais, pourquoi pas ? Mais je prioriserais d'abord une chambre d'amis. Avec une si grande maison, c'est dommage de recevoir les invités sur le canapé du salon.

— L'un n'empêche pas l'autre. Ça va nous donner du pain sur la planche, mais c'est stimulant d'avoir des projets. Surtout tous les deux, tu ne trouves pas ?

Lila se contenta de lui sourire, sensible à la façon dont Karl s'ingéniait à lui prouver qu'elle occupait une place essentielle dans sa vie.

Après le déjeuner, Karl emmena Lila se promener dans les jardins du château. Quelques parents profitaient du temps agréable pour faire prendre l'air à leurs progénitures. Les cris des enfants résonnaient dans l'air. Lila se serra davantage contre Karl. Ils progressaient comme un vieux couple, l'un calquant ses pas sur ceux de l'autre, formant un seul et même marcheur à quatre jambes. Quand elle le sentit s'arrêter, elle tourna son visage vers lui et il en fit de même. Il lui sourit. Puis il pointa son index vers la tour sud-est du château. Un rayon de soleil traversait un nuage gris et inondait l'épi de faîtage, le faisant briller d'un éclat doré. La vue était imprenable. Karl savait capter ce que nature et architecture offraient de plus beau, dans la fugacité de l'instant. Lila lui rendit son sourire. Ils s'assirent sur un banc.

— J'ai trouvé un nouveau foyer pour Zéphyr, dit Karl.
— Quoi ?
— Je me sépare de mon python.
— Mais... ce serpent... il compte pour toi. Ce sont tes parents qui te l'ont offert.
— Oui, mais tu ne l'aimes pas, Lila.
— Oh non, je ne veux pas être celle qui te prive de ton histoire et de tes passions.
— Crois-moi, à la manière dont tu t'es démenée pour que je me rapproche de mon frère, je sais que tu n'es pas de celles-là !

Lila le dévisageait, perturbée par l'idée que Karl veuille se débarrasser du dernier cadeau de ses défunts parents. D'abord les biens familiaux. Puis Zéphyr. Bien sûr, l'idée de ne plus vivre sous le même toit qu'un reptile était tentante... Mais le symbole la déroutait. Elle ne savait pas quoi en penser.

— C'est mon choix, je l'assume. Je sais très bien que tu ne m'as jamais demandé d'éloigner Zéphyr, malgré ton aversion. En tournant cette page, je veux juste faire un pas de plus vers toi. Te montrer que je suis prêt à tout sacrifier pour ne pas te perdre.
— Oh, Karl !

Les mots étaient grisants, et le vertige s'accentua quand Karl l'embrassa avec fougue. Elle chavirait... Pour échapper au tourbillon qui risquait de l'engloutir, Lila pencha la tête en arrière et observa le ciel. Le vent s'était levé, poussant les nuages qui filaient à vive allure. Ils se formaient et se déformaient, indomptables. Impossible d'y deviner la moindre image. Lila ne pouvait pas s'empêcher d'adapter ses pensées à leur course, les entraînant à toute vitesse. Elle les tordait, les étirait, les malaxait. Le souffle du vent continuait à les chasser, et pourtant, une forme commençait à se dessiner sous ses yeux. Ce n'était pas celle d'un objet, mais celle, diffuse, d'une pensée. Comme dans un rêve où l'on ne distingue pas les visages, tout en ayant conscience que la vérité est là, tout près. Elle venait d'avoir une fulgurance. L'image d'un manipulateur, d'un pervers, ne correspondait pas à Karl. Ce n'était pas lui, il n'était pas comme ça.

Et si c'était l'inverse ?

S'il était l'auteur du carnet ?

Il n'y avait pas de prénom dans ce journal intime, juste des « mon frère » répétés. Lila fronçait les sourcils tout en essayant de se remémorer le texte et en imaginant qu'il ait pu être écrit par Karl. Dans ses souvenirs, c'était cohérent, mais peut-être que son esprit s'arrangeait pour que ce soit le cas. Après tout, quel meilleur scénario que d'imaginer Karl en victime et Pierre en bourreau ? En tournant et en retournant cette hypothèse dans sa tête, elle se disait que c'était toutefois possible. Cela expliquait la virulence avec laquelle Karl avait décrété qu'il ne rétablirait le lien avec Pierre sous aucun prétexte. Il devait le fuir, pour son salut. Et elle, elle avait fendillé son armure pour permettre à son pervers de frère de s'engouffrer dans la brèche. La culpabilité lui retourna brutalement les tripes.

— Ça va ? interrogea Karl en se penchant en avant pour la regarder d'un air inquiet.

Elle hocha la tête.

Elle refusait de penser au futur. Elle aurait pu lui parler du journal intime et lui demander qui en était l'auteur. Tout simplement. Mais elle avait peur qu'il se referme. Il lui avait dit avoir fait des promesses. Karl était un homme d'honneur et il n'était apparemment pas seulement question de lui dans l'histoire. Il refuserait de se confier. Pour l'instant. Si la patience n'était pas le fort de Lila, elle devait encore se prêter au supplice de l'attente.

Quand Karl lui prit la main pour qu'ils se relèvent et prennent le chemin du retour, Lila souriait un peu moins fort.

27

Après leur déjeuner rempli de promesses, dans la soirée, Karl rappela à Lila qu'il devrait s'absenter tout le week-end : Olivier et lui se rendaient à Bordeaux pour assister à un séminaire. C'était prévu de longue date, mais Lila avait complètement oublié. Son esprit avait d'autres préoccupations depuis quelque temps. Karl, absent trois jours ? Elle lui en voulut de ne pas lui avoir rappelé ses obligations professionnelles plus tôt. Elle ne ferait que ruminer en attendant son retour. Et dire qu'elle n'avait rien prévu pour combler sa solitude ! Elle pourrait toujours rentrer à Vouvant, mais elle n'en avait pas envie. Ses parents la trouveraient soucieuse, elle avouerait tout, et ils refuseraient qu'elle retourne vivre à Saumur. Elle se coucha dépitée : les bonnes résolutions de Karl n'avaient pas tari ses doutes.

Le lendemain matin, l'idée de donner des cours lui revint en mémoire, et elle s'avoua séduite. Elle alla sur Internet pour vérifier si des examens étaient requis. Elle pouvait enseigner, même sans diplôme. Il lui suffisait de trouver des clients. Sans doute pas le plus facile, mais elle était passionnée, et elle avait quelques créations à son actif...

Mais que lui arrivait-il ? Elle se projetait comme si rien de rien n'était... Karl était-il le détraqué dont elle avait lu les méfaits dans le carnet ? Ou bien la victime de Pierre ? Depuis qu'elle avait envisagé cette éventualité, elle essayait de se rappeler les mots exacts écrits dans le journal. Avait-elle raison ? Où avait été rangé ce satané cahier ? Est-ce que Karl l'avait trouvé ?...

Soudain, elle fut interrompue dans ses réflexions par une nouvelle idée, qu'elle jugea du tonnerre. Si elle invitait Prune et Célestine à passer le week-end à la villa ? Voilà ce dont elle avait besoin ! Retrouver celles avec qui elle avait tout partagé jusqu'alors : le meilleur comme le pire. Les trois amies étaient soudées comme des sœurs. Depuis sa rencontre avec Karl, Lila avait délaissé les filles malgré elle. La distance les avait éloignées. Mais elle ne pouvait pas se passer des conseils avisés de Célestine et de l'avis franc de Prune. Célestine lui disait qu'il lui suffisait souvent d'être confortée dans ce qu'elle savait déjà pour comprendre ce qu'elle voulait. Lila avait toujours fonctionné ainsi. Il devait en être de même aujourd'hui, au moment où elle ne s'était jamais sentie aussi perdue de sa vie.

Lila appela les filles, et tout fut réglé dans la journée : elles arriveraient ensemble le vendredi dans l'après-midi. Célestine n'avait pas cours le lundi matin, Prune se dévoua donc pour louper les premières heures de la semaine et prolonger leur week-end.

Les retrouvailles furent chargées d'émotion, comme si le trio ne s'était pas vu depuis des mois. Lila commença par les conduire dans la chambre qu'elles allaient partager : la sienne. Karl avait installé un matelas sur le sol, à côté de leur lit. Prune et Célestine déposèrent leurs affaires, puis Lila leur fit visiter la villa.

— Alors, qu'est-ce que vous en pensez ?

— De la manière dont tu nous avais dépeint les pièces en bazar, je m'étais fait l'idée d'une maison hantée. Des draps blancs, des formes spectrales... Me voilà rassurée. Il manque quand même la poussière, l'obscurité et les toiles d'araignées pour que ça y ressemble.

Prune mima des frissons. Lila rappela que c'était grâce à Charlotte, qui mettait un point d'honneur à tenir la maison propre du sol au plafond.

Les filles se rendirent dans la cuisine, et Lila prépara du café avant qu'elles ne s'installent confortablement parmi les coussins épais du canapé. Là, Lila s'ouvrit à ses amies. Elle raconta à Prune ce que Célestine savait déjà au sujet du carnet trouvé chez Pierre.

— Et tu restes avec lui ?

Lila s'attendait aux répliques sans filtre de son amie. Peut-être avait-elle besoin d'être secouée, après tout.

— Ce que j'ai lu ne ressemble pas à Karl.

— On en a déjà parlé, Lila..., tenta Célestine doucement.

— Depuis notre conversation, j'ai pensé à quelque chose : ce carnet aurait aussi bien pu être écrit par Karl... Dans ce cas, les rôles seraient inversés.

— Comment ça ? Tu as bien dû y lire des prénoms...

— Je n'en ai pas le souvenir, justement.

— Il est où ce carnet ? demanda Prune, impatiente.

— Il a disparu.
— Disparu ?

Lila expliqua qu'elle l'avait caché précipitamment sous une pile de revues quand Karl était rentré. Elle n'avait pas réussi à remettre la main dessus par la suite. Prune ne comprenait pas comment Lila pouvait être aussi naïve : Karl avait trouvé l'objet compromettant et s'était empressé de le mettre en lieu sûr pour lui éviter de poursuivre sa lecture. C'était aussi simple que ça. Se rendant compte que cette perspective affligeait Lila, Célestine nuança les paroles de leur amie : tout était envisageable, il pouvait y avoir quantité d'hypothèses.

Avant l'arrivée de ses copines, Lila s'était promis de leur parler enfin de l'agression qu'elle avait subie. La brusquerie de Prune lui donna envie de remettre sa confession à plus tard, mais elle se dit qu'elle n'aurait ensuite pas envie de gâcher leur week-end. Autant se débarrasser au plus tôt de ce souvenir traumatisant. Alors, à contrecœur, elle relata comment elle avait cru, à la maison de retraite, que Karl violentait Odette – elle n'avait pas encore obtenu d'explication, mais elle avait choisi de croire Karl qui clamait son innocence. Elle poursuivit par son entrevue avec Pierre, d'abord chez lui, puis au bar. Enfin, elle termina par son retour jusqu'à sa voiture, où elle s'était fait attaquer par un homme qui lui avait volé son carnet à dessins avant de prendre la fuite. Karl l'avait retrouvée, prostrée dans la ruelle.

Le silence accueillit ses confidences. Les filles étaient interloquées, même Prune en avait perdu sa langue. Quand elle retrouva l'usage de la parole, ce fut pour proférer une bordée de jurons.

— Ma chérie, tu es restée tout ce temps avec ce secret sur le cœur ? s'exclama Célestine en prenant son amie dans ses bras.

Prune les rejoignit et elles restèrent un long moment à se serrer fort toutes les trois. Lila laissa échapper quelques larmes silencieuses, celles que seule la douceur bienfaisante permet de libérer. Chacune reprit sa place, puis Prune réfléchit à haute voix :

— Karl a dû te voir sortir de chez Pierre, avant ou après que vous êtes allés dans ce bar. Je ne sais pas comment, mais il a remarqué le carnet. Il t'a agressée pour le récupérer, mais il s'est trompé avec ton cahier à dessins.

— Prune, tu te rends compte de ce que tu dis ! s'exclama Lila.

Elle était profondément choquée. Pourtant, cette idée ne l'avait-elle pas effleurée elle aussi ? Le lendemain de l'agression, elle s'était étonnée de la présence de Karl dans les parages, si opportune, et Charlotte avait fait taire ses doutes.

« C'est vraiment l'idée que vous vous faites de M. Le Goff ? »

Lila se souvenait encore de ses mots. Non, ce n'était pas l'image qu'elle se faisait de lui, sinon elle ne serait pas restée à ses côtés. Elle expliqua les raisons qui lui laissaient à penser que Karl n'était pas mauvais. Son passé avec des parents inexistants le tourmentait encore, preuve qu'il avait une certaine sensibilité. Et puis il se projetait avec elle et cherchait à lui prouver qu'il était prêt à avancer. Prune restait sceptique. Célestine le montrait moins, mais sa méfiance n'échappait pas à Lila. Il suffisait de voir la façon dont elle fronçait légèrement le nez. Lila la connaissait par cœur. Prune lui fit promettre de mettre Karl au pied du mur. À son retour, elle devrait exiger de lui des réponses.

— Il rentre quand de son séminaire ?

— Lundi matin. Ou midi. Il ne savait pas trop, ils ont une soirée prévue dimanche.

— On sera là, Lila. Célestine, même si tu es en retard lundi pour tes cours, ce n'est pas grave ?

Célestine haussa les épaules, peu convaincue.

— C'est pour notre Lila. Ne t'en fais pas, ma belle. On sera là. Il ne s'en tirera pas aussi facilement cette fois, je te le garantis !

Les amies furent interrompues par l'arrivée de Charlotte, qui revenait des courses et du pressing. Lila en profita pour proposer aux filles de prendre l'air. Elles se baladèrent dans le jardin, avant de se diriger vers la dépendance.

Débarrassé de son revêtement de vigne vierge, le bâtiment exhibait ses pierres comme une nouvelle robe. À l'intérieur, Romuald avait commencé à recouvrir la dalle en béton d'un isolant avant d'y poser le parquet. Esteban l'aidait à préparer les sous-couches. Dans un coin de la pièce, un vieil autoradio diffusait un tube des années 1980. Romuald sifflotait. Concentré sur le cutter et le ruban adhésif qu'il tenait entre ses dents, il ne fit pas attention aux visiteuses. Du seuil de la porte, Lila fit faire le tour du propriétaire à ses amies. La maisonnette comptait deux chambres, chacune avec une douche et des toilettes. Les deux pièces étaient reliées entre elles par une kitchenette. Elle avait pour l'heure l'allure d'un champ de bataille d'où dépassaient quelques tuyaux pour le raccordement de l'eau. Esteban leur adressa un sourire immense. Il n'osait pas bouger, car il portait le panneau de fibre de bois que Romuald devait s'appliquer à coller.

Les trois amies retournèrent se mettre au chaud. Assises autour de la grande table de la cuisine, une nouvelle tasse de café fumant entre les mains, elles se mirent à papoter de sujets plus légers. Après son BTS, Prune se voyait partir en Irlande. Elle avait lu le premier roman d'Agnès Martin-Lugand et elle brûlait d'aller découvrir les terres celtes, là où la nature verdoyante côtoyait le bleu de la mer, le noir des montagnes et le blanc des moutons.

— Il y pleut tellement ! se récria Célestine.
— Pourquoi crois-tu que ce soit si vert ? Moi, ce qui me plaît, c'est d'entrer en communion avec cette nature sauvage. Et puis ce sera plus près que le Costa Rica. Vous pourrez venir me voir, cette fois. Ça vous fera voyager un peu.

Prune demanda à Lila ce qu'elle avait prévu de leur faire visiter pendant leur séjour à Saumur. Lila parla du château, qu'elles ne devaient manquer sous aucun prétexte. Elles iraient se balader dans un village troglodytique et mangeraient des fouées. Elle aimait les clichés et l'assumait parfaitement.

— Tu nous montreras la rue où tu t'es fait agresser ? demanda Prune à brûle-pourpoint.

Lila encaissa ce retour abrupt du sujet dont elle croyait s'être débarrassée. Avec Prune, il n'y avait pas de tabou. Elle n'anesthésiait pas la douleur en évitant un problème. Au contraire, elle le triturait, elle appuyait dessus avec insistance, jusqu'à ce qu'il ne fasse plus mal du tout. Lila avait mis du temps à leur raconter, pas parce qu'elle ne leur faisait pas confiance, mais parce que mettre des mots sur des événements douloureux les rendait encore plus réels. Il n'y avait plus de possibilité de retour en arrière, plus de doute sur la véracité des faits. Pourtant, elle se souvenait de chaque seconde, et surtout de tout ce qu'elle avait ressenti pendant cet instant maudit. Les battements désordonnés de son cœur affolé. Le coup de fouet dans ses jambes. L'odeur du cuir. La chute. Le sentiment de basculer dans l'horreur et d'imaginer sa vie suspendue à un fil. Et puis le soulagement quand elle avait compris qu'elle avait été épargnée. Que son chemin continuait à s'ouvrir devant elle. La route se poursuivait, enivrante de possibles, de rencontres, de sourires. De choix. De larmes, parfois. Mais de joies, surtout. Elle était actrice de sa propre vie. Le rôle de spectatrice n'était pas fait pour elle, tout à coup elle en eut l'intime conviction. Et elle se sentit plus forte. Cela ne l'empêcha pas d'hésiter à la proposition de Prune. Montrer ses faiblesses ne signifie pas toujours qu'on n'est pas à la hauteur.

— Je ne sais pas si j'y arriverai…

— On ira en plein jour. Et puis, on sera avec toi, tu n'auras rien à craindre. Ça pourrait te permettre de mieux digérer tout ça. Mais seulement si tu en as envie…

Lila posa une main sur le bras de Célestine. La douceur de son amie lui faisait autant de bien que la spontanéité de Prune. Des âmes complémentaires. D'autres aimants contraires. Qu'est-ce qu'elle aimait la richesse de ces relations entre des êtres différents, opposés parfois !

Célestine l'interrogea sur l'enquête. Savait-elle si les policiers avaient appris quelque chose ? Confondu un suspect ? Lila n'avait eu aucune nouvelle...

— Ce qui compte, c'est que tu aies fait ce qu'il faut. Aucune femme ne devrait subir une agression et rester sans rien dire. Aucun homme non plus d'ailleurs...

— Pourquoi est-ce que quelqu'un t'a fait du mal ?

Lila sursauta. Elle n'avait pas entendu Esteban rentrer. Il se tenait sur le seuil de la cuisine, ses yeux écarquillés, entourés d'un fin liseré noir, trahissant sa surprise.

— Je... je ne sais pas.

Lila essayait de trouver les mots les plus justes pour parler d'un sujet qui lui ôterait un peu de son innocence. Après tout, à bientôt onze ans, il était sans doute prêt à entendre que le monde ne tournait pas toujours très rond.

— Parfois, on ne comprend pas pourquoi, mais certaines personnes aiment faire du mal aux autres.

Charlotte les rejoignit dans la cuisine, peut-être alertée par la tournure que prenait la conversation. Ou peut-être par hasard...

— C'est l'inverse de ce que j'apprends à l'école en EMC. C'est l'éducation morale et civique. La maîtresse nous a parlé des valeurs de la République ; la devise de la France, tu sais, c'est « Liberté, Égalité, Fraternité ».

— Tu as raison. Si tout le monde respectait le principe de fraternité, il y aurait moins de violence...

— Je suppose que dans ton école, il doit bien y avoir des bagarreurs, du genre qui tapent sur tout le monde ? l'interrogea Prune.

Esteban acquiesça avec véhémence, puis il se servit un verre d'eau qu'il but d'une traite.

— Qu'est-ce que tu fais, dans ces cas-là ? demanda Célestine.

— Comme maman m'a dit de faire. Si je vois quelqu'un se faire taper, ou si moi je me fais taper, je dois pas me battre pour me défendre. Je vais le dire à un adulte.

— Eh bien tu vois, mon chat, poursuivit Lila, quand on devient adulte à notre tour et qu'il nous arrive quelque chose de grave, on doit continuer à aller le dire. Sauf que ce n'est plus à la maîtresse ou au maître, mais à la police.

Son regard croisa celui de Charlotte. Finalement, elle ne faisait que reprendre les conseils qu'elle lui avait prodigués quelques jours plus tôt.

— Quand un adulte fait mal à quelqu'un, c'est toujours plus grave que quand c'est un enfant, reprit Esteban. Un enfant, ça sait pas toujours si c'est bien ou pas, alors qu'une grande personne, si.

Sur ce, il lança à sa mère :

— Je retourne aider Romuald. Il a besoin de moi. Heureusement que la maîtresse fait grève lundi : on va pouvoir avancer.

Les quatre femmes l'observèrent tandis qu'il remettait son manteau et se précipitait vers la porte d'entrée.

— Il est excellent, ce gamin ! rit Prune.

Lila et Célestine approuvèrent en souriant. Si l'expression de Charlotte laissait deviner une certaine fierté,

Lila y lut autre chose. Comme une oscillation, un bref retour vers le passé qui remettait tout en question. Une échappée vers un sentier non envisagé, qui ouvrait toutes les possibilités.

28

Les filles avaient passé un excellent week-end. Elles avaient réalisé l'intégralité du programme concocté par Lila en deux jours intenses, même s'il avait fallu procéder à quelques ajustements de dernière minute. Lila avait failli tenir son excuse pour éviter la confrontation avec les lieux de l'agression, mais c'était mal connaître Prune. Son amie avait insisté, suivie par une Célestine rassurante. Plus Lila s'était approchée de l'endroit, plus son sourire s'était estompé. Les éclats de rire qui avaient résonné autour d'elles durant leurs balades saumuroises s'étaient tus un instant, mais Prune avait réussi à les faire rebondir entre les murs de la ruelle. Lila sentait que son amie essayait d'y associer de nouveaux souvenirs, pour que ce ne soit plus seulement ce coupe-gorge sordide où un homme avait tenté de l'agresser. Lila lui en était reconnaissante.

Dimanche, après le dîner, Lila pianota sur son ordinateur à la recherche d'un bar ouvert pour sortir.

— Tiens, je ne savais pas qu'il y avait un pub irlandais à Saumur. Regardez ça, les filles : The Irish Coffee.

Ça a l'air sympa ! Ils proposent une soirée guitare et chants avec John O'Brien, lut Lila, avachie au fond du canapé, son portable sur les genoux.

— Connais pas…, marmonna Célestine.

— Normal, je doute qu'une célébrité vienne jouer dans un bar de Saumur. En tout cas, connu ou pas, on y va : ça me fera un avant-goût de ce qui m'attend l'année prochaine !

Prune se releva à la vitesse de l'éclair. Son dynamisme était contagieux, si bien que les trois filles furent prêtes, changées et remaquillées en moins d'une heure.

Quand elles pénétrèrent dans le bar, il était un peu plus de vingt-deux heures, et la fête battait son plein. Sur une petite estrade dans le fond, John O'Brien grattait sa guitare et s'époumonait sur des accords celtes. Les murs de briquettes et le mobilier en bois renvoyaient un mélange kitch et chaleureux. Des fanions verts, blancs et orange aux couleurs de l'Irlande étaient suspendus au-dessus du comptoir. La pièce était bondée, mais le serveur les conduisit jusqu'à une petite table libre dans un coin. Prune se sentit tout de suite à l'aise. Elle ôta son manteau et battit des mains au rythme de la musique. Lila se félicita d'avoir trouvé ce bar. Rien ne semblait faire plus plaisir à son amie que d'être ici.

— Qu'est-ce qu'on boit ? demanda Lila.

— Bah… quelle question ! On est en Irlande. De la Guinness, pardi !

Célestine approuva. Elles attendirent un peu. Il régnait dans l'Irish Coffee une chaleur sans nom, et les filles avaient soif. Le serveur leur avait dit qu'il viendrait prendre leur commande, mais depuis, il avait déjà arpenté la pièce en tous sens et semblait les avoir oubliées. Lila annonça qu'elle allait chercher les bières au comptoir. Elle essaya de se frayer un chemin parmi un groupe de jeunes debout devant les tabourets. Elle cria pour demander trois Guinness au barbu qui s'agitait derrière le bar. Pendant qu'elle patientait, elle sentit un regard sur elle. Elle tourna la tête. Un peu plus loin, Pierre était accoudé au comptoir, et l'observait en souriant. Elle recula et se faufila derrière ses voisins pour le rejoindre.

— Salut, Pierre ! Qu'est-ce que tu fais ici ?

Elle devait parler fort pour couvrir le brouhaha ambiant et la voix de John O'Brien qui enveloppait tout. Elle déglutit avec peine en attendant la réponse de Pierre. Elle s'interrogea sur le malaise qui la gagnait, avant de comprendre : la dernière fois qu'elle avait vu Pierre, c'était aussi dans un bar. Et surtout... c'était le soir de son agression. Les souvenirs refaisaient surface, l'odeur du cuir s'infiltrait dans ses narines malgré elle. Sa mémoire olfactive fonctionnait à merveille.

— Je te retourne la question, répliqua Pierre, l'arrachant à ses sombres pensées. Tu es venue te perdre dans un bar irlandais ? Très bon choix, cela dit, c'est l'un des meilleurs que je connaisse.

— Je ne te savais pas adepte de l'Irlande.

— J'y viens pour l'ambiance. On n'est jamais déçu.

Pierre désigna le chanteur, qui avait repris une ballade plus douce. Au milieu de la salle, entre les tables, quelques couples s'étaient formés pour danser. Lila considéra Pierre. Il portait une chemise marron aux motifs de feuillages et au col mao, sur un pantalon blanc. Il avait remonté ses manches jusqu'aux coudes, et elle pouvait voir le serpent de son tatouage s'enrouler sur son avant-bras. Il lui souriait, avec cette même pointe d'insolence qu'elle avait déjà vue quelque part. Il lui rappela de nouveau leur verre partagé au Blues Bar, après qu'elle lui avait volé son journal intime. Un Pierre plus confiant, comme libéré de quelque chose. Se montrait-il sous un jour nouveau à présent qu'il la connaissait mieux ? Au même moment, elle aperçut la pinte de bière devant lui, et se demanda si ce n'était pas plutôt à cause de ça. Il suivit son regard et se justifia :

— Ce n'est qu'une bière !

Le serveur en disposa trois devant elle, qu'elle paya.

— Trois bières ! s'exclama Pierre, les sourcils froncés et une pointe d'ironie dans les yeux. Tu es pire que moi !

— Je ne suis pas seule, je suis venue avec mes amies.

Elle se tourna pour lui montrer les filles, qui riaient à gorge déployée à leur table.

— Oh, jolies !

Elle crut entendre ces mots de la bouche de Pierre, mais elle avait dû se tromper. Cela ne lui ressemblait pas. Leurs voisins s'étaient mis en tête d'accompagner le chanteur. Une joyeuse cacophonie régnait. Lila n'avait jamais vu une ambiance aussi survoltée dans un bar. L'homme qui se tenait près d'elle la poussa de tout son poids et elle se retrouva propulsée contre Pierre. Elle atterrit dans ses bras. Assis sur son tabouret, il était quasiment à sa hauteur. Elle plongea dans son regard. Elle y resta un peu trop longtemps. Il l'entourait de ses bras et ne détournait pas la tête. Quelqu'un qui les aurait surpris ainsi aurait pu croire à un couple enlacé, sur le point de s'embrasser. Lila était troublée. Pour autant, elle ne parvenait pas à détacher son regard de Pierre. Il y avait quelque chose de différent en lui.

— Ça va ? demanda-t-il doucement.

Ces deux mots lui firent reprendre ses esprits. Elle bafouilla un vague « oui » et s'appuya contre son torse pour se dégager de son étreinte.

— Mais j'y pense : tu n'as pas quitté Saumur en fin de compte ? s'enquit Pierre.

— Karl et moi... on est de nouveau ensemble, répondit-elle.

Afin de couper court à cette conversation, elle prit une bière dans chaque main pour les apporter jusqu'à la table. Elle en était à se demander comment elle allait emporter la troisième, quand Pierre la devança :

— Je vais t'aider.

— Eh bien, tu en as mis du temps ! reprocha Prune.

— C'est parce que j'ai rencontré Pierre, le frère de Karl. Pierre, voici Célestine et Prune, mes amies d'enfance.

— Oh, quelle coïncidence ! s'exclama Célestine.

Les jeunes gens se saluèrent et les filles proposèrent à Pierre de s'installer à leur table.

— Où est Karl, ce soir ? s'enquit Pierre. C'est dommage qu'il ne soit pas là...

Lila n'apprécia pas le clin d'œil de provocation qu'il lui envoya. Elle lui expliqua qu'il était parti en séminaire. Prune orienta la conversation sur le métier de Pierre. Elle lui demanda ce que ça faisait de toucher le corps des gens, de ne pas avoir de barrière avec eux. Il répondit vaguement que c'était son outil de travail, qu'il ne voyait pas les choses ainsi. Elle insista, l'interrogea encore : qu'est-ce qui se passait dans la tête d'un ostéopathe ? Pierre voulut alors savoir si elle sous-entendait qu'il se rinçait l'œil parfois. Si c'était le cas, alors oui, ça lui arrivait et il ne se privait pas. Les filles échangèrent des regards affligés, ce qui fit rire Pierre. Il était en week-end, qu'elles le laissent savourer ce plaisir de ne pas penser au travail. Comprenant qu'il les avait fait marcher, elles se mirent à rire à leur tour. Pierre appela le serveur et commanda quatre autres bières. Lila fronça les sourcils. Célestine lui sourit paisiblement, comme pour lui dire de ne pas s'en faire. Alors elle se détendit.

Le chanteur avait fait une pause et s'était frayé un chemin jusqu'au comptoir où il avait avalé une pinte de bière. Puis il avait enchaîné avec l'un des derniers hits de Justin Bieber, provoquant l'hystérie d'un groupe de filles qui se déhanchaient à présent devant lui, leur consommation à la main. D'autres danseurs se joignirent à elles, et bientôt tout l'espace disponible entre les tables fut pris d'assaut.

— On y va aussi ? demanda Prune.

— Si tu parviens à te frayer un chemin…, commença Lila.

L'obstination de Prune ressortait toujours victorieuse, quitte à foncer dans le tas. Elle joua des coudes, et Lila vit la foule l'engloutir. Elle renonça à la suivre.

— Tu veux aller danser aussi ? demanda Pierre.

— Non, il y a trop de monde.

— Allez, tu en meurs d'envie…

Il se planta devant elle et lui tendit la main. Elle lui donna la sienne avant même de réfléchir à son geste. Il la guida pour qu'elle se lève. Il était tellement proche du fauteuil qu'une fois debout, elle se retrouva collée à lui. Elle tourna la tête vers la piste et il s'écarta pour la laisser passer. Pour ne pas la perdre, il posa les mains sur ses hanches. Lila était mal à l'aise. Inutile d'essayer de rejoindre Prune, l'essaim de danseurs était trop compact à l'endroit où elle avait disparu. Alors Lila se mit à danser. Pierre la lâcha et suivit ses mouvements. Un sourire flottait sur son visage. Dans cette proximité forcée, elle sentait son odeur. Elle lui rappelait les bougies « musc oriental » qu'elle aimait allumer. Lila avait le sentiment de pécher. Si Karl les voyait ainsi tous les deux, nul doute qu'il n'apprécierait pas. Enhardi par la voix virile du chanteur, Pierre posa de nouveau ses mains sur les hanches de Lila. Elle tenta de se dégager, mais l'espace était limité. Elle pouvait à peine bouger. Il exerça une légère pression sur ses doigts, l'attirant un peu plus à lui.

— Laisse-toi aller, lui glissa-t-il à l'oreille.

Se laisser aller ? Elle en était bien incapable. Son beau-frère était en train de la draguer ouvertement, et elle ne faisait rien pour empêcher ça. Soudain, elle sentit une main sur son épaule.

— Ça va ? lui cria une voix.

Lila sourit de soulagement en reconnaissant Célestine.

— On retourne s'asseoir ? lui demanda celle-ci.

Lila acquiesça et la suivit sans demander son reste, abandonnant un Pierre immobile au milieu de la foule. Il reprit sa place sur son siège avant que les deux filles aient pu échanger un mot. Cette fois, il s'approcha de Célestine :

— John O'Brien me rappelle quelques plaisanteries... Quel est l'endroit préféré d'un géologue pour un rendez-vous amoureux ?

— Je ne sais pas... Un volcan en éruption ?

— Un concert de roc. R.O.C.K et roc... le rocher... Tu vois ?

Célestine rit poliment, Lila resta silencieuse. Il l'écartait, semblant lui en vouloir de son attitude sur la piste. Sans doute ne pensait-il pas à mal. C'était elle qui avait déformé la réalité, lui avait inventé des arrière-pensées.

— Tu n'as pas l'habitude que Karl t'en fasse, des blagues, pas vrai ?

Lila sursauta. Si, il acceptait de lui parler, en fait. Elle ne sut pas quoi répondre. Effectivement, Karl ne faisait pas dans ce genre d'humour.

— Il est chiant parfois, non ? Toujours sérieux. Ça va, ne fais pas cette tête, Lila ! C'est mon frère. Mais ça n'empêche pas que parfois, il est gonflant !

Pierre partit d'un grand rire avant de finir sa pinte d'une seule traite. Lila regarda Célestine en silence, mi-figue mi-raisin. Son amie semblait dans le même état d'esprit. Le comportement de Pierre ce soir collait avec l'hypothèse de Lila selon laquelle Karl serait l'auteur du journal intime... Et Pierre une personne perverse. Cette idée accentua le malaise de Lila.

Prune s'était rapprochée de leur table et continuait à se déhancher sur la piste improvisée. Elle riait avec une fille qu'elle ne connaissait pas. Lila la vit en Irlande, se lier d'amitié avec des inconnus, vivre sa vie à fond, sans se soucier des attaches. Sans avoir peur de tout arrêter et de recommencer ailleurs. Lila envia soudain cette capacité d'adaptation, cette soif de liberté. Quand Prune revint à table, elle était en nage.

— Eh... Prune, j'ai une blague ! s'écria Pierre.

Lila aurait voulu avoir l'audace de se lever pour aller danser à son tour.

— Quel type de musique les ballons détestent-ils écouter ? demanda Pierre.

Lila plongea la main dans son sac et se saisit de son téléphone. Elle avait quelques messages. Elle les consulta en entendant un « Pop » hilare de Pierre. Elle écrivit un SMS à Karl pour lui souhaiter une bonne nuit en retour, avant d'annoncer à la tablée :

— Demain, Charlotte viendra plus tard. Elle m'a envoyé un message en début de soirée, je ne l'avais pas vu. Elle dit qu'elle a quelque chose de très important à faire demain matin. Je me demande bien ce que c'est…

— Elle aime entretenir le suspense, la mystérieuse Charlotte…

— Qui est Charlotte ? demanda Pierre.

— Je ne t'ai jamais parlé d'elle ? C'est notre employée de maison. Charlotte Levy.

— Charlotte Levy ?!

Pierre parut sur le point de s'étrangler avec la nouvelle bière qu'il tenait dans sa main. Son visage se ferma. Il semblait réfléchir. Une petite sonnette d'alarme venait de s'allumer dans un coin du cerveau de Lila. Elle comprit qu'elle n'allait pas aimer la suite, sans réellement saisir pourquoi. Tout se jouait sur les traits tirés de Pierre, sur qui cette révélation faisait l'effet d'un coup de tonnerre. Il posa la pinte sur la table.

— Charlotte travaillait pour mes parents autrefois.

Les trois filles poussèrent à l'unisson une exclamation de surprise.

— Il y a combien de temps ? demanda Célestine.

— Je ne sais plus exactement... Une dizaine d'années, je crois.
— Et ça a duré longtemps ? ajouta Prune.
— Assez. Deux ou trois ans peut-être...
— Et Karl ? Il le savait ? souffla Lila.
— Bien sûr.
— Alors pourquoi il ne t'a rien dit ?

Célestine était effarée. Lila lut sur son visage qu'elle cherchait à assembler les pièces du puzzle, sans toutefois y parvenir réellement. Comme elle.

— Du grand Karl ! enchérit Pierre. Il a toujours été... insaisissable. Il aime entretenir les secrets... Mais enfin, en ce qui concerne Charlotte... je ne vois pas l'intérêt.

Lila réfléchissait à toute vitesse. Elle ne parvenait pas à capter une certaine idée, à la faire surgir loin de la mêlée, et à la disséquer pour comprendre. Sa tête ressemblait à l'Irish Coffee : un capharnaüm gigantesque dans lequel on s'entendait à peine.

Pierre s'était de nouveau saisi de son verre et, vautré dans sa chaise, les jambes écartées, il l'observait, un vague sourire aux lèvres. Quand le halo d'un spot changea de direction, il chassa le sourire. Lila repensa au *Silence est d'or* et au rictus de la bouche qui changeait en fonction de la lumière. Puis elle revit l'air insolent de Pierre tout à l'heure : c'était le même que celui d'Odette, quand elle lui souriait de toutes ses dents, y compris de celles qui lui manquaient.

Pierre regarda sa montre et annonça qu'il devait partir, il était tard.

Comme l'ambiance festive du bar ne collait plus à l'humeur de Lila, Prune déclara qu'elles allaient en faire autant. La froideur de la nuit les saisit en sortant. Elles se hâtèrent de rentrer.

Lila n'avait pas ouvert la bouche de tout le trajet, ses amies respectaient son silence. Après un bref passage dans la salle de bains, les filles se couchèrent dans le grand lit. Conscientes qu'un nouveau virage venait de s'amorcer dans l'histoire d'amour de Lila, il fallait ralentir et le prendre toutes les trois, serrées les unes contre les autres. Elles fixaient la semi-obscurité, enlaçant leur oreiller.

— Qu'est-ce que c'est que cette histoire ? commença Prune. Tu es sûre que Karl n'a jamais sous-entendu quelque chose au sujet de Charlotte et d'un passé commun à celui de ses parents ?

— J'en suis certaine.

— Au début de votre relation, peut-être ? Quand tu ne connaissais pas encore Charlotte et que ça ne te touchait pas vraiment ?

— Les filles, j'en suis sûre à trois mille pour cent. Je m'en souviendrais, quand même ! Karl ne m'a jamais dit qu'il avait repris la fille qui travaillait pour ses parents. Et Charlotte ? Elle aurait pu m'en parler, elle aussi !

Prune et Célestine gardèrent le silence.

— Ça ne peut vouloir dire qu'une chose, poursuivit Lila. Ils ont un secret.

— Tu penses à quoi ? demanda Célestine.

— Il peut y avoir un tas de pistes. Mais depuis que Pierre a craché le morceau, ça tourne et retourne dans ma tête. Je ne vois qu'une seule raison pour laquelle ils m'auraient caché la vérité *à moi* en particulier : Karl et Charlotte ont eu une liaison.

Prononcer ces mots lui brûlait la langue. Il fallait pourtant les formuler pour éteindre le feu de la jalousie qui la dévorait lentement. Quand elle sentit les doigts de Célestine se refermer sur sa main, elle eut envie de pleurer. Pas parce que son amie la consolait, mais parce que si elle le faisait, c'était bien qu'elle lui donnait raison. Elle ravala ses larmes et les fit disparaître avec les langues de feu qui couvaient en elle. Elle pensait aux yeux marron de Karl et d'Esteban. Cerclés de noir. Comment avait-elle pu ne rien voir ? Elle poursuivit, forçant sa voix à ne pas trembler :

— Charlotte est tombée enceinte. Karl l'a retrouvée et a compris qu'il était le père d'Esteban. Il lui a demandé de travailler pour lui. Elle n'avait rien d'autre, elle n'a pas eu le choix.

— Et elle vivrait avec lui dans l'ombre, alors qu'il a refait sa vie avec quelqu'un d'autre ? Quelle femme supporterait cette situation ? fit Prune, dubitative.

— Charlotte t'a confié avoir été violée…, reprit Célestine.

Si Lila s'était jusqu'alors gardée de trahir le secret de Charlotte auprès de Karl, elle avait fini par vendre la mèche au cours du week-end. Elle se considérait cependant à demi excusée : les filles connaissaient à peine l'employée de maison. Et puis, après leur discussion avec Esteban au sujet de son agression, elle n'avait pas eu le courage de taire la vérité.

— Peut-être qu'elle a dit ça pour m'attendrir… ou… ou éviter que j'aide Esteban à retrouver son père… Mais oui, bon sang !

Lila se redressa d'un bond dans le lit, faisant sursauter ses deux amies. Prune alluma le plafonnier avec l'interrupteur au-dessus de la table de chevet. Les trois filles clignèrent des yeux. Le visage blême, Lila annonça d'une voix blanche :

— J'ai compris leur secret. L'agression qu'a subie Charlotte... Elle n'aurait pas pu inventer de telles ignominies. Les confessions de l'enfance de Pierre, manipulé, tyrannisé par son frère... Karl m'a parlé de promesses qu'il a faites. Il n'a pas précisé à qui. Peut-être est-ce à lui-même, pour sauver sa peau. Karl a abusé de Charlotte. Elle a réussi à s'échapper, mais depuis, il a rassis son emprise sur elle. Comme il sait si bien le faire. La preuve : je suis encore là, malgré tout ce qui s'est passé. Il n'y a qu'une seule explication possible : Charlotte est piégée.

29

Charlotte

Charlotte y avait réfléchi tout le week-end. Elle s'était endormie avec l'idée en tête le vendredi soir, en pensant qu'au réveil, elle aurait disparu. Mais quand, dès l'aube, elle avait ouvert les yeux, sa détermination était intacte. Elle avait su qu'elle ne changerait pas d'avis. Que c'était le moment. Elle le devait à son fils.

Esteban avait foot le samedi, et le dimanche, ils déjeunaient chez sa grand-mère. Elle avait donc calculé que le moment le plus propice était le dimanche soir. En plus, il n'avait pas école le lendemain, son institutrice participait à la grève des fonctionnaires. Charlotte aurait son fils auprès d'elle toute la journée, cela lui permettrait de s'assurer de sa réaction.

Quand elle lui avait proposé d'aller chercher des hamburgers au McDo de Saumur pour les manger devant la télévision, Esteban l'avait regardée avec des yeux ronds. Il n'avait jamais eu le droit de faire ça. Malgré son âge, il avait choisi un Happy Meal pour enfin obtenir la surprise en cadeau, après des années de frustration. Charlotte l'avait laissé faire, mais avait commandé un hamburger supplémentaire pour assouvir son appétit de préadolescent.

Assis à la petite table du salon, Esteban léchait ses doigts graisseux, sur lesquels coulaient de longues traînées de ketchup. Il prit ensuite la paille et aspira le Coca à grands bruits de succion. Charlotte attendit de sentir l'agacement la saisir, mais cela ne se produisit pas. Elle était entièrement absorbée par l'angoisse qui montait à l'idée de la conversation à venir.

— Tu sais, j'ai beaucoup réfléchi à ce qu'a dit Lila vendredi soir. Tu te souviens ? À propos de la fois où quelqu'un lui a fait du mal.

Esteban n'écoutait qu'à moitié. Les frasques de Tom et Jerry le faisaient rire, et il lorgnait désespérément vers le carton dans lequel était enfermée sa surprise. Charlotte lui avait demandé d'attendre la fin du repas avant de la déballer. Et il avait marmonné un vague « oui » en guise de réponse.

— Je me suis dit que tu es grand à présent, et qu'il est temps de connaître ton histoire. Avec ton père.

Ces derniers mots firent un drôle d'effet à Esteban. Au contraire de ce qu'elle avait cru, visiblement, il l'entendait très bien.

— Comment ça ? Je la connais déjà, l'histoire.

Charlotte sentit son cœur se serrer. Lui avouer son mensonge rouvrait en elle une énorme faille. Mais elle avait matière à s'expliquer. Elle ne devait pas se dégonfler. Pas abandonner maintenant. Il était trop tard, de toute façon. Elle en avait trop dit.

— L'histoire que tu connais, c'est celle que je t'ai racontée parce que tu étais trop petit pour comprendre. À bientôt onze ans, tu es capable d'entendre la vérité.

Esteban se taisait. Il avait englouti son burger, ses nuggets et ses frites, le dessert patientait au congélateur. Charlotte lui tendit une serviette pour qu'il s'essuie les mains. Elle pouvait presque sentir son petit cœur battre plus vite et son souffle se suspendre. Elle ne le fit pas attendre plus longtemps.

— La vérité, c'est que je n'étais pas amoureuse de ton père. Il était le fils des gens chez qui je travaillais à l'époque. Il était plus jeune que moi. Il n'était pas tellement gentil et il me faisait même un peu peur. Un jour, il m'a forcée à faire ces choses que les adultes font pour avoir des enfants. Tu sais… ce qu'on appelle *faire l'amour*. Mais là, ce n'est pas vraiment ce qui s'est passé. Enfin… l'amour.

Charlotte laissa le temps à Esteban de digérer cette révélation. Elle ne savait pas quels mots elle était censée employer. Comment révélait-on à son enfant qu'il était le fruit d'un viol ? Elle regardait le jeune garçon, attentive à ses réactions. Dans ses yeux arrondis, elle ne lisait rien d'autre que l'incompréhension. Ce fut lui qui brisa le silence.

— Tu m'as dit qu'il fallait s'aimer très fort pour faire un bébé…

Charlotte soupira.

— En principe, les gens qui ont des enfants en ont parce qu'ils s'aiment vraiment. Mais il existe des exceptions, comme pour toutes les règles. Certaines personnes en forcent d'autres à avoir des rapports sexuels, et peuvent concevoir la vie alors que ce n'était pas prévu. C'est ce qui s'est passé pour toi.

À présent, il y avait de la déception dans les iris marron d'Esteban. Charlotte se raccrocha aux paroles de Lila – au lieu de protéger son fils, c'était le père qu'elle préservait involontairement. Il avait pris des allures de héros dans la tête d'Esteban et plus le temps passerait, plus elle se transformerait en méchante, parce qu'elle serait celle qui empêchait ce lien d'exister. Elle venait de faire tomber de son piédestal cette figure imaginaire. C'était très douloureux, et Charlotte conjura toutes les forces divines pour que la souffrance n'atteigne pas son fils. Il était intelligent, prévenant. Le meilleur enfant qu'une mère puisse rêver d'avoir. Il gardait le silence. Elle ne devait pas perdre le contact. Elle devait percer la bulle de mystère pour qu'il ne reste plus rien à l'intérieur. Qu'il pose toutes les questions qu'il souhaitait et sache que le tabou n'en était plus un.

— Sans le vouloir, ton père m'a fait le plus beau cadeau qu'on m'ait jamais offert.

Comme Esteban n'avait pas l'air de comprendre, elle ajouta :

— Toi.

Il lui sourit en retour. Un sourire furtif. Elle aurait tout donné pour savoir ce qui se passait dans sa tête. Elle poursuivit :

— Ce que je déplore, c'est la manière dont tu as été conçu. Forcer les gens à faire l'amour, ça s'appelle violer. Jamais on ne doit faire ça. Tu te souviens : « Liberté, Égalité, Fraternité » ?

Esteban acquiesça. Charlotte sentit les larmes couler sur ses joues. Elle se détourna pour les essuyer discrètement d'un revers de la main.

— Pourquoi tu pleures ? demanda Esteban.

Rires et pleurs se mêlèrent un instant.

— Ce sont des larmes de soulagement. Parce que les secrets, quand ils sont gardés trop longtemps, font du mal. Je suis contente que tu connaisses la vérité, à présent.

— Alors, c'est fini. Je n'aurai jamais de père ?

Charlotte ferma les yeux, puis se força à les rouvrir. Ne pas rompre le lien. Elle n'avait qu'une envie : faire marche arrière. Dire à son fils que tout ce qu'elle venait de lui raconter n'était pas vrai. Pour qu'il continue à espérer. Puis elle pensa à Romuald. Romuald, qu'elle était passée voir dans la dépendance vendredi soir avant de rentrer chez elle, pour s'enquérir de l'avancée des travaux. Il l'avait invitée au restaurant. Elle avait dit oui. Elle avait envie de prendre son temps. Mais, pour la première fois, elle espérait aller plus loin. C'était peut-être aussi pour lui qu'elle en était là aujourd'hui. Pour arriver plus légère à leur premier rendez-vous.

— Tu ne connaîtras jamais ton père biologique en effet. Mais parfois, on ne sait pas ce que la vie nous réserve. Si un jour je rencontrais un homme, peut-être qu'il pourrait te prendre sous son aile, un peu comme un papa. Il n'y a pas que les liens du sang qui comptent.

— Tu parles de Romuald ?

Charlotte rougit. Confuse, elle étudia Esteban en pensant qu'il s'en passait des choses, sous cette tignasse brune.

— Je ne sais pas... Seul l'avenir nous le dira.

— Moi je l'aime bien, Romuald. J'aimerais bien qu'il soit mon père.

Esteban plissait les yeux comme s'il réfléchissait, tout en accordant quelques regards à la télé restée allumée. Puis il fronça les sourcils, Charlotte le sentit tracassé. Les questions arrivaient, il avait besoin de comprendre. Et elle devrait répondre à toutes.

— Celui qui t'a fait ça, tu travaillais pour lui, un peu comme pour M. Le Goff...

De nouveau, Charlotte cilla. Avoir une discussion avec un enfant, c'était parler sans détour. Être capable de dialoguer, sans filtre. S'il savait... Non, pour l'instant, elle n'était pas encore prête à tout lui avouer. Chaque chose en son temps... Petit pas après petit pas...

— Ce n'était pas mon employeur, mais son fils.

— Et quand ça t'est arrivé, tu es allée voir la police pour leur dire ?

— Non, mon grand. À l'époque, je n'en ai pas eu le courage. Tu es peut-être encore un peu jeune pour comprendre, mais parfois, on se sent coupable d'être victime. On a honte.

Une anecdote qui s'était produite quand Esteban était petit lui revint en mémoire pour illustrer ses propos. Il devait avoir environ quatre ans. Un camarade d'école lui avait mis un caillou dans l'oreille, mais Esteban n'avait rien dit à personne. Le soir, il avait caché son oreille avec sa main et Charlotte avait été obligée de répéter pour se faire entendre. Inquiète, elle y avait regardé de plus près et avait découvert avec horreur le petit morceau de pierre. Il était tellement enfoncé qu'elle avait dû emmener son fils aux urgences. Les infirmières avaient fini par le déloger au moyen d'une seringue remplie d'eau. Le tympan avait été perforé, mais il y avait eu plus de peur que de mal. Esteban rit à ce souvenir.

— Je voulais pas le dire parce que j'avais peur que Hugo se fasse disputer. Et puis je me sentais bête de m'être laissé faire.

— Et plus tu essayais de cacher le caillou, plus tu l'enfonçais dans ton oreille.

— Je pensais qu'il disparaîtrait. J'aurais dû t'en parler, parce que ça m'a fait mal !

— Tu vois, c'est la même chose. Je ne voulais pas le dire parce que j'avais peur qu'on me juge, qu'on se dise que j'aurais pu me défendre. Que c'était ma faute si c'était arrivé.

— Il était trop fort pour toi.

Charlotte se demanda quelle image il avait de son père, maintenant. Elle aurait voulu lui épargner cela, mais elle n'était pas en mesure de changer le cours des choses. Il ne servait à rien de vivre dans les rêves. Affronter la réalité, c'est apprendre à grandir.

— Et si tu l'avais dit à la police, j'aurais pu ne pas être là ? demanda Esteban.

— Ça n'aurait absolument rien changé. Personne n'aurait pu t'enlever à moi. Quand j'ai appris ton existence au creux de mon ventre, le soleil a chassé les nuages. J'ai tout de suite su que je t'aimerais plus que tout au monde.

En prononçant ces mots, Charlotte comprit pourquoi, alors, elle avait été certaine de ne pas déposer plainte contre son agresseur : ça aurait été comme bafouer l'existence même de cet enfant à venir. Il ne pouvait pas être « aimable » aux yeux des autres, parce qu'il était le fruit d'un viol. Elle avait préféré taire cette vérité, et donner le change. Sans se rendre compte que, comme tout secret, celui-ci finirait par remonter à la surface. Inexorablement. N'était-ce pas elle-même, d'ailleurs, qui avait poussé Lila à se rendre au commissariat après ce qui lui était arrivé ? *Fais ce que je dis, mais pas ce que je fais.* Une manière de racheter ses faiblesses. Ou un message de son subconscient pour qu'elle se prenne en main.

La réponse plut à Esteban, mais une foule d'interrogations affluaient.

— Donc mon père, il a jamais pu être puni pour ce qu'il a fait ?

Charlotte fit non de la tête.

— Alors il a jamais su qu'il a fait quelque chose de mal et il a pu recommencer. À l'école, Clara, elle tapait les autres filles et personne osait rien dire. Quand on l'a vue faire avec Matéo, on l'a dit à la maîtresse. Après, elle a arrêté.

Charlotte tendit la main vers son fils et lui fit signe d'approcher. Il s'assit sur ses genoux en tailleur, comme quand il était petit et, le dos calé contre la poitrine de sa mère, il se laissa bercer.

— Mon grand, murmura-t-elle en lui embrassant la tempe.

— Enfin, toi, ça fait très longtemps. C'est trop tard pour le dire à la police maintenant.

— Non, je ne crois pas qu'il soit trop tard, chuchota-t-elle en continuant à le bercer.

Une nouvelle idée s'enracina dans son esprit. Enhardie par cette première étape franchie, elle fut soulevée par la puissance d'une certitude absolue : rien ne pourrait à présent s'opposer à la suite de l'histoire qui était en train de s'écrire.

Elle sentit un vague frisson d'excitation, et le souffle de la vie parcourir son corps.

Elle resserra son étreinte.

— Eh, j'ai même pas encore regardé mon jouet ! s'exclama Esteban en se délivrant des bras de sa mère et en se précipitant sur la boîte en carton.

30

Karl

Karl était rentré plus tôt que prévu le lundi matin. Ce week-end lui avait fait un bien fou. Pour la première fois, il s'était confié à Olivier sur sa relation avec son frère. Contre toute attente, ça lui avait fait l'effet d'une réelle délivrance. Il avait découvert qu'accorder sa confiance à quelqu'un pouvait parfois s'avérer bénéfique. Trahir les secrets des autres aussi, quand c'était pour leur bien.

Après avoir déposé Olivier chez lui, alors que tout le monde dormait encore, il n'avait pas voulu rentrer à la villa. Ce n'était pas un manque d'envie, mais plutôt un besoin impérieux de faire autre chose avant. Cela lui avait trotté dans la tête tout le trajet, à présent il ne pouvait plus attendre. Il devait aller chez son frère. Il avait des comptes à régler. Son sac à vider. Il avait sonné comme un fou à sa porte, jusqu'à ce qu'il finisse par lui ouvrir, les traits baignés de fatigue. Quand son frère avait découvert l'identité de son visiteur, il avait d'abord paru soulagé – qui pouvait bien insister autant pour le voir ? –, puis il avait soufflé et s'était affalé dans le canapé en le laissant entrer.

— T'es venu me demander comment s'est passée ma soirée avec ta femme ? railla-t-il.

Karl tressaillit.

— Tu étais avec Lila ?

Il se maudit d'emblée d'avoir posé la question. Il aurait dû prétendre qu'il était déjà au courant. Son frère ne cherchait qu'à le faire sortir de ses gonds.

— Elle t'a pas dit, la jolie Lila ? Elle était avec ses copines.

Il resta un instant silencieux avant d'ajouter, pour maximiser son effet :

— Je te parie que je m'en tape une avant qu'elles repartent.

De la provocation. Ce n'était qu'une incitation à la réplique. Karl ne devait pas tomber dans son piège.

— On dirait qu'elle t'en fait des cachotteries, ta princesse. Remarque, pas autant que toi... C'est moi qui ai dû lui apprendre que Charlotte avait travaillé pour nos parents...

— Non...

— Eh si !

— T'as pas fait ça ?

— Enfin, Karl ! Qu'est-ce que tu crois ? Un secret comme ça, ça ne le reste jamais très longtemps.

Karl se demanda comment son frère avait pu faire le lien. Les mâchoires contractées, il serrait les poings.

— Tu l'oublies souvent, mais tu n'es pas seul au monde, Karl.

— C'est toi qui dis ça...

— On ne peut pas faire uniquement en fonction de ce qui t'arrange *toi*.

— Rien ne te fait tant plaisir que semer le chaos.

— Tu m'accuses de tous les maux, Karl, mais c'est toi qui as toujours eu ce besoin de me castagner.

— Ne retourne pas la situation.

— Moi ? Non, mais tu t'entends ! Quand est-ce que le grand Karl va enfin assumer ce qu'il est ?

— Ça ne se passera pas comme ça, cette fois. Tu ne feras pas fuir Lila de la même manière que Noémie.

— Ah, Noémie ! Je l'avais oubliée, celle-là. J'y suis pour rien si elle t'a largué.

— C'est ça...

— Je ne veux que ton bonheur, Karl !

— Arrête ton cinéma. Tu n'es qu'un...

— Tu vois ! Tu me mets tout sur le dos, mais qu'est-ce que j'ai fait ? Rien d'autre que d'être honnête !

Karl siffla entre ses dents, mais il se retint. Il ne servait à rien de discuter avec lui. Le petit air de victime qui flottait sur ses traits s'évapora un instant pour laisser place à un sourire en coin. Karl sentit la colère monter en lui. Il lui fallait à tout prix l'enrayer. Sinon, Dieu seul savait comment cette entrevue finirait. Il était venu pour dire ce qu'il avait à dire, on lui avait coupé l'herbe sous le pied. Il n'avait pas prévu que cela prendrait cette tournure. Lila savait pour Charlotte. Karl ne parvenait pas à détacher son esprit des conséquences d'un tel aveu. Il observait en silence son frère qui se grattait l'entrejambe et bâillait, comme si cette altercation ne lui faisait ni chaud ni froid.

— Putain, j'ai soif, moi ! La bière, ça assèche la bouche.

Il se dirigea vers la cuisine pour se servir un verre d'eau, sans rien proposer à Karl. Ce dernier jeta un regard circulaire dans la pièce.

Il le vit tout de suite.

Qu'est-ce que le journal intime, qu'il détenait encore dans son bureau avant de partir en séminaire, faisait chez lui ? Était-ce Lila qui le lui avait remis ? Karl l'ouvrit, mais au lieu des mots écrits des années auparavant, il découvrit des dessins. Un chat assis au coin d'une fenêtre. Les pétales délicats d'une rose griffonnés avec précision. Des formes tout droit sorties des nuages. Personne d'autre ne dessinait comme ça.

Le carnet ! Le fameux carnet de Lila qui avait disparu le jour de l'agression…

Ce que comprit alors Karl lui retourna le ventre. C'était lui… Son frère avait attaqué Lila dans la ruelle.

Elle avait croisé son chemin, il avait vu le journal intime.

Il avait tenté de le lui prendre.

Il s'était trompé de carnet.

Karl n'avait pas voulu voir que les mensonges se cachaient là aussi. Il avait été trop confiant. Il avait sincèrement cru qu'elle avait eu affaire à un simple détraqué anonyme. Et puis il y avait eu le manteau, qui l'avait induit en erreur… À présent tout lui paraissait limpide. Le café qu'il venait d'avaler menaçait de lui remonter de l'estomac.

Quand son frère revint de la cuisine, Karl éprouva une bouffée de haine à son encontre. Comme celle qui s'était déjà emparée de lui par le passé. Il s'était juré de ne plus jamais ressentir cette émotion. Elle était trop noire pour pouvoir y survivre. Mais maintenant, elle l'aveuglait. Il ne pouvait plus se contenir. Son frère s'était arrêté sur le pas de la porte, percevant ce déferlement de rage. Goguenard, il gardait ses distances.

— Putain, ce regard, frère ! On dirait que des mitraillettes vont sortir de tes yeux. Qu'est-ce que je t'ai encore fait ?

Karl fonça sur lui. Il frappa le premier. Il visa la tête, son poing s'abattit quelque part sans qu'il voie réellement où. Des mains l'empoignèrent par le col. Son frère, plus grand que lui, était très maigre. Pourtant, il avait une force insoupçonnée, car il parvenait à le soulever du sol. Karl voyait le serpent danser sous ses yeux. Ce frère, qui le jalousait notamment parce que leurs parents lui avaient offert un python pour ses vingt ans, alors que c'était sa passion à lui. Karl aussi les aimait, mais pas autant. Comme il avait pu lui en vouloir !

— Tu me traites souvent de malade, mais qui est-ce qui perd son sang-froid ? T'as vu comme ça te rend fou ? Désolé, mais je ne fais rien d'autre que me défendre, grand frère !

Karl avait manqué d'attention, l'impact du poing sur sa joue le fit tomber en arrière. Il eut l'impression que sa pommette explosait. Sourd à la douleur, il se releva et continua de frapper. Son frère reçut coup sur coup, se protégeant de ses bras. Son air narquois avait disparu. Karl avait le dessus. Il se dit qu'il pourrait le tuer. Comme autrefois. Cette pensée l'effraya, il se calma un peu. Son frère reprenait son souffle, il ne riposta pas.

— C'est toi qui l'as agressée, n'est-ce pas ? Tu lui as pris son carnet ! hurla Karl.

Son frère releva le visage vers lui. Un sourire satisfait étira ses lèvres ensanglantées.

— Son carnet ? Pff, il n'y a rien d'intéressant là-dedans. Je me suis trompé, ce n'était pas celui que je voulais. C'était l'autre... La petite fouineuse... elle l'avait pris. J'ai fait ça pour nous. Elle n'avait pas à fourrer son nez dans notre vie !

— Tu n'es rien. Tu n'es qu'une merde. Tu le sais, ça ?

Tandis que son frère essuyait son nez qui coulait rouge, Karl ressentit une grande douleur au fond de son cœur. Il avait voulu protéger Lila, mais il avait failli. À cause de lui, elle avait subi un acte odieux. Jamais elle ne serait en sécurité avec lui. Pour la préserver, il ne lui restait plus qu'une chose à faire : la quitter. Son frère allait gagner, encore une fois...

— Je dois me séparer d'elle... pour son bien, murmura Karl pour lui-même.

— Te gêne pas. C'est le juste retour des choses.

Karl ne répondit pas. Il s'apprêtait à sortir de l'appartement, avec l'impression d'être un pauvre type venu pour se battre. Ce n'était pas ce qu'il avait voulu. Avant de partir, il se retourna une dernière fois. Son frère l'observait, tête basse, un air mauvais sur le visage.

— Pour Charlotte, tu l'as vraiment fait ?

— De quoi ? Le dire à ta poufiasse ?

— Non, pas ça... Il y a douze ans... chez nos parents...

— Qu'est-ce que tu crois ? À dix-sept ans, j'en avais dans le pantalon, moi…

Quand il rentra à la villa, il essaya d'être le plus silencieux possible. Tout était calme, les filles dormaient encore. Karl se glissa dans la cuisine. Il alluma la lumière et sursauta. Assise sur une chaise, Lila leva les yeux vers lui en poussant un petit cri de stupeur. Ils restèrent de longues secondes à s'observer. Karl n'osait pas bouger, comme s'il s'était retrouvé en face d'une biche qu'il ne voulait pas effrayer. Lentement, Lila se leva. Son expression était indéchiffrable, mais ses traits tirés et ses paupières gonflées trahissaient une infinie tristesse. Elle se sentait trahie et il pouvait le comprendre. S'il ne lui avait pas menti, il aurait pu en être autrement. À présent, comment pourrait-elle lui pardonner ? Quand on profère des mensonges pour protéger ceux qu'on aime, dans quelle balance cela pèse-t-il ? Le bien, le mal ? Est-ce que tout est forcément noir ou blanc ? Gris, peut-être, comme le crayon graphite de Lila…
Elle s'approcha de lui, d'une démarche de félin. Une tigresse sur le point de bondir sur sa proie. Elle vint se planter juste en face de lui. Il peinait à soutenir son regard, aiguisé comme une lame.
— Qu'est-ce qui t'est arrivé ? murmura-t-elle.
Il vit qu'elle faisait un effort pour ne pas révéler sa panique. Il ne devait pas être beau à voir.
— Je me suis battu… Mais ce n'est rien…
Comme elle comprit qu'elle n'en tirerait rien de plus, elle lâcha l'affaire et choisit d'attaquer.
— Je sais tout, Karl.

Elle se racla la gorge.

— Ton histoire avec Charlotte. Esteban. Cette déviance qui te pousse à tout pervertir. Je suis au courant de tout. Tu me dégoûtes.

Elle fronça le nez sur cette dernière phrase et il comprit à quel point elle était sincère.

Ainsi donc elle croyait qu'il était le père d'Esteban ? Cela ne tenait pas debout. Comment pouvait-elle le penser ?

Puis il se souvint qu'il lui fallait rompre, comme il se l'était promis. Jamais il ne parviendrait à le faire lui-même. Il l'aimait comme un fou, il le lui avait répété des centaines de fois. Peut-être avait-il creusé sa propre tombe. Elle avait fini par le croire fou tout court. On cherche toujours ce qui nous arrive. Voilà ce que Karl pensait. Il avait voulu tuer son frère, une fois. Il devait payer. Alors qu'il avait envie de crier à Lila qu'elle faisait fausse route, qu'elle s'était laissé berner et qu'elle pouvait croire en lui, il ne nia pas. Les poings serrés, il chuchota :

— Tu dois partir, Lila. Pour ton salut.

Ses grands yeux noisette s'arrondirent. Déception, colère. Répulsion, même. Les expressions défilaient sur son visage. Elle sembla hésiter. Elle avait besoin d'explications, Karl le sentait bien. Mais en même temps, elle ne voulait pas se vautrer dans la mare de boue qu'elle imaginait à ses pieds. Elle recomposa ses traits, et y plaqua toute la fierté dont elle était capable.

— Je ne veux pas te voir aujourd'hui, pendant que je prépare mes affaires. Ce soir, quand tu rentreras, je serai partie. Maintenant va-t'en.

Karl retint sa respiration. Une brusque envie de caresser sa joue lui brûla les doigts, mais il se contint. Elle n'apprécierait pas. Et puis il ne devait pas rendre cet instant plus douloureux encore. Elle garderait de lui l'image d'un homme malsain. Était-il en droit de redorer son blason ? Plus tard, peut-être. Il rassembla tout son courage, et tourna les talons, sans un regard en arrière.

31

Quand Karl sortit de la pièce, elle vit ses rêves se briser. Soudain, le destin qui lui échappait prit forme dans son esprit avec une étonnante limpidité. Elle aurait vécu heureuse auprès de Karl. Avec le temps, la passion aurait laissé place à un amour plus tendre et plus profond. Ils auraient voyagé, réhabilité les pièces de la villa pour qu'elle resplendisse. Elle aurait développé son activité et, comme Karl lui en avait soufflé l'idée, aurait organisé des cours de dessin. Des stages sur plusieurs jours, même. Ses clients auraient logé dans la dépendance, et Charlotte se serait mise aux fourneaux pour tenir une table d'hôte. Il y aurait toujours eu du monde à la maison. Elle aurait vu naître la relation entre Charlotte et Romuald, aurait assisté à la création d'une famille, avec le « Pitchou ».

Au lieu de cela, elle vivait avec un monstre, dont Charlotte était prisonnière. Elle s'était trompée sur toute la ligne.

Lila fit un pas en avant, mais elle était sur le point de défaillir. Prune arriva en courant.

— Ma chérie, là, viens avec moi.

Son amie la soutint et l'amena jusqu'au salon pour l'y asseoir. Lila était très pâle.

— Son visage était tuméfié...
— Il s'est battu ?
— Il n'a rien voulu me dire...

Puis elle ajouta, avec une profonde détresse :

— Il n'a pas cherché à se défendre... Prune, je l'aurais tant espéré, mais il n'a pas nié...
— Je sais, ma belle, je sais.
— Tu étais là ?
— Oui. J'ai entendu sa voiture, alors je suis descendue. Je n'arrivais pas à dormir.
— C'est horrible...
— C'est un con, ce type. Il ne mérite pas que tu gaspilles une larme pour lui. Avec Célestine, on va te sortir de là.
— Tu crois ?
— Un peu, que je le crois ! On va entasser tes affaires dans nos deux voitures. Et si ça ne suffit pas, on ira louer un camion. Hors de question que tu reviennes ici.
— Et Charlotte ?
— Tu m'as dit qu'elle venait plus tard, mais on trouvera un moyen de lui parler et, s'il faut appeler une association d'aide aux victimes, on le fera. D'accord ?
— Merci, Prune...
— Lila ?
— Oui ?
— Je suis fière de toi.

Les yeux dans le vague, Lila pliait mollement ses vêtements pour les ranger dans la valise ouverte sur le lit. Célestine s'était attaquée à la salle de bains, tandis que Prune mettait son matériel de dessin dans des sacs de provisions. En fait, elle n'avait pas grand-chose, le paquetage serait rapide et tout tiendrait largement dans sa voiture et celle de Célestine.

Posé sur la couette, le téléphone de Lila vibra. Persuadée qu'il s'agissait de Karl, elle n'y jeta pas un regard. Mais quand son interlocuteur insista de nouveau, elle fut incapable de se détourner. Elle fut surprise de constater que c'était Pierre. Elle ne répondit pas. Se justifier était la dernière chose dont elle avait envie. Et puis la veille au soir, il ne s'était pas vraiment montré sous son meilleur jour. Plus assuré, certes, mais elle préférait le Pierre vulnérable et fragile qu'elle connaissait. Il avait bu... Et s'il replongeait dans ses addictions ? Était-ce avec lui que Karl s'était battu ce matin ? Et si c'était sa faute ? Si elle n'avait pas insisté pour qu'il renoue avec son frère, peut-être serait-il resté à l'abri... En même temps, lui seul s'était mis en tête de revenir vivre près de Karl et de lui tendre la main, elle n'en était pas responsable. Elle ne devait pas culpabiliser. Cette famille était dingue et elle ne pouvait rien y faire.

Pierre la rappela pour la troisième fois et, devant son absence de réponse, finit par lui laisser un message. Malgré son agacement, la curiosité de Lila l'emporta. Elle lança l'écoute du répondeur :

« Lila, c'est... c'est Pierre. Je voulais... enfin... tu sais... i-il y a tellement à d-dire... Bref, ça a assez duré. V-viens. Rejoins-moi chez moi dans... dans une demi-heure. S-s'il te plaît... C'est important. Viens. »

Lila raccrocha, perplexe. Les effets de l'alcool s'étaient estompés, Pierre était redevenu celui qu'elle avait envie de protéger. Elle héla ses amies pour leur faire écouter le message. Célestine et Prune affichèrent le même air dubitatif.

— Une chose est sûre, c'est que ton ex-beauf, il n'est pas tout seul dans sa tête !

Célestine acquiesça d'un hochement de tête, mais autre chose la tracassait.

— Et tu vas y aller ? demanda-t-elle.

— J'ai envie d'entendre ce qu'il a à me dire. Karl s'est battu avec quelqu'un avant de rentrer. Je suis presque sûre que c'est lui.

— Pas toute seule, alors, dit Célestine.

— On vient avec toi.

Quand elles arrivèrent pour se garer devant chez Pierre, il les attendait déjà dans sa voiture. Lila s'arrêta à sa hauteur. Il fit ronfler le moteur.

— Tu montes ? demanda-t-il.

Lila sentit la pression de Célestine sur son bras.

— On te suit, répondit-elle.

Pierre hocha la tête et braqua le volant pour sortir de sa place.

— Tu l'as vu ? interrogea Prune en se penchant entre les deux sièges à l'avant.

— Pas très bien. Il n'avait pas l'air blessé. C'est peut-être lui qui a eu le dessus sur Karl.

— Tu as dit tout à l'heure, Prune, qu'il n'était pas tout seul dans sa tête... Ça me rappelle un sujet qu'on a vu en cours... Ça devait être l'année dernière...

Célestine extirpa son téléphone de son sac. Ses doigts s'activèrent tandis qu'elle tapait à la vitesse de l'éclair. Elle poussa soudain un petit cri d'excitation.

— TDI. Les troubles dissociatifs de l'identité.

— Tu nous expliques ? demanda Prune, incrédule.

— Ce sont des personnes qui ont au moins deux identités alternantes. Elles prennent chacune leur tour possession de l'individu, au point de créer parfois des amnésies. Deux esprits, voire plus, dans un même corps. Ça survient chez des gens qui ont vécu des événements traumatiques dans l'enfance.

— C'est gonflant, Cel, tes explications cliniques..., soupira Prune.

— J'essaie juste de comprendre pourquoi hier nous avons eu droit à un Pierre sûr de lui, alors qu'à présent, il est tel que Lila nous l'a toujours décrit.

— Hier, il avait bu, dit Lila.

— C'est vrai, renchérit Prune. On sait tous que l'alcool désinhibe.

— Cette histoire concernant Charlotte me perturbe, reprit Célestine. Vendredi, elle semblait parfaitement épanouie. Comment pourrait-elle l'être si elle travaillait sous le toit de celui qui l'a violée ? On s'est peut-être trompées ? Si c'était plutôt Pierre le coupable ? Il semble avoir deux personnalités. Ça pourrait coller.

— Pourquoi Karl n'aurait pas craché le morceau dans ce cas ?

Lila jeta un œil dans son rétroviseur. Prune paraissait satisfaite de son objection.

Pierre... Qui lui avait paru si désagréable la veille... Elle se revit projetée contre son torse, quand l'homme l'avait bousculée. Elle ressentit la chaleur de ses mains sur ses hanches pendant qu'ils dansaient. Un frisson la parcourut.

Soudain, un souvenir s'imposa à elle. Le jour où Pierre était venu à la villa, au tout début de l'année. C'était pendant cette visite qu'à la cuisine Charlotte avait lâché le plat de viande et s'était blessée à la main. Elle avait parlé du canal carpien, mais jamais cela ne s'était reproduit, et Lila était certaine qu'elle ne s'était pas fait soigner pour ça. Était-ce le choc dû à la réapparition de Pierre qui avait provoqué l'incident ? Charlotte lui avait assuré ne pas connaître le visiteur quand Lila lui avait posé la question ensuite, mais son mensonge lui semblait évident à présent. Et puis ce jour-là, Karl était arrivé très vite... Comme s'il avait été sur ses gardes depuis le début. Il savait de quoi son frère était capable et voulait le tenir à distance. Voilà pourquoi il avait vécu son retour comme un cataclysme. Lila revit Charlotte caresser la cicatrice de sa paume pendant qu'elle lui confiait avoir été violée...

Les mains de Lila tremblaient sur le volant, tandis que cette certitude s'insinuait en elle. Elle suivait Pierre machinalement, sans voir la route.

— Qu'est-ce qui t'arrive ? demanda Célestine.
— Je crois que tu as raison, souffla-t-elle.

Elle n'eut pas le temps de s'expliquer, car Pierre actionna son clignotant pour tourner dans l'enceinte d'un bâtiment. Ce n'est qu'à ce moment-là que Lila reconnut la maison de retraite d'Odette. Pourquoi diable Pierre les emmenait-il voir sa grand-mère ? Lila repensa aux agressions dont la vieille femme avait été victime. Elle n'était pas très rassurée.

Pierre descendit de voiture et s'approcha de la leur. Il les salua timidement. Lila remarqua qu'il avait pris le temps de se raser.

— Tu viens ? demanda-t-il doucement.

Lila hocha la tête et claqua sa portière, talonnée par ses amies.

— On vient avec vous, affirma Prune d'un ton sans réplique.

Pierre marchait devant. Ses longues jambes flottaient dans un jean élimé. Les mains dans les poches et les épaules voûtées, il ne disait rien. Quand ils arrivèrent à l'accueil, Lila eut juste le temps de lire le trouble sur le visage de la soignante qui se tenait derrière le bureau, avant que Pierre ne la masque de toute sa taille. Il lui parlait à voix basse. Puis il se décala pour rejoindre le couloir, et la soignante ajouta gentiment :

— Quand vous aurez fini, vous reviendrez me voir, la directrice veut vous parler.

Les trois filles la saluèrent et suivirent Pierre. Il avançait vite, en silence. Aucune d'elles ne prononça un mot. Lila entendait les échos désordonnés de son cœur rebondir contre les murs blancs. Pierre avait besoin d'Odette pour lui révéler quelque chose. Le secret qui les rongeait, tous. Ou alors il allait se servir d'elle pour s'enfoncer davantage dans le mensonge.

La porte de la chambre de l'octogénaire était entrouverte. Une douce lumière y entrait. Odette était postée devant la fenêtre ; elle ne se retourna pas quand ils entrèrent. Les avait-elle entendus ? Lila se demanda où flottait son esprit à cette heure-ci. Était-il encore dans la chambre ?

Pierre s'approcha d'elle avec délicatesse et plia son corps en deux pour la prendre dans ses bras. Il dégageait une telle douceur qu'il était difficile de l'imaginer violenter quiconque. Lila remarqua pourtant des traces bleues sur les avant-bras qu'Odette levait pour s'accrocher au manteau de son petit-fils.

— Re-regarde, dit-il. Tu as de la visite. Lila… t-tu l'as déjà vue… avec ses amies.

Odette leur sourit, de ce sourire effronté dont elle avait le secret. Les filles balbutièrent un vague « Bonjour, madame », mal à l'aise.

Lila attendit que Pierre s'explique. Elle posa son regard sur lui. Il l'observait déjà. Sa mine était grave, mais il lui sourit. Puis il lui fit signe de se retourner. Elle crut que quelqu'un d'autre était entré, alors elle jeta un coup d'œil par-dessus son épaule. Il n'y avait personne. Ses yeux revinrent sur Pierre, interrogateurs. Il s'avança alors jusqu'à elle, et la fit pivoter d'une légère pression sur le bras. D'abord, elle vit le lit d'Odette. Puis, au-dessus, le fameux tableau dont aucun des frères ne voulait. L'immense portrait de famille trônait fièrement.

Lila se sentit au bord de l'évanouissement.

Sur ce portrait, ils n'étaient pas quatre.
Mais cinq.

Pierre se rapprocha d'elle un peu plus et plaça une main dans son dos, comme pour la soutenir. Prune et Célestine restaient bouche bée, comme pétrifiées.

— Qui… qui est-ce ? balbutia Lila.

La voix d'Odette s'éleva derrière eux.

— Ah, ils sont beaux, mes enfants, n'est-ce pas ?

Ils avaient presque oublié sa présence. De la manière dont elle s'exprimait, Lila pouvait deviner sans le voir son air insolent et fier.

— Au milieu, il y a Bernard, mon fils, et sa femme, Liliane. À droite, c'est leur aîné : Karl. Et puis, de l'autre côté, vous avez les jumeaux : Pierre et Florent.

32

Florent…
Un troisième frère…
Le même prénom que le père d'Esteban…
Abasourdie, Lila s'assit sur le lit d'Odette. Prune et Célestine la rejoignirent, et Pierre approcha une chaise pour leur faire face. Une grande lassitude s'était emparée de lui, mêlée à une sorte de soulagement. Il n'y avait plus de secret.

Lila pensa que Célestine n'avait pas fait fausse route avec ses histoires de double identité. Seulement il s'agissait de deux êtres distincts, et non de la même personne.

Pierre, manipulé par son jumeau depuis sa plus tendre enfance. Harcelé, pris pour cible. Pierre fragile, si peu sûr de lui. En même temps tendre et doux, qui passait son temps à prendre soin des autres. Il aurait pu s'isoler, développer une sorte de misanthropie. Au lieu de cela, il avait besoin de toucher les gens. C'était son langage, sa manière d'entrer en contact et de communiquer avec eux. Lui qui avait tant de mal à s'exprimer.

Face à lui, il y avait Florent. Son double en mauvais. Celui qui le prenait dans ses filets et en éprouvait une jouissance extrême. Celui qui ne supportait pas le bonheur de son frère, qui se délectait de sa souffrance. Celui qui débordait d'insolence et de confiance en soi.

— Hier soir à l'Irish Coffee…, commença Lila.

Pierre secoua la tête.

— C'était lui. I-il est venu me le dire.

Pierre raconta comment il avait su que le silence que s'imposait Karl lui avait coûté son couple : après que leur frère aîné avait quitté son appartement, Florent avait accouru chez Pierre. Il s'était plaint des violences qu'il venait de subir et avait exhibé sa pommette ensanglantée avec cet air victorieux qui sous-entendait « J'avais bien dit que ça recommencerait ». Une révélation s'était alors imposée à Pierre de façon vertigineuse : c'était à lui d'agir. L'heure des grandes décisions avait sonné, et il n'avait pas tergiversé longtemps avant de saisir son téléphone pour joindre Lila.

Pierre se releva et tourna le siège d'Odette dans leur direction, pour qu'elle puisse suivre leur conversation. Puis il revint s'asseoir.

— Quand… enfin le cadeau d-de mes parents pour Karl… le serpent… Florent a été t-très jaloux. Il s'en est fait tatouer un… euh… sur le bras. P-pour leur montrer qu'ils n'avaient pas… enfin je veux dire… q-qu'ils s'étaient trompés. Les reptiles, c'est lui qui les p-préférait.

Pierre ferma les yeux et poussa un soupir. Parler de son frère avait l'air d'être pour lui une réelle épreuve. Il expliqua qu'ils se ressemblaient vraiment tous les deux. Même les personnes qui les voyaient régulièrement avaient du mal à les distinguer. Ce tatouage, Pierre l'avait béni : il était leur différence. Il représentait d'ailleurs son laissez-passer à la maison de retraite, depuis que Florent avait commencé à violenter Odette. Pour entrer sans histoire, il lui suffisait de montrer son bras vierge.

Florent aimait jouer de leur ressemblance. Combien de fois avait-il berné les autres, se faisant passer pour Pierre ! Les pires facettes de sa personnalité, il les laissait transparaître quand les gens croyaient qu'il était Pierre. Il s'amusait de les voir choqués par le comportement de son jumeau. Même leurs parents avaient cru à ses duperies. La plupart du temps, ils ne voyaient rien. Si Pierre arrivait sur ces entrefaites et qu'ils n'avaient d'autre choix que de se rendre compte de la supercherie, Florent s'en sortait par une pirouette et quelques blagues. Leur mère riait en le traitant de « petit farceur » et rien ne changeait. En grandissant, Pierre avait appris à laisser les vêtements colorés qu'ils affectionnaient au placard, et à opter pour des habits sombres. Florent n'en portait pas. Pierre ne pensait qu'à se différencier de son frère. Devenir un autre.

— Oh, ce Florent, alors ! J'ai toujours vu que ça ne tournait pas rond là-dedans, affirma Odette de sa voix fluette. Liliane ne veut pas me croire, mais je lui en reparlerai. Il doit bien pouvoir se faire soigner… Ton père t'a dit, mon chéri, que vos vacances sont annulées cette année ? Il a beaucoup de travail, il faut le comprendre…

Pierre lui adressa un petit sourire triste. Lila se demanda si c'était au souvenir de ces instants en famille qui n'avaient pas pu être.

— Mes parents n'ont jamais... euh... ils n'ont jamais pensé que F-Florent n'allait pas... enfin n'était pas normal. Au contraire, c'était... moi. Mes addictions. Mon bégaiement. J'avais besoin d'être s-suivi.

Pierre expliqua que Florent s'arrangeait toujours pour mettre en avant son rôle de protecteur. À l'entendre, Pierre avait une chance inouïe de l'avoir ; sans lui, il irait plus mal encore. Leurs parents ne voyaient pas qu'il était au contraire à l'origine de son mal-être.

— Et Karl ? demanda Lila.

Pierre soupira. Il jeta un œil au tableau, comme pour se donner de la force. Lila comprit, en lisant l'admiration dans son regard, qu'il ne voyait que Karl. Il raconta comment son frère cherchait à lui venir en aide. Mais comment, chaque fois, il perdait pied face aux provocations de Florent.

— Karl est un bagarreur ! rit Odette.

— P-pas avec n'importe qui, mamie. Juste a-avec lui.

Florent savait sur quelles ficelles tirer pour pousser son frère à bout. Il ne frappait jamais le premier. Parfois, il se défendait, mais seulement ce qu'il fallait pour ne pas se faire prendre. Leurs parents grondaient toujours le même. Ils ne comprenaient pas comment ils avaient pu engendrer un fils aussi querelleur. Ils ne remarquaient pas que Karl ne se battait pas avec Pierre. Dès qu'il avait pu voler de ses propres ailes, Karl avait limité les contacts familiaux. Trop de souffrances, d'incompréhensions. Trop d'injustices.

Après l'enterrement de leurs parents, Florent avait fui. Il n'avait plus personne pour prendre sa défense.

Pierre, resté vivre à Saumur pour poursuivre ses études d'ostéopathe à Angers, le rattachait cependant au Maine-et-Loire. Las de ses errances, Florent avait fini par revenir de temps en temps. Ses allers-retours étaient chaotiques. Ou bien il sommait Pierre de ne pas toucher un mot de sa présence à Karl, ou au contraire il essayait de se réconcilier avec ce dernier. La méfiance de Karl ne le quittait pas, à raison, puisque le naturel de Florent revenait au galop. Leur relation s'envenimait à la vitesse de l'éclair, et se soldait en coup de tonnerre.

Un jour, Karl avait eu une petite amie à laquelle il tenait beaucoup. Florent avait dû le sentir, car il avait mis un point d'honneur à détruire leur histoire. Il la draguait, se faisant parfois passer pour Pierre. Il se montrait tantôt cruel, tantôt en grande détresse. Il avait même poussé le vice jusqu'à inverser les rôles et prétendre que c'était Karl le pervers. La pauvre fille avait pris ses jambes à son cou. Karl en avait éprouvé une grande peine. Sa rancœur envers Florent était encore montée d'un cran.

C'est à partir de ce moment-là qu'une nouvelle rengaine s'était invitée dans les discussions entre les jumeaux : Karl tenait Pierre pour principal responsable de la mort de leurs parents. Florent avait été témoin de ces reproches à plusieurs reprises. La faute à ses faiblesses, à ses addictions. Au début, Pierre avait lu dans ces mots tout le venin que Florent y répandait. La plupart des gens avaient peur de Zéphyr, le serpent de Karl, mais le véritable poison coulait dans les veines de Florent. Ils ne pouvaient rien contre lui. Il n'existe pas de loi contre ce type d'action.

Au fil du temps et à force de mots répétés au rythme d'une incantation, Pierre avait fini par y croire. C'était vrai, tout était à cause de lui, Karl avait raison de lui en vouloir. Il avait perdu grâce aux yeux de son aîné qu'il respectait tant. La culpabilité lui vrillait le corps et l'âme. Alors il avait préféré partir. Dans une autre vie, il pourrait tout oublier, tout recommencer. S'accorder le pardon. Il quittait Saumur au plus mauvais moment, Karl avait besoin de lui. Mais il préférait le laisser se débrouiller seul avec la vente de la maison plutôt que de supporter encore son hypocrisie.

La mort dans l'âme, il avait coupé les ponts avec les siens et était allé vivre à Lyon. Personne n'était au courant, il avait brouillé toutes les pistes. Mais Florent avait fini par retrouver sa trace, par l'intermédiaire d'une vague connaissance que Pierre avait croisée par hasard. Il l'avait rejoint et ne l'avait pas lâché. Il le harcelait, lui demandait comment il avait pu l'abandonner. Presque tous les jours, il lui faisait jurer qu'il ne renouerait jamais avec Karl. Il lui rappelait que son frère était mauvais, lui remémorait ces fois où il avait cherché à lui faire la peau. Pierre devait choisir son camp. Ils avaient poussé ensemble dans le ventre de leur mère. Ils partageaient tout depuis qu'ils avaient été conçus. Comment avait-il pu le rejeter ?
Florent avait emménagé chez Pierre. Ce dernier n'avait même pas eu la force de refuser. Son frère s'immisçait dans les moindres détails de sa vie. Il lui avait fait annuler ses cours d'orthophonie. Selon lui, il devait s'accepter tel qu'il était. Il ne voulait pas qu'il change. Pierre avait l'impression de vivre comme ces couples

malsains : Florent lui faisait des scènes s'il rentrait tard du cabinet, ou bien c'était lui qui traînait dans les bars et Pierre s'inquiétait. Florent rentrait, bourré et odieux.

D'ailleurs, un soir que Florent avait trop bu, il lui avait reproché sa naïveté. Comment avait-il pu croire un seul instant qu'il avait un jour compris ce qui se passait dans la tête de Karl ? Il n'en savait fichtrement rien, si son frère rejetait sur lui la responsabilité de la mort de leurs parents !

Ébranlé, Pierre n'avait pas su quel crédit accorder à ces révélations, faites sous l'emprise de l'alcool. Il avait suivi en secret quelques séances avec un psychologue, qui trouvait l'idée de ses confessions dans le carnet intéressante. Il l'avait incité à en reprendre l'écriture. Pierre ne devait pas se priver de ce qui le soulageait. Mais un jour, Florent était tombé sur le journal. Il l'avait lu, et sa colère avait été effroyable. Il avait frappé Pierre, à tel point qu'il avait écopé d'une semaine d'arrêt. Au médecin qui l'avait soigné, Pierre avait déclaré s'être fait agresser par un inconnu. D'autant que Florent s'était excusé. Mais il fallait le comprendre : comment Pierre avait-il pu écrire de telles horreurs sur son propre frère ? Alors qu'il veillait sur lui comme sur un enfant…

Alors Pierre prit une nouvelle décision. Cinq ans après sa fuite, il était temps pour lui de rentrer à Saumur. Il avait pensé son exil salutaire, il n'y avait rien trouvé d'autre qu'une existence rendue plus toxique encore par le manque du troisième frère. Celui qui lui rendait son équilibre. Pierre ne voyait personne à part ses clients. Il ne rencontrait pas de filles, car Florent ne le tolérait pas. Il devait subvenir à leurs besoins à tous les deux.

L'argent brûlait les doigts de son frère, et il refusait de se mettre au travail.

Pierre avait soigneusement préparé son départ pour ne laisser aucune trace. Son seul regret était de ne pas avoir pu l'annoncer à ses patients. S'il l'avait fait, nul doute que cela aurait fini par arriver aux oreilles de son jumeau. La plupart des gens qui les voyaient ensemble s'émerveillaient d'une telle relation fusionnelle. « Ça, ce sont des vrais jumeaux », disait-on.

Personne n'aurait pu comprendre le calvaire qu'endurait Pierre. Personne ne l'aurait cru.

Un soir que Florent était sorti, il avait rempli un carton qu'il gardait à son cabinet, et il était parti. Il s'était arrangé avec la propriétaire de Saumur ; son futur voisin de palier était de garde à la pharmacie cette nuit-là, Pierre pourrait le déranger pour récupérer la clé.

Quand Pierre était revenu dans sa ville natale, il avait éprouvé un incroyable sentiment de liberté. Il avait pensé à Karl et à Odette, qui n'avaient pas quitté son esprit pendant toutes ces années. Il avait rompu avec les seules personnes qu'il aimait à cause du lien vénéneux qui l'attachait à Florent. Il comptait reprendre contact avec Karl. Ensemble, ils seraient plus forts pour affronter Florent. Car nul doute qu'il reviendrait.

Pierre n'avait pas prévu que Karl lui en voudrait autant d'être ainsi parti sans jamais donner de nouvelles. Ni qu'il avait refait sa vie et tiré un trait sur Florent, au point d'en occulter jusqu'à l'existence. Lorsqu'il l'avait compris, à travers les mots de Lila, Pierre avait respecté son mensonge. Il s'était même dit que faire semblant pourrait lui être bénéfique à lui aussi et qu'il finirait par se persuader que c'était la réalité. Et puis il devait s'avouer flatté de ne pas avoir subi le même sort... Une vie avec un seul frère, sain. Le bonheur.

— Mais Florent t'a encore retrouvé, devina Prune pour chasser le silence qui s'était installé.

— Eh oui ! « On n'échappe pas... à son destin », m-m'a-t-il dit.

L'intervention de Prune, ce changement de voix et de rythme, eut pour effet de réveiller Lila. Elle sentit des picotements dans ses fesses et ses jambes. Elle avait l'impression que cela faisait des heures qu'elles écoutaient Pierre. Il poursuivit cependant son histoire.

Florent avait sonné à la porte de Pierre le lendemain du jour où Lila lui avait signalé les violences subies par Odette. Florent aimait les effets de surprise, il avait été un peu déçu que Pierre se soit déjà douté de son retour. Un tel petit-fils, il n'y en avait qu'un seul.

— Florent m'a avoué ce-ce matin... qu'il t'a... agressée. La fois où t-tu es venue me voir. Tu aurais... t-tu aurais pris mon c-carnet. Je n'ai pas vu tou-tout de suite qu'il avait... qu'il n'était plus là... j'ai cru que c'était F-Florent. Il ne supportait pas ce qu-que j'y écrivais. À ce m-moment-là, je te le jure, Lila, je ne savais pas... Karl s'est b-battu ce matin p-parce qu'il a retrouvé ton carnet à d-dessins chez Florent...

— Quoi ?? Qu'est-ce que tu viens de dire ?

— P-pardon de remuer t-tout ça... C'est Florent qui t'a agressée le d-dernier soir où tu es venue ch-chez moi.

Abasourdie, Lila prenait la mesure de cet aveu. Le serpent s'insinua dans son esprit. Elle revit le symbole de l'infini qui l'avait interpellée dans le Blues Bar, alors qu'elle croyait partager un moment avec Pierre. Elle l'entendit l'interroger sur ce qui s'était passé à la maison de retraite. Puis les mots durs qu'il avait employés à l'encontre de Karl. Tomber sur elle avait été pain bénit pour ce frère caché. Ainsi donc, elle avait déjà rencontré Florent avant leur soirée irlandaise. Comment aurait-elle pu se douter ?

Son manteau coloré réversible en noir... Son agresseur, vêtu de sombre... Tout s'éclairait à présent.

— Karl n'a pas cherché à me retenir..., le coupa Lila à mi-voix.

— Il a p-préféré te protéger..., devina Pierre en soupirant.

— S'il a découvert que c'est Florent qui t'a agressée, te faire croire que tu avais raison était le meilleur moyen de t'éloigner d'ici..., étaya Célestine, fébrile.

— Il y a... enfin, i-il s'est aussi passé quelque chose... Karl me l'a avoué une fois. C'était ju-juste après la mort de mes parents. Il était... heu... bouleversé.

— Quoi ?

— Il a failli... co-commettre l'irré-irréparable.

— Comment ça ?

— Karl a failli t-tuer Florent.

Un lourd silence s'installa. On n'entendait plus que le souffle paisible d'Odette qui s'était assoupie. Les interrogations flottaient dans l'air, mais la stupéfaction les empêchait de les formuler. Prune fut la première à réagir.

— Est-ce qu'il pourrait recommencer ?

Personne n'eut le temps d'y répondre, car on frappa doucement à la porte. Une dame entra avant que quiconque n'ait eu le temps de l'y inviter.

— B-bonjour, madame Sagan, dit Pierre.

— Bonjour, monsieur Le Goff. Est-ce que je peux vous dire un mot ?

D'un regard circulaire, elle balaya la chambre pour intimer aux autres de sortir. Pierre lui fit signe qu'elle pouvait parler devant tout le monde.

— Votre frère est revenu très tôt ce matin. Il est passé par le jardin. Votre grand-mère était réveillée, il a dû frapper à sa porte-fenêtre et elle est allée lui ouvrir. Elle ne marche presque plus, elle aurait pu tomber et se blesser.

Elle jeta un œil inquiet et passablement irrité en direction d'Odette, qui somnolait toujours dans son fauteuil.

— Je suis allée voir la police et j'ai porté plainte. Je vous avais dit que ça finirait comme ça.

— Que va-t-il se passer maintenant ? demanda Lila.

— J'imagine qu'ils vont le convoquer. Il n'a plus le droit de venir ici en tout cas. Je compte sur vous, monsieur Le Goff, pour faire ce qu'il faut de votre côté.

— Vous n'auriez pas pu faire ça plus tôt ? demanda Prune.

Son ton agressif surprit la directrice.

— Eh bien, je…

— Et arrêtez de culpabiliser Pierre. Il n'y est pour rien si son frère est taré, poursuivit Prune. Ce n'est pas à lui de porter sa croix.

— Ça va… c'est… c'est bon, bredouilla Pierre, gêné.

Mme Sagan prit congé, entre émoi et énervement.

— Je... je suis désolé de vous avoir raconté... enfin, tout ça. J'espère que... euh... je ne t'ai pas trop bouleversée, Lila.

— J'avais besoin de savoir. Depuis le début, j'attends qu'on m'explique. Alors ne t'excuse pas.

— Maintenant, on part à la recherche de Karl, annonça Célestine avec détermination.

33

Florent

Florent passa un doigt sur la commissure de ses lèvres, à présent recouverte de Steri-Strip. C'était très discret ; la pharmacienne, auprès de qui il avait sorti le grand jeu pour qu'elle accepte de le soigner plutôt qu'il aille aux urgences, avait travaillé proprement. Même la plaie de sa pommette se voyait à peine. Dans quelques heures, son œil virerait rouge, voire violet, aussi il devrait s'appliquer la compresse de gel qu'elle lui avait vendue. Il la jeta sur la banquette arrière de sa voiture et se mit en route pour chez lui.

Putain ! Il ne comprenait pas cette violence qui prenait possession de son frère dès qu'il le voyait. C'était bien lui qui avait caché des choses à sa copine, non ? Il n'avait fait que rentrer dans son jeu. Quelle personne sensée omettrait de parler de son frère à la femme qui partageait sa vie ? Karl ne changerait jamais. Une fois de plus, il se retrouvait exclu. *Et Pierre !* Pierre lui faisait presque pitié. Florent aurait préféré être le double de Karl. Si seulement il ne le rejetait pas d'une manière si brutale... si viscérale.

Quand il avait compris que Pierre avait quitté Lyon, Florent avait commencé par se rendre à son cabinet. Sa gourdasse de secrétaire l'avait regardé avec des yeux pleins de compréhension, mais n'avait pas pu l'aider : elle ne savait rien. Elle était un peu rondelette, mais jolie. Son bon à rien de frère n'avait même pas couché avec elle. Puis il avait retrouvé d'anciennes connaissances, mais personne n'avait vu Pierre. Florent avait insisté sur les défaillances psychologiques de son jumeau, rappelant sa fragilité, ses anciennes addictions, la mort de leurs parents qui le hantait toujours. Il avait théâtralisé son inquiétude et laissé son numéro, au cas où. Après tout, il devait veiller sur sa moitié.

À court d'idées, Florent s'était retrouvé un peu par hasard à Saumur et avait tenté le coup. Ça avait été presque facile. Il lui avait suffi d'aller voir un médecin, de s'inventer quelques douleurs sans gravité. Il lui avait demandé s'il connaissait le nom d'un ostéopathe compétent. Un nouveau, de préférence, car il était difficile d'obtenir un rendez-vous avec les plus anciens. Le praticien n'avait pas tardé à lui remettre les coordonnées de Pierre. Le con ! Il ne s'était pas inscrit dans les Pages Jaunes, mais il n'avait pas changé de nom ! Certes, ce n'était pas facile de s'installer sous une autre identité, mais alors, à quoi bon chercher à s'éloigner de lui ? Il l'avait ensuite attendu à la sortie de son travail et suivi jusqu'à son appartement. Et l'affaire était pliée !

Il l'avait épié quelque temps. Il avait l'air épanoui. Trop. Comment pouvait-il être heureux alors que lui-même souffrait ? Son frère était si ingrat ! Après tout ce qu'il avait fait pour lui, il aurait pu lui témoigner un peu de reconnaissance. Il finirait par comprendre qu'ils ne pouvaient pas vivre l'un sans l'autre. À la vie, à la mort.

Le problème, c'est qu'en vivant à proximité de Karl, Pierre finirait par renouer avec lui. Karl, jaloux de la relation fusionnelle entre eux, s'appliquait à semer des embûches sur leur parcours. La plus belle opportunité qui s'était offerte à Florent avait été Lila. Puisque ses frères prenaient un malin plaisir à l'évincer, il allait profiter de la situation et utiliser cette pauvre fille.

Karl était venu l'attendre sur le parking de la maison de retraite dès qu'il avait eu vent de son retour.

« Comment t'as su que j'étais là ? avait craché Florent, devançant l'animosité de Karl.

— À ton avis ?

— La dirlo ? »

Karl avait acquiescé, les bras croisés devant sa poitrine. Son calme apparent n'avait pas tenu longtemps. Le vernis avait craqué dès qu'il avait évoqué les plaintes de la directrice de la maison de retraite. Cette dernière soutenait qu'un de ses petits-fils violentait Odette. Ça ne pouvait être que lui. Karl avait eu l'air prêt à mordre. Florent s'était réjoui de retrouver son frère aussi vite.

« Quand on s'autoproclame tuteur, on doit gérer aussi ce genre de désagrément, avait-il sifflé.

— Elle n'a que moi. Tu crois que tu aurais été capable de t'en occuper, toi ?

— Ça t'arrange bien, tu peux lui pomper tout le fric que tu veux !

— Je n'ai pas besoin de son argent et je ne le fais pas pour ça.

— Saint Karl, priez pour nous.

— Pourquoi tu lui fais du mal ? Elle n'a pas d'argent à te donner, si c'est ce que tu veux.

— Elle en a bien pour les autres. Il n'y a qu'avec moi qu'elle joue les pingres.

— Tu ne peux pas t'empêcher de te plaindre.

— Y a qu'à voir comment elle me traite.

— Il y a sûrement une raison, non ?

— À quoi ? À ce que vous vous soyez tous ligués contre moi ?

— C'est toi la victime, peut-être ?

— Vous avez besoin d'en éliminer un. Trois, c'est un mauvais chiffre, la vioque est pas capable de nous aimer à parts égales. »

Karl n'avait pas insisté. Florent détestait cette grand-mère. Elle n'avait jamais été de son côté. Elle le traitait encore de fou. Quand c'était le cas, il ne répondait plus de lui-même.

Karl avait lorgné le manteau coloré de Florent.

« C'est ton manteau ? avait-il demandé.

— Non, je viens de piquer celui de la grand-mère ! »

Karl s'était renfrogné, n'avait pas prononcé un mot de plus. Florent savait pourquoi il lui avait posé la question : il vérifiait que ce n'était pas lui qui avait agressé sa poule. Il ne se doutait pas que la route de Lila avait déjà croisé la sienne. Ils ne devaient pas beaucoup échanger, ces deux-là. Karl taisait l'existence de son deuxième frère, tandis qu'elle ne lui avait sûrement pas parlé de cette seconde partie de soirée au Blues Bar, avec un Pierre tatoué. Karl et sa légendaire incapacité à communiquer. C'était bien fait si ça se retournait contre lui. Lui-même n'allait pas lui avouer qu'il connaissait déjà Lila. Chaque chose en son temps. Pour se protéger, il lui fallait garder un coup d'avance.

L'erreur qu'il avait commise ce jour-là avait été de lui révéler son adresse, quand Karl lui avait demandé où il habitait. Il voulait lui prouver qu'il n'avait peur de personne, et encore moins de lui. Refuser de lui répondre lui aurait cependant évité de se faire amocher ce matin. Quoique, si ça avait provoqué la rupture entre Karl et Lila, le jeu en valait bien la chandelle...

Florent conduisait vite. En arrivant à proximité de son immeuble, il repéra une voiture de flics garée sur le côté. Arrivé à sa hauteur, il remarqua les regards appuyés et condescendants des policiers sur lui. Ils savaient... La directrice de la maison de retraite avait mis ses menaces à exécution. Ce n'était pas sa faute si sa grand-mère le faisait sortir de ses gonds. Il avait besoin d'argent. Il était à découvert, et Pierre jouait les rapiats. Il ne pouvait même pas compter sur sa famille !

À moins que les flics aient eu vent de l'histoire du carnet. Ça n'avait pas l'air d'avoir fait rigoler Karl, qu'il ait un peu bousculé sa copine. Il l'avait pourtant à peine touchée. Une main sur la bouche, son poids pour la renverser. C'était tout.

Il écrasa l'accélérateur tout en surveillant son rétroviseur : les policiers n'avaient pas l'air de le suivre. Ouf ! L'idée l'effleura d'aller à la villa. La veille au soir, il avait suivi les filles en douce, après leur départ, pour savoir où habitait Karl. L'enfoiré, il avait une sacrée baraque ! Pas étonnant qu'il se soit proposé pour devenir le tuteur de la grand-mère. Il n'allait pas lui faire croire qu'il ne se servait pas au passage.

Une fois à la villa, toutes les solutions étaient envisageables : il pourrait tomber sur Karl. Au moins, il obtiendrait des réponses quant à la présence des flics devant chez lui. Ça lui permettrait d'aviser pour la suite. Ou bien il y aurait Lila et les filles. Là, il pourrait s'amuser encore un peu. Ou mieux, il croiserait peut-être Charlotte. Cette perspective le séduisit. La garce avait aimé ça, à l'époque, il en était certain. Avec ses dessous de dentelle rouge, elle était du genre mijaurée à dire « non » pour la forme, mais se révélait en réalité incapable de résister.

Florent se gara dans la cour de la maison. Il y avait plusieurs voitures sous l'appentis de droite, aucune sous celui de gauche. Celle de Lila n'était pas là. Il se dirigeait vers le perron et s'apprêtait à monter la volée de marches pour aller sonner, quand des bruits attirèrent son attention. Ils provenaient de la dépendance qui longeait l'allée menant au jardin. Des bruits de scie électrique, ou de perceuse. Florent n'y connaissait rien en bricolage. Un gamin sortit de là et s'avança. Le bruit cessa à l'intérieur et un homme le rejoignit. Tous deux le saluèrent d'un signe de tête. Le garçon fronça les sourcils. L'homme voulut savoir ce qu'il cherchait. Il avait un accent à couper au couteau. Florent ouvrait la bouche pour répondre quand le type s'écria qu'il le reconnaissait. Il était le frère de M. Le Goff. Il était désolé de ne pas l'avoir remis plus tôt. Florent sourit. L'imbécile eut l'air de prendre ça pour des excuses acceptées, mais tout ce qui lui importait, c'était qu'on le confonde encore avec Pierre. Galvanisé, il remonta les manches de son pull, sans même s'en rendre compte.

— Trop cool, j'adore ! s'exclama alors l'enfant en remarquant son tatouage.

Florent tendit le bras et s'approcha pour le lui montrer, se sentant soudain fier devant l'air ébahi du gamin. Le gars à côté du petit plissa le nez de dégoût. Encore un qui n'aimait pas les serpents. Il n'y connaissait rien. Florent étudia les traits du garçon. Qui était-il ? Ce n'était pas le fils de Karl, il en était persuadé. Il lui ressemblait un peu, mais le gamin avait au moins douze ans. À l'époque, il aurait entendu parler de lui. Ou alors c'était celui de l'homme à tout faire. Le personnel n'était décidément plus ce qu'il était, à traîner ses gosses chez le patron !

— Comment tu t'appelles ? s'entendit-il l'interroger.
— Esteban.
— Esteban... Et tu es... ?
— Le fils de Charlotte Levy.

Florent se laissa imprégner par cet aveu.

— Et j'imagine que vous êtes son père ? hasarda-t-il en direction du type à l'accent.

Celui-ci secoua la tête, mais Esteban ne lui laissa pas le temps de répondre.

— J'ai pas de père, assena-t-il.

Il avait parlé fort, avec une dureté insoupçonnée.

— T'as quel âge ?
— Bientôt onze.

Florent fit un rapide calcul mental, tout en continuant à observer Esteban. La mèche brune qui retombait sur son front, ses iris marron entourés d'un cercle plus foncé, sa taille haute. La vérité s'imposa à lui. Tout concordait. Son physique. Son âge. La monoparentalité de sa mère.

Esteban était son fils.

Cette soudaine évidence le figea sur place. Deux émotions fortes s'affrontèrent en lui avec violence.

D'abord, la colère de n'avoir pas été tenu informé de sa paternité. Cette garce lui avait fait un gamin dans le dos. Il n'avait pas eu son mot à dire. Il n'était même pas majeur à l'époque.

Non seulement elle avait pris son pied, mais en plus elle avait osé voler un morceau de lui pour en faire un être de chair et de sang. Florent n'aimait pas les gosses, il n'avait pas prévu d'être père un jour. Mais surtout, il ne savait pas qu'il l'était déjà, depuis une dizaine d'années.

Et puis d'un autre côté, il voyait le gamin, et une bouffée d'orgueil l'envahissait. Il était son fils. Ce beau garçon était un bout de lui-même. Un prolongement de lui vivait quelque part, et il n'avait jamais été conscient de ce que ça lui ferait. C'était comme se prendre un boomerang en pleine tête. Il s'efforçait de garder un visage placide, mais une tempête intérieure le secouait. Il ne voyait qu'une chose à travers les rafales : Esteban aimait les serpents. Son fils était comme lui.

Une idée émergea, balayant tout le reste…

— Alors, c'est toi Esteban ? Je voulais être sûr. Mon frère, Karl, m'a demandé de t'emmener. On a une surprise pour toi. Ça te dit ?

— Qu'est-ce que c'est ?

— Comme son nom l'indique, c'est une surprise...

Esteban jeta un œil en direction de l'homme, comme s'il lui demandait son avis.

— Va demander à ta maman, Pitchou.

— Inutile, elle a donné son accord. Karl lui a envoyé un message pour la prévenir. Alors, tu veux bien ? Je te promets que tu vas adorer. On en a pour... disons... deux heures à peu près.

— Romuald, tu avais besoin de moi ?

— Mais non, vas-y, mon grand. Va t'amuser un peu. Après tout, tu n'as pas école aujourd'hui, tu n'es pas censé travailler !

— OK. À tout à l'heure !

Esteban fit un petit signe de la main à Romuald et suivit Florent jusqu'à sa voiture. Tout s'était déroulé sans que Florent ait à mentionner Pierre. Il n'avait pas eu à mentir sur ce point. Il était bien le frère de Karl. Il n'y était pour rien si le grand nigaud l'avait pris pour l'autre.

— Alors, c'est quoi cette surprise ?

Florent perçut la curiosité d'Esteban dans le regard impatient qu'il lui jetait, assis dans le siège passager. Le gamin ne le connaissait pas, mais il n'avait pas l'air impressionné.

— Ah ah ! Tu ne sais pas attendre ! On est pareils, toi et moi.

34

Abasourdies par les récentes révélations, les trois filles montèrent dans la voiture de Pierre. Karl ne répondait pas aux appels de son frère. Lila hésita à lui téléphoner, mais elle se souvint qu'il lui avait demandé de partir. Ça avait dû lui être déjà suffisamment difficile pour qu'il n'ait pas envie de ruiner ses efforts. Il ne décrocherait pas non plus.

Chaque fibre de son être était concentrée sur un seul et même espoir : qu'il n'ait pas décidé de se faire vengeance lui-même, et de mettre à exécution ce que son bon sens lui avait interdit de faire quelques années plus tôt.

Ils devaient le trouver et lui éviter de souffrir encore pour rien. Il avait supporté tant de choses à cause de Florent. Il avait essayé de racheter l'acte ignoble de son frère en subvenant aux besoins de Charlotte et de son fils. Il avait respecté son secret jusqu'au bout, quoi qu'il lui en ait coûté. Même si elle ressentait un petit pincement dans son cœur de femme amoureuse, Lila éprouvait une admiration sans bornes pour lui. Elle aurait aimé qu'il lui fasse assez confiance pour la mettre dans la confidence, mais en fait, il n'était même pas question de ça. Cela dépassait leur intimité. Il y allait de la loyauté de Karl vis-à-vis de ceux qu'il respectait.

Plus Lila pensait à lui, plus elle sentait l'urgence courir dans son corps. Elle serra dans la sienne la main de Prune, assise à côté d'elle sur la banquette arrière. Son amie répondit à sa pression et lui envoya un regard complice.

— On dirait bien que j'ai fait fausse route : ton Karl n'est pas le con pour qui tu ne dois pas gâcher une larme.

Pierre arrêta la voiture devant l'agence immobilière de Karl. Elle était fermée le lundi, mais Lila avait pensé qu'il s'y serait peut-être réfugié pour travailler et oublier. Un rai de lumière filtrait sous la porte. Lila croisa les doigts dans son dos pour que ce ne soit pas Olivier. Elle frappa, mais personne ne répondit. Tandis que les autres descendaient de voiture, elle se précipita devant la fenêtre de son bureau et l'appela. Elle se fichait de savoir si elle faisait trop de bruit, si sa voix était un cran trop aiguë et trahissait son angoisse. Le rideau opaque se mit à bouger et Karl se matérialisa dans l'encadrement. Son visage afficha un mélange d'incompréhension et de soulagement. Il lutta un instant avec la poignée avant d'ouvrir enfin le battant qui les séparait. Elle tendit les bras vers lui et ils restèrent là, à s'étreindre.

— Karl, j'ai eu si peur. Je sais tout maintenant. Je suis là. Je veux rester près de toi.

Lila laissait couler les mots et les larmes sans chercher à les retenir. Karl ne voulait pas se détacher d'elle, mais il finit par le faire pour aller ouvrir la porte et faire disparaître le mur entre eux. Elle se précipita dans ses bras. Ils se serrèrent encore longuement, jusqu'à ce que quelqu'un se racle la gorge à côté. Lila se souvint alors qu'ils n'étaient pas seuls, et Karl se rendit compte qu'elle était venue accompagnée. Il salua les amies de Lila. Son front plissé trahissait ses efforts pour comprendre ce brusque revirement de situation. Il vit Pierre en dernier, toujours assis derrière le volant. Il parut d'abord choqué. Depuis combien de temps ne s'était-il pas trouvé en présence de son frère ? Comme il hésitait sur la réaction à adopter, Lila l'encouragea :

— C'est grâce à Pierre si je suis là. Il est temps de faire la paix tous les deux.

Lentement, Karl sortit de sa torpeur et fit le tour de la voiture jusqu'à se tenir devant la porte du conducteur. L'émotion maintenait les regards des deux frères rivés l'un à l'autre. Sans détourner les yeux, Pierre actionna la poignée pour descendre du véhicule. Il mit un pied sur l'asphalte et se redressa, faisant face à Karl, le dominant de toute sa hauteur. Il craqua pourtant le premier. Il porta la main devant sa bouche et étouffa un sanglot, s'arc-boutant dans un geste de repli. Karl s'approcha et lui ouvrit les bras. L'accolade était virile, pudique.

— On dirait que tu as réussi à faire ce que je n'arrivais pas à entreprendre. Merci.

— C-ce n'était plus... possible, murmura Pierre.

En effet, ça ne l'était plus. Ils avaient tous failli se perdre à cause des secrets.

— Alors... T-tu ne m'en v-veux pas ?

— D'être parti ? Ton départ m'a fait beaucoup de mal. Plus encore que tu me tiennes ainsi à l'écart de ta vie. C'est quand j'ai rencontré Lila que j'ai réalisé le cadeau que tu m'avais fait. C'est toi qui m'as protégé de Florent. Tu n'avais pas à remplir ce rôle.

— J'étais le seul à... p-pouvoir le faire. Le t-trait d'union, tu sais. Et... au sujet d-de nos parents, t-tu ne penses plus q-qu'ils sont morts... par ma faute ?

— C'est lui qui t'a mis ça dans la tête, Pierre ?

Comme celui-ci ne répondait pas, Karl poursuivit :

— Si tu savais comme je m'en suis voulu à moi, plutôt qu'à toi ! Mais on ne revient pas en arrière. Tu as vraiment pensé que je te tenais pour responsable ?

Pierre hocha la tête. Karl soupira.

— Je veux que tu oublies ça. Si on reprenait de zéro, toi et moi ?

Pierre sondait son frère comme s'il cherchait à lire son âme. Un sourire illumina ses traits.

— Bravo, les gars, commenta Prune.

La douceur avec laquelle elle prononça ces mots témoignait de son trouble. Lila mit son bras sous le sien. Célestine quant à elle frissonnait et Karl le remarqua.

— Entrez vous mettre au chaud dans l'agence. On a des choses à se dire. Je vous offre un café ?

Ils s'installèrent autour de la table basse de l'accueil. Karl ouvrit les volets et monta le chauffage.

— Ainsi donc, Pierre, tu leur as parlé de Florent ? commença-t-il en sortant les tasses.

— J-j-je leur ai montré le p-portrait. Chez mamie.

Karl hocha la tête avant d'interrompre ses préparatifs.

— Il n'y a pas assez de café pour nous tous, dit-il en ouvrant les bras d'un air désolé. Olivier doit en ramener demain.

— C'est pas grave, lui assura Prune.

— On en prendra un à la villa, ajouta Lila.

Karl rangea les tasses et vint s'asseoir face à elle. Il prit ses mains dans les siennes.

— Pardon, Lila. Je comprendrais que tu m'en veuilles.

— Je ne t'en veux pas.

— Je n'ai pas voulu te mentir. J'ai seulement espéré tenir secrète une part obscure de ma vie pour te garder près de moi.

— Je ne serais pas partie si j'avais su.

— Pierre, tu leur as tout raconté ? Parce que... Il y a un événement que je ne me suis pas pardonné, malgré toutes ces années.

— Je... j'ai parlé de q-quand tu as f-failli... Mais c'est à toi de... de raconter.

Alors Karl expliqua.

Il révéla comment le retour de Pierre avait déclenché en lui une peur irrationnelle de voir ressurgir Florent. Au fond, il avait pardonné depuis longtemps à Pierre d'être parti. Ça n'avait été qu'une excuse pour continuer à se protéger de l'autre frère. Penser à son retour à *lui* le rendait fou. Car il était parfaitement conscient que ce dernier traquerait sans délai et sans relâche son jumeau. Et alors le passé de Karl se heurterait à sa nouvelle vie. Ça ne pourrait pas se faire sans étincelle. D'abord parce qu'il avait honte. Il s'en voulait de ne pas avoir su protéger Pierre. Il était l'aîné, il aurait dû essayer d'ouvrir les yeux à ses parents. S'il avait su utiliser sa rage pour communiquer plutôt que frapper, peut-être l'auraient-ils écouté. C'était à cause de Florent que Pierre avait sombré dans ses dépendances, cherchant à s'autodétruire. Karl voyait sa détresse, il la ressentait de façon viscérale, et pourtant, il ne la comprenait pas. Comment pouvait-on se laisser manipuler avec une telle soumission ?

Karl s'obstinait également à tenir le passé à distance, car Florent, par sa simple présence, lui renvoyait l'image d'un assassin.

Cet assassin, c'était lui.

Quand il était allé chez Florent le matin même, il s'était demandé pourquoi il n'avait pas fini le travail, des années plus tôt. Depuis tout ce temps, il était tiraillé entre deux sentiments : au-dessus de son épaule droite, le démon lui disait qu'il aurait dû se débarrasser de lui, et délivrer Pierre par la même occasion. L'ange sur la gauche lui soufflait qu'on n'avait pas le droit de décider de la mort de quelqu'un.

Personne ne lui en aurait voulu pourtant. C'était un accident. Mais lui, il aurait su. Et il aurait gardé ça sur la conscience.

Le soir de l'accident domestique de ses parents, il était repassé chez eux. Non pas qu'il regrettât de ne pas avoir été présent à ce dîner, mais parce qu'il n'avait plus aucune chemise à se mettre, et qu'il voulait en emprunter une à Pierre, pour sortir en boîte.

Il avait tout de suite senti que quelque chose clochait en entrant. La lumière restée allumée à cette heure tardive. Ses parents affalés sur la table de la cuisine, comme s'ils dormaient. Karl avait posé une main sur leurs épaules, les avait secoués. Il avait même crié, mais rien ne les avait réveillés. Il avait senti leur raideur, il avait eu peur de les toucher à nouveau. Il n'avait pas voulu vérifier s'ils étaient vraiment morts. Il savait déjà. Il s'était demandé pourquoi, avait cherché partout. Alors il avait remarqué la pizza dans la vieille cuisinière à bois. Il avait déjà entendu parler de ces drames inodores. Il avait ouvert toutes les fenêtres du rez-de-chaussée pour éviter de tomber dans les pommes. Ses parents n'avaient pas bougé davantage. Il avait appelé les pompiers et il était monté à l'étage en les attendant. D'abord pour ne pas rester seul avec eux. Puis, ne se rappelant plus si Pierre devait sortir ou non, il avait commencé par inspecter sa chambre. Son frère était allongé sur son lit. Karl avait eu un mouvement de recul, mais il avait pris sur lui. Il avait tenté de le réveiller. Il n'était pas figé comme ses parents, alors il avait osé poser une oreille contre sa poitrine. Son cœur battait toujours. Il avait simplement perdu connaissance. Il avait voulu aller ouvrir la fenêtre, mais un détail l'avait retenu. Le tatouage. Ce n'était pas Pierre, mais Florent. Karl avait hésité. Il avait fait le tour des autres pièces, Pierre n'était nulle part. Il était sans doute sorti. Karl observait son frère, songeant qu'il pourrait très bien le laisser s'endormir pour de bon. Il ne souffrirait même pas. Il s'éteindrait en silence, libérant Pierre de son emprise, leur rendant la vie plus douce. Cela semblait si facile. Les pompiers arriveraient, et quand ils en auraient fini avec ses parents, il leur dirait qu'il venait de s'apercevoir de la présence de son frère à l'étage. Il serait trop tard. Personne ne saurait jamais qu'il était encore vivant quand Karl était arrivé.

Mais lui, si.

Alors il avait ouvert la fenêtre et avait traîné son frère devant. Son corps inerte pesait une tonne. Florent avait ouvert un œil, puis les deux yeux, et s'était mis à respirer à grandes goulées, l'air hagard.

Il s'en tirait bien, lui avait crié Karl. Leurs parents étaient morts, et lui, il venait de lui sauver la vie.

Dans l'agence immobilière, l'ambiance était pesante. Lourde d'un passé qui enlisait tout, et dont personne ne parvenait à s'extraire.

— Ce n'était pas qu'une hésitation passagère, ajouta Karl comme s'il avait besoin d'aller au bout de sa confession. J'ai vraiment pris le temps de faire le tour de toutes les pièces de l'étage avant de le porter devant la fenêtre.

— Ce n'était pas tant contre Florent que pour Pierre. Tu voulais encore moins le perdre, lui, et ton inquiétude était immense, le rassura Célestine. Tu n'es pas une mauvaise personne, Karl. Tu aurais sauvé Florent, de toute façon.

Karl plissa les yeux, envisageant cette réalité sous un angle nouveau.

— Je suis aussi p-parti parce que je voulais… vous p-protéger l'un de l'autre, F-Florent et toi, avoua Pierre.

Karl le considéra d'un air triste. Ses remises en question étaient manifestes, Lila le voyait lutter contre le sentiment d'avoir failli à son rôle de grand frère.

— Ce que vous n'avez pas compris jusqu'à maintenant, c'est que tous les deux, vous êtes plus forts. Ensemble, vous pouvez faire front.

— Lila a raison, enchérit Célestine. Il vous utilise. Karl, il se sert de ta colère, Pierre de ta peur. Il se nourrit de vos failles et les retourne contre vous. Si vous faites bloc, vous ne l'intéresserez plus.

— Vous aurez gagné, dit Lila.

— La victoire, vous l'avez déjà, ajouta Prune. Il a failli vous séparer. Il a perdu puisqu'on est tous là.

— On ne devrait pas s'autoriser à garder des personnes toxiques dans sa vie, souffla Célestine.

— M-même quand il s-s'agit... quand c'est son frère ?

— Même quand on a grandi avec cette personne. Tu dois t'aimer assez, Pierre, pour te faire ce cadeau.

— I-il m'a longtemps dit que... enfin... je n'ai q-que lui.

— Moi, je suis là.

Pierre sourit et regarda son frère. Pour la première fois depuis longtemps, ses épaules s'étaient allégées d'un poids.

— Si on rentrait à la maison ? demanda Karl d'un ton enjoué. Les filles ont raison. J'ai été trop longtemps injuste envers toi. Tu mérites tellement plus que lui. J'aurais dû t'empêcher de partir, te retenir près de moi. Parce que ensemble on est plus forts. On va se rattraper, n'est-ce pas ?

Les étoiles qui brillèrent dans les yeux de Pierre valaient tout l'or du monde.

35

Florent

Ils roulaient depuis vingt minutes. Florent prenait garde à maintenir un semblant de conversation. Esteban n'était pas timide, mais il parlait peu. Après tout, il ne le connaissait pas. Florent aurait été davantage fier si son gamin l'avait reconnu, mais comment aurait-il pu être au courant ? Il devait être patient, attendre le moment opportun pour lui dévoiler la vérité. Il se souvenait du ton dur d'Esteban à l'évocation de son père. Il voulait essayer d'en apprendre plus, mais il se demandait comment aborder le sujet. Il avait peut-être peur, au fond, de ce qu'il pourrait comprendre.

Il s'engagea dans le petit chemin qu'il avait emprunté un nombre incalculable de fois, à une époque. Depuis quand n'était-il pas venu ici ?

— Où on va ? demanda Esteban d'une voix chevrotante à cause des bosses de terre.

— Patience, tu vas bientôt le savoir...

Il lui sourit d'un air mystérieux. Esteban ne le regardait pas, trop occupé à tendre le cou pour apercevoir la maison qui venait d'apparaître au milieu de la forêt. Florent coupa le moteur devant la grande grille en fer forgé et sauta du véhicule pour aller sonner à l'interphone.

— Tu viens ? lança-t-il à Esteban.

Le garçon lui emboîta le pas, et ils attendirent en silence. Le jardin était presque aussi boisé qu'alentour, à ceci près que la végétation y était différente. Exotique et luxuriante, elle alternait entre palmiers et plantes aquatiques dans des bassins. La maison avait été construite en U, et la façade était un patchwork de matières et de couleurs, comme si des parties de bâtiments différentes avaient été ajoutées au fil du temps. Au milieu, une immense pergola abritait la terrasse et quantité de plantes en pots. Bientôt, un homme apparut sur le seuil de la porte et traversa le jardin pour leur ouvrir. Ses cheveux blancs comme neige grisonnaient encore à la racine, et sa mâchoire carrée lui conférait un charisme qui forçait au respect.

— Ça alors ! s'exclama-t-il. Si je m'attendais !

Il donna une franche accolade à Florent.

— Ça fait combien de temps ?

— Trop longtemps, répondit Florent.

— C'est ton gamin ? demanda l'homme en hochant la tête vers Esteban et en lui tapotant l'épaule.

Il n'attendit pas que Florent réponde.

— Le mien, de gamin, il est parti vivre en Afrique. On lui a donné le virus, avec sa mère, quand il était petit.

— Je me rappelle qu'il voulait devenir photographe animalier.

— Et il l'est ! Tu n'as plus de nouvelles ?

— Le temps passe...

— T'as raison ! Y a qu'à voir mes cheveux ! Ne restez pas là, entrez donc.

Esteban se taisait, mais il ne perdait pas une miette de ce qu'il voyait. Derrière une énorme feuille verte, il lui avait semblé voir une forme bouger...

Florent lui expliqua qu'il venait souvent dans cette maison, adolescent. Le vieil homme, Richard Gillet, était le père d'un copain de classe. Quand Florent lui avait parlé de sa passion pour les serpents, le garçon l'avait invité chez lui. Son père était herpétologue, c'est-à-dire qu'il étudiait les reptiles et les amphibiens. Chez eux, il y avait une vingtaine de serpents, en plus d'autres animaux. Florent avait été ébahi par cet endroit. Le camarade de classe ne s'était pas révélé un grand copain, pourtant Florent avait continué à venir voir Richard souvent. Ce dernier n'aimait pas les gens, mais il tolérait ceux qui affectionnaient ses animaux. Il lui avait tant appris !

— On va voir des serpents ? s'exclama Esteban.

Ses yeux brillaient d'excitation.

— Ah, tu les aimes, toi aussi ! Tu verras, j'en ai plein. Une centaine, maintenant.

Florent s'extasia de voir à quel point la petite ferme de Richard avait grandi.

— Ils vont dehors, aussi ? demanda Esteban.

— Non ! Ils ont des besoins spécifiques. Ils vivent dans des terrariums.

— Ah bon ? Parce que j'ai cru voir, tout à l'heure...

— Alphonse ? Tu as sans doute vu mon varan. Il aime bien se promener dans le jardin. C'est comme un gros lézard. Si tu savais le nombre de gosses qui confondent les lézards avec des Pokémon...

La voix de Richard, très grave, hypnotisait Esteban. Dans la maison, il ne savait plus où donner de la tête. Il y avait des plantes partout. Des représentations picturales d'animaux, entre influences africaines et cubistes, côtoyaient des photographies de serpents, prises sous tous les angles. On se serait cru dans un vaste musée où faune et flore se mêlaient. Florent observait Esteban, et songeait qu'il était le seul à savoir ce qu'il ressentait. Il devait avoir à peu près son âge quand il avait découvert cet endroit pour la première fois. Lui seul pouvait comprendre son émerveillement.

Et c'était réciproque.

Ils avaient besoin l'un de l'autre.

Et si... ? Oui, après tout, pourquoi pas...

S'il proposait à Esteban de vivre avec lui ? Il lui apprendrait la vérité, et lui prouverait qu'ils avaient beaucoup en commun tous les deux. Sa mère avait eu sa part pour elle toute seule pendant plus d'une décennie.

À présent, c'était son tour.

36

Les portières claquèrent dans la cour de la villa. Prune et Célestine avaient demandé à Pierre de les déposer à la maison de retraite pour qu'elles récupèrent la voiture de Lila, puis elles avaient expliqué qu'elles feraient un tour en ville avant de les rejoindre. Lila avait compris qu'elles s'effaçaient pour les laisser se retrouver en famille et profiter de ce premier moment tous les trois. Durant le trajet, Lila n'avait pas lâché la main de Karl. Le savoir près d'elle ne lui suffisait pas, il fallait qu'elle le touche.

Lila grimpa la volée de marches qui menait à la porte d'entrée. Tandis qu'elle actionnait la cafetière, elle sentit les lèvres de Karl dans son cou. Elle versait le liquide fumant dans les tasses quand Pierre se joignit à eux. Elle en avait préparé deux autres, pour Charlotte et Romuald, et un verre de jus de pomme pour Esteban. Elle se planta en bas de l'escalier et appela :

— Charlotte, c'est l'heure de ta pause !

Elle demanda à Karl d'aller chercher les garçons. Charlotte se statufia l'espace d'une seconde face à Pierre, puis la raison dut prendre le dessus, car elle le salua poliment.

— Alors, lui souffla Lila en douce. C'était quoi, ce retard de ce matin ? Est-ce que ça a un rapport avec...

Elle ponctua la fin de sa phrase par un regard entendu vers Romuald qui traversait la cour. Charlotte rougit, mais la détrompa vivement. Ça n'avait rien à voir avec lui. Romuald entra après s'être lavé les mains dans le débarras et salua tout le monde.

— Alors, le Pitchou était content de sa surprise ? lança-t-il joyeusement.

— Quel « Pitchou » ? demanda Karl.

— Oh oui, pardon. Je voulais parler d'Esteban.

Les deux frères se jetèrent un regard, déconcertés. Le silence s'étira un peu trop longtemps.

— De quelle surprise tu parles ? interrogea Charlotte.

— Le frère de M. Le Goff est passé tout à l'heure. Il a dit que tout était organisé, il devait emmener Esteban pour une surprise.

Il y eut comme un énorme battement de cœur manqué dans la pièce.

— Quoi ?!

Charlotte semblait sur le point de défaillir. Romuald dévisageait Pierre, conscient que quelque chose déraillait, sans comprendre.

— Vous avez vu si celui qui a emmené Esteban avait un tatouage sur le bras ? réagit aussitôt Karl.

— Un tatouage ? Oui. Un serpent. Esteban était fasciné. Ce n'était pas vous, alors ? demanda-t-il en se tournant vers Pierre.

Et alors que celui-ci secouait la tête, Romuald expliqua :

— J'ai vraiment pensé que c'était votre frère, monsieur Le Goff. Il lui ressemble comme deux gouttes d'eau.

— Ç-ç-ça l'est. C'est mon j-jumeau.

— Ceci explique cela. Vous m'avez fait peur. J'ai cru que j'avais laissé le Pitchou entre de mauvaises mains.

Lila tenait le bras de Charlotte. Elle sentait ses tremblements sous sa blouse. Au début, elle crut que c'était l'angoisse, mais quand Charlotte prit la parole, elle était frémissante de colère :

— Celui qui a emmené mon fils est l'homme qui m'a violée il y a douze ans. Son père.

La pointe d'hystérie dans sa voix fit sursauter Romuald. Elle avait craché cet aveu sans honte. Charlotte n'était plus entravée par le tabou qu'elle avait mis tant d'années à voir en face. Elle avait seulement édicté le fait tel qu'il était, sans mal se juger. Sa voix se brisa quand elle ajouta :

— Il me l'a pris.

Lila la soutint.

— Alors, c'é-c'était vrai ? balbutia Pierre. Il l'a v-vraiment fait ?

Karl acquiesça gravement. Lila fronça les sourcils. Pierre n'était donc pas au courant ? Karl lui révéla qu'après les faits Florent s'était vanté auprès de ses frères d'être à l'origine de la démission de Charlotte. Elle avait obtenu ce qu'elle attendait de lui – il avait fallu la forcer un peu au début –, et elle était partie voir ailleurs si l'herbe y était plus verte. L'un comme l'autre n'en avaient pas cru un seul mot à l'époque. Puis Karl avait croisé par hasard Charlotte dans un supermarché.

Elle faisait ses courses, accompagnée d'Esteban. Le garçonnet devait avoir six ans. Il lui avait d'emblée rappelé les jumeaux au même âge. Il avait échangé quelques mots avec Charlotte, et il avait compris. Elle travaillait alors à l'usine, parfois de nuit. Heureusement, sa mère était là pour l'aider à élever Esteban. Karl lui avait proposé un poste à la villa. Il avait dû lui promettre de garder son secret avant qu'elle accepte.

— J-je suis d-désolé, Charlotte, s'excusa Pierre. Je n'aurais pas p-pensé... Nous étions si jeunes !

Son air horrifié s'amplifiait à mesure qu'il prenait conscience des actes de son frère.

Lila demanda à Romuald :

— Tu penses que Florent a compris quel lien le relie à Esteban ?

Romuald fouilla dans ses souvenirs. Il se grattait la tête et trépignait d'un pied sur l'autre, mal à l'aise.

— C'est difficile à dire... Il n'a rien laissé paraître en tout cas. Il a demandé qui il était, puis il a été question de Charlotte. Esteban a expliqué qu'elle était sa mère. Il a cru que j'étais son père, mais Esteban lui a dit qu'il n'en avait pas. Moi, j'ai pensé qu'il voulait juste être sûr qu'il était bien le gamin qu'il devait emmener pour la surprise. Il a dit que tout le monde était au courant. J'aurais dû...

— Florent a compris, le coupa Karl.

— Il y a peut-être une autre explication..., hasarda Lila.

— Bien sûr que non, il n'y en a pas d'autre. Il a su qui il était. C'est pour ça qu'il l'a enlevé.

La voix de Charlotte, d'une froideur implacable, contrastait avec son état d'anxiété. Elle était parcourue de frissons de la tête aux pieds. Dans la cuisine, on aurait pu entendre une mouche voler. Le verre d'Esteban trônait sur la table, comme pour mieux signifier son absence. L'homme qui blessait Odette, maltraitait Pierre depuis sa plus tendre enfance, qui avait violé Charlotte et agressé Lila, avait embarqué Esteban parce qu'il avait deviné qu'il était son enfant. Le garçon l'avait suivi sans retenue, avec toute son innocence. Il avait fait confiance aux adultes, comme Romuald avait cru pouvoir se fier à celui qu'il pensait être le seul frère.

Tant de mensonges avaient fini par mettre un enfant en danger.

Où Florent l'avait-il emmené ? Qu'allait-il lui arriver ? Tous autant qu'ils étaient, plantés là dans la cuisine, impuissants, que devaient-ils faire ?

37

Florent

Richard conduisit Florent et Esteban vers la « pièce aux serpents ». Esteban s'imaginait déambuler dans une immense salle vitrée, décorée de plantes et d'arbres, où les serpents s'enrouleraient aux branches ou bien ramperaient à même le sol, à ses pieds. Une centaine de reptiles autour d'eux, ce serait à la fois effrayant et excitant. L'endroit était cependant bien différent. Il était rempli d'étagères surmontées de cages en verre comme celle de Zéphyr, ou en plastique transparent, semblables à celles où sa mère rangeait les draps. Esteban se sentit un peu déçu.

— Je vais vous montrer le petit nouveau.

Richard se dirigea vers l'un des terrariums, sans doute le plus beau. Le reptile dormait en boule dans un coin. La lumière faisait scintiller les éclats dorés des taches sur son dos.

— C'est un python royal, expliqua Richard.

— On dirait Zéphyr ! s'exclama Esteban avec enthousiasme.

— Tu le reconnais ?

Leur hôte parut agréablement surpris, et comme il en fallait sans doute beaucoup pour impressionner le vieil herpétologue, une certaine fierté s'afficha sur le visage d'Esteban.

— Ton frère est venu me voir il n'y a pas longtemps, dit Richard en s'adressant à Florent. Il m'a demandé de le prendre. Il ne pouvait pas le garder. Bien sûr qu'ici il a toute sa place.

— Je... je ne savais pas..., bégaya Florent.

Tandis que Richard demandait à Esteban s'il voulait le toucher, et que le gamin trépignait d'impatience, Florent se revit, treize ans plus tôt. Il entendit la voix d'Alexandre, le fils de Richard, qui ne lui adressait plus beaucoup la parole, mais qui lui avait confié un matin au lycée : « Tes parents sont venus voir mon père hier. Ils lui ont demandé plein d'infos sur les serpents : comment on s'en occupe, si c'est dangereux, ce qu'ils mangent, où on peut en acheter un. Je devrais pas te le dire, mec, mais je suis sûr qu'ils te préparent une surprise. »

Alexandre lui avait envoyé un clin d'œil complice, avant de rejoindre sa bande de copains. Bien plus tard, quand il lui avait lancé en passant : « Alors, ce serpent ? », Florent avait eu envie de lui casser la figure. Il s'était retenu, parce qu'il ne montrait jamais rien. Il s'était contenté de répondre qu'il n'y avait pas de serpent. Puis, il s'était éloigné, d'un pas qu'il voulait nonchalant. Tout son être bouillait. Il brûlait de jalousie, de colère. Les reptiles, c'était son truc à lui. Lui seul. Karl les aimait bien, lui aussi, mais pas de la même manière. Pourtant, c'était à lui que ses parents avaient offert le serpent. Un python magnifique, pour ses vingt ans. Ils n'avaient rien compris. Florent s'était demandé ce qui était le plus dur à encaisser : que Zéphyr ne lui soit pas destiné, ou que ses parents connaissent si mal leurs propres enfants.

Pour qu'ils comprennent leur méprise, Florent s'était fait tatouer un serpent sur le bras, alors qu'il n'était même pas majeur. Sa mère avait fini par le remarquer, un jour, alors que, las de remonter ses manches en vain, il lui avait mis son avant-bras sous le nez. Elle ne s'était même pas offusquée qu'il ne les ait pas prévenus. Et le lien avec Zéphyr lui avait complètement échappé.

— Tu vois, il sursaute quand c'est toi qui le touches, parce que tu dois transpirer plus que moi. Ma peau est sèche. Il sent qu'il y a quelqu'un d'autre. Les serpents ressentent tellement plus de choses que nous.

Florent revint à l'instant présent. Esteban s'émerveillait de caresser la peau de Zéphyr. Si Charlotte lui avait laissé sa chance, il aurait pu être un bon père, pensa-t-il. Il se serait efforcé d'être différent du sien. De s'intéresser à son fils. Pas trop tôt, cependant. Les bébés avaient juste besoin qu'on s'occupe d'eux, et n'apportaient rien en retour. Finalement, c'était mieux ainsi. Onze ans, c'était l'âge idéal pour se connaître enfin.

Richard continuait à expliquer ce que ses nombreux voyages lui avaient appris. Combien il était important de préserver l'habitat des animaux pour qu'ils ne disparaissent pas. Comment les serpents ou les araignées étaient des animaux comme les autres, qui méritaient tout autant le respect. Depuis plus de quinze ans, son discours n'avait pas changé. Florent n'avait qu'à fermer les yeux pour remonter le temps. Il se sentait presque comme chez lui dans cet environnement familier, avec cet homme qui ne le jugeait pas et le considérait d'égal à égal. Exactement comme il était en train de le faire avec Esteban. Or la présence de Zéphyr le troublait plus qu'il ne l'aurait cru. Ce serpent représentait l'injustice, le favoritisme. La trahison. Tous ces sentiments étranges qui l'avaient traversé à l'époque surgissaient du passé. Karl avait confié son animal à Richard. Il avait un lien avec lui. Il était présent, y compris dans un moment comme celui-ci, où Florent s'accordait du temps avec son fils.

De petites lumières dansèrent devant ses yeux, et sa bouche s'assécha. Quand il l'ouvrit, sa langue colla au palais. Il passa une main sur son visage, comme pour ôter le malaise qui le gagnait. Ses oreilles bourdonnaient.

— Ça va ? Tu es tout pâle, s'inquiéta Richard.

— Rien, ce n'est rien. Il fait trop chaud ici.

— On va aller dehors, ça va te faire du bien.

— On ne va pas rester de toute façon. Il faut qu'on y aille.

— Oh, dommage ! se désola Esteban.

— Il y aura d'autres occasions !

— Richard a raison, on reviendra le voir.

— Prends soin de ce gosse, Florent, dit Richard en lui entourant l'épaule de son bras. Tu es sûr que ça va aller pour conduire ?

— Oui, c'est passé. Juste un petit coup de mou.

— Tu passes le bonjour à Karl, d'accord ? Et à ton autre frère aussi. Comment est-ce qu'il s'appelle, déjà, ton jumeau ?

— Pierre.

— Tu as un frère jumeau ? demanda Esteban en bouclant sa ceinture.
— Oui.
— Il aime les serpents lui aussi ?
— Non. Enfin si, un peu, mais pas comme nous.
— Pas comme Karl et toi ?
— Non, je voulais dire : pas comme *toi et moi*.

38

Charlotte

— Ce matin, je me suis rendue au commissariat. J'ai porté plainte contre Florent.

Charlotte tremblait toujours comme une feuille. Chaque fibre de son être était tournée vers son fils, comme si un sixième sens était capable de lui souffler où il se trouvait. Pourtant, ce n'était pas possible. Elle se sentait désemparée. On la privait d'air, on venait de lui couper un membre. Pire : un organe. Vital. Esteban était tout pour elle. Il n'était pas seulement un enfant, il était le sien. Celui qu'elle n'attendait pas, qui était arrivé par surprise, mais qui l'avait comblée. Il l'avait choisie pour mère, elle et pas une autre, pour la guérir de son traumatisme. Sa simple existence suffisait à panser ses plaies. Pour rien au monde elle n'aurait voulu un autre fils à sa place. Et comme il aurait été différent s'il n'avait pas été conçu par Florent, elle acceptait le viol. Elle n'aurait pas voulu que les choses se passent autrement, pour la seule joie de connaître sa raison de vivre.

Elle avait porté plainte. Elle avait tout gâché.

Comment avait-il fait, elle n'en avait pas la moindre idée, mais Florent avait compris. Peut-être que les policiers l'avaient déjà contacté pour commencer leur enquête. Ils avaient pourtant dit que ce serait long.

Tout à coup, elle regrettait. Elle avait cru que ça la libérerait, et c'était bien l'effet que ça lui avait procuré au départ : la délivrance. À présent, s'il le fallait pour que son fils lui soit rendu, elle était prête à dire qu'elle avait tout inventé.

Lila continuait de la soutenir, un bras sous le sien, comme si cela suffisait pour qu'elle ne s'effondre pas. Charlotte sentait sur elle son regard empreint d'admiration. Elle lui soufflait qu'elle avait bien fait. Mais elle ne comprenait pas. Tout ça, c'était à cause d'elle. Si Charlotte ne l'avait pas rencontrée, elle mènerait toujours la même vie. L'acte odieux serait resté tu. Et Esteban continuerait de rêver de retrouvailles avec son père, sans qu'elle en sache rien... Non, les regrets ne servaient à rien. Elle se souvenait de leur soirée McDo. Elle avait été soulagée et fière de réussir à lui dire enfin la vérité. Elle était injuste envers Lila. Ce n'était pas sa faute, pas plus que celle de Romuald, auquel elle en avait voulu dans un premier temps, mais comment aurait-il pu savoir ?

C'était elle, la seule coupable. S'il n'y avait pas eu tous ces mensonges, Esteban aurait su de qui il devait se méfier.

Charlotte était lasse. Elle en avait assez de porter tous les maux de la terre sur ses frêles épaules. Non, ce n'était pas elle, mais Florent qui avait un problème. Qui était assez dérangé pour violer une femme et kidnapper son propre enfant ?

Malgré elle, son regard se dirigea vers le tableau qu'Esteban avait tenu à faire accrocher sur le mur de la cuisine, pour s'accorder avec les chaises multicolores : il représentait cinq bonshommes colorés dansant devant un fond jaune. Lila lui avait fait peindre à la gouache une œuvre de Keith Haring, l'artiste américain. Esteban avait dessiné à ses personnages des bras plus longs que les jambes, parce qu'il n'avait pas toujours le sens de la proportion. Cette peinture était à son image : imparfaite, mais tellement vivante. Charlotte retint un sanglot. Tout espoir était perdu.

— Ça va aller, on va trouver une solution, répétait Lila, comme pour s'en convaincre.

— Vous allez retourner déposer une nouvelle plainte, décida Karl. Romuald, si vous voulez vous sentir utile, vous accompagnerez Charlotte. Lila, Pierre et moi, on va essayer de les trouver. Pierre, tu as une idée d'où il a pu l'emmener ?

Pierre secoua la tête.

— T-tout ça... Je vais de surprise en-en surprise... Je n'aurais j-jamais pensé qu-qu'il l'emmènerait avec lui. F-Florent dé-déteste les enfants.

Charlotte frissonna. S'il lui avait fait du mal ?

Elle n'eut pas le temps de penser au pire qu'une large main s'empara de la sienne, si petite à côté. Elle songea qu'il aurait pu lui broyer les doigts, mais Romuald se contenta de refermer avec délicatesse ses phalanges autour des siennes, pour lui montrer son soutien. Sa peau rugueuse l'enveloppait d'une douce chaleur. Contre toute attente, elle cessa de trembler. Elle s'agrippa à la main salvatrice, et elle sut que quoi qu'il se passe désormais, elle pourrait compter sur lui.

39

Florent

Malgré l'enthousiasme qu'avait pu ressentir Esteban chez Richard, il gardait le silence, la tête tournée vers la vitre du véhicule, comme le font les gens qui n'osent pas partager cette proximité avec le conducteur. Florent cherchait la manière de briser la glace entre eux.

— Alors, tu as trouvé ça comment ? demanda-t-il sur un ton détaché.

— Trop cool ! s'écria Esteban.

Florent remarqua qu'il avait légèrement tressailli en l'entendant parler, et se rendit alors compte que le petit était seulement fatigué. La voiture le berçait. Il soupira, soulagé.

— J'aimerais bien revenir le voir, reprit l'enfant.

— On y retournera.

— Ouais ! Je pourrais donner des nouvelles de Zéphyr à M. Le Goff.

— Tu sais que ce n'est plus son serpent, maintenant, se rembrunit Florent.

— N'empêche que je sais bien qu'il pense à lui quand même. Il l'aurait gardé, si Lila en avait pas peur.

Ce fut au tour de Florent de demeurer silencieux. Les paroles d'Esteban tournaient en boucle dans sa tête. Ce gamin était d'une candeur désarmante. Lui-même avait-il déjà été ainsi ? À son âge, ses relations avec ses frères étaient déjà compliquées. Plus généralement, avec les êtres humains qui l'entouraient. Il se sentait proche de Richard, parce que ce dernier préférait les reptiles. Il disait qu'eux au moins avaient un bon fond. Florent partageait son avis. Ils pouvaient s'avérer dangereux, mais ils n'étaient pas fourbes comme les gens.

Florent arrêta la voiture un peu avant d'arriver à la villa, le long du trottoir. Il ramenait Esteban à sa mère. Pour cette fois. Il ne lui avait pas encore annoncé qu'il était son père. Il devait le faire maintenant, c'était son unique chance. Quand Charlotte apprendrait qu'il avait passé du temps avec lui, nul doute qu'elle ne le laisserait pas recommencer. Esteban s'apprêtait à sortir, quand Florent demanda :

— Tu sais pourquoi tu aimes autant les serpents ?

Étonné par cette question, le garçon se tourna vers lui et fit non de la tête.

— Ça a un rapport avec moi.
— Avec toi ? Pourquoi ?
— Parce que tu es mon fils.
— C'est vrai ?!

Esteban le dévisageait à présent, les yeux écarquillés. Il ne semblait pas y croire. Florent ne déchiffrait rien d'autre que de la surprise dans son regard.

— Oui.

L'enfant resta longtemps à l'observer. Il ne cillait pas, comme s'il attendait que Florent se fende d'un grand sourire et lui dise que c'était une blague. Il n'y avait pas de place pour la triche, avec lui.

— C'est toi mon père... biologique ?
— Oui.
— Pourquoi t'as fait du mal à ma mère ? demanda-t-il.

Il ne reprochait pas, il voulait seulement comprendre.

— Comment ça ?
— Elle m'a tout raconté. Je sais que tu l'as forcée à faire ces choses...

Florent prit sa gêne à exprimer des mots sales d'adulte devant un inconnu pour un doute à propos de ce que lui avait dit sa mère.

— Où est-ce qu'elle est allée chercher tout ça ?
— Maman ne ment pas, répliqua Esteban, catégorique.
— Je n'ai pas dit ça. Mais parfois, les gens peuvent s'imaginer des choses, ou garder des souvenirs inexacts. Nous n'avons pas les mêmes, apparemment...

Même si le garçon ne disait rien, Florent voyait bien qu'il ne croyait pas un traître mot de ce qu'il essayait de lui expliquer. Il était sûrement trop jeune. Comment sa mère avait-elle pu aborder ce sujet avec lui ? Le malaise du petit était palpable, aussi Florent s'adressa-t-il à lui autrement :

— Maintenant qu'on vient de se rencontrer, toi et moi, on pourrait apprendre à se connaître. Qu'est-ce que tu en dis ?

Esteban ne répondit pas. Ses yeux s'arrondissaient au fur et à mesure. Il livrait un combat intérieur, car il n'avait sûrement pas envie de trahir sa mère. Il tourna le dos à Florent, se saisit de la poignée de la portière, mais sa main était moite. Elle glissa et la poignée claqua dans le vide, émettant un bruit sec qui le fit sursauter. Quand il fit volte-face à nouveau, il était terrorisé.

— Laisse-moi sortir !

— Calme-toi, Esteban. Je ne t'ai pas enfermé. Les portières sont déverrouillées, tu es libre de sortir. Regarde-moi, mon grand. Tu es en train de faire exactement comme ta mère il y a des années. Je ne t'ai pas forcé à venir. Je t'ai fait plaisir avec les serpents, n'est-ce pas ? Tu étais content d'aller les voir. Et on recommencera. Ce qui s'est passé entre ta mère et moi, à l'époque, ça n'est pas de ton ressort. Ton histoire, c'est celle que tu vas vivre avec moi. Toi et moi, on est pareils, Esteban.

— J'aime juste les serpents, souffla Esteban.

— Il n'y a pas que ça. On se ressemble tous les deux, tu ne le vois pas ? Je t'apprendrai tout ce que tu ignores sur moi. Sur ton père. Je t'aiderai à réussir dans la vie. On pourra partir ensemble. Je t'emmènerai découvrir le monde. Ça te dirait d'aller en Afrique rencontrer le fils de Richard ? Toi aussi tu pourrais tomber amoureux de ce continent.

— Je ne suis pas comme toi !

Florent resta sonné. La puissance des mots était un cri du cœur. L'écho se répercuta longtemps dans l'habitacle de la voiture. Mais ce n'était rien comparé au rugissement dehors qui les fit tous deux bondir.

— Esteban !

C'était l'appel d'une louve prête à tout pour sauver son enfant.

Charlotte.

En une seconde, la portière claqua, et Florent se retrouva seul dans la voiture.

40

Esteban s'était réfugié dans les bras de sa mère. Charlotte pleurait. Elle le serra fort puis l'écarta pour le détailler sous toutes les coutures, en lui demandant comment il se sentait, si Florent lui avait fait du mal. Esteban restait calme et lui assurait que tout allait bien. Romuald posa une main sur son épaule et, penaud, s'excusa de l'avoir laissé partir avec lui.

— Je te le ramène, les interrompit Florent. On pourrait presque se prendre pour un couple séparé qui gère son fils en garde alternée, pas vrai ?

— Vous m'avez raconté des salades, monsieur ! intervint Romuald, l'air fâché.

— Elle m'aurait pas laissé faire, sinon.

— Elle aurait eu ses raisons, non ?

— Vous croyez que c'est normal de ne pas dire à quelqu'un qu'il est père ?

— On ne va pas avoir cette discussion devant le Pitchou, mais apprenez à balayer devant votre porte avant de faire des reproches !

— Il est marrant ton mec !

L'ironie de Florent perdit de sa superbe devant ces visages fermés. La colère grondait.

— Qu'est-ce que tu as fait ?

C'était Karl. Alerté par les voix dans la rue alors qu'il s'apprêtait à monter en voiture, il les avait rejoints, accompagné de Lila et de Pierre.

— J'ai seulement fait valoir ma paternité. Ce n'est pas interdit, si ?

— Tu ne pouvais pas faire les choses comme ça.

Karl conservait une étonnante impassibilité. Son ton était égal. Il n'avait plus besoin de parler fort, car cette fois il serait entendu. Sûrement pas par Florent, mais il avait enfin compris que ce n'était pas là le plus important. Ce qui comptait, c'était les autres. Ceux qu'il aimait.

Lila s'avança vers Florent. Sa démarche était certes un peu raide, mais rien ne présageait ce qui allait suivre. De toutes ses forces, elle le gifla. Il dut avoir mal parce qu'elle frappa là où Karl avait déjà déversé sa colère. Cependant, aucun son ne franchit ses lèvres. Il porta une main sur sa joue en feu et la regarda, stupéfait. Elle était fière et droite comme un I. Comme ces femmes qui savent qu'elles en vengent d'autres avec elles.

— Ça, c'est pour la terreur que tu nous as causée. On n'emmène pas les enfants comme ça, quand bien même tu aurais eu les meilleures excuses du monde. Mais tu n'en as pas. Tu as abusé de Charlotte. Cette gifle, elle était pour elle aussi. Et pour ces fois où tu t'es fait passer pour Pierre, et celle où tu m'as agressée. Est-ce que tu sais ce que ça fait de ne plus pouvoir se promener seule dans la rue quand il fait noir, sans se retourner pour vérifier qu'on n'est pas suivie ? C'est pour Pierre, également. Pour cette toile empoisonnée que tu as tissée autour de lui. Pour Odette et ses bras bleus. Pour Karl et sa culpabilité. Tu te rends compte de tout le mal que tu fais autour de toi ? Tu es une mauvaise personne, Florent.

Le silence qui s'ensuivit vibrait d'une intensité assourdissante. Florent ricana.

— Tu n'as rien compris.

Seul Pierre n'avait rien dit. Il était incapable de se rebeller avec autant de fougue. Il fallait le prendre à partie.

— Pierre, tu es le seul à me connaître. Dis-leur qu'ils se trompent. On a toujours voulu me faire porter le chapeau. « Coupable idéal », ça doit être marqué là, sur mon front. Mais toi, tu sais que c'est faux. Vas-y, dis-leur.

Pierre se sentait mal. Il était au bord de l'implosion. Les regards convergeaient vers lui. Un costume trop lourd pesait sur ses épaules, alors qu'il ne parvenait même pas à en distinguer les contours. La présence de son frère provoquait en lui à la fois répulsion et panique. Il savait qu'il n'avait qu'une seule chose à faire : plier. Courber l'échine pour ne pas rompre, comme le roseau face au vent. Lui demander pardon d'être parti, d'avoir voulu l'exclure de sa vie. Feindre les regrets. Promettre un avenir meilleur. Laisser tous les autres en dehors de ça. Prendre des coups, s'il le fallait, quand il n'y aurait personne pour l'en empêcher. Expier pour eux tous. Expliquer que chaque mot écrit dans son journal intime n'était que pure invention. Même si Karl pouvait attester tout ce qui s'y trouvait, Pierre nierait. Ou dirait que c'était sa faute. C'était lui le dingue, le parano, celui dont les neurones avaient grillé les uns après les autres à cause de ses errances dans les vapeurs de l'alcool et les brouillards des pétards. Ce carnet, qui le suivait depuis l'époque de son sevrage, lui avait fait du bien, et il lui arrivait encore parfois d'y coucher quelques phrases. Mais n'était-il pas la preuve tangible qu'il avait tendance à s'apitoyer sur son sort ? Il n'avait que quelques mots à dire pour que chacun regagne sa vie et reste à l'abri des foudres de Florent. Peut-être qu'ainsi son frère finirait par l'aimer, comme un frère est censé le faire. De la même façon que Karl l'aimait.

Et en même temps, il n'était plus seulement question de lui. C'était fou de se dire qu'il n'était plus l'unique victime de Florent, qu'il y en avait d'autres. Qu'il ne fabulait pas.

Florent braquait sur lui un regard dur. Il perdait patience. Il lut sur ses lèvres : « Ne me déçois pas. »

Paralysé, Pierre ne pouvait pas ouvrir la bouche. Son angoisse était telle qu'il ne parviendrait pas à aligner deux mots sans se ridiculiser. Ce n'était pas pour lui. Il n'était pas un héros. Il était juste Pierre.

— Allez, dis-leur, tout ce que je fais pour toi, Pierre. Explique-leur à quel point tu as besoin de moi ! Avoue que si je ne suis pas là tu replonges dans tes vieux démons. Que tu es incapable de te prendre en charge.

Trois très gros, gras, grands rats gris grattent.

Ne pas écouter ce que Florent racontait. Se concentrer sur ses exercices de diction. Ceux qu'il faisait chaque matin et grâce auxquels il progressait.

Papa boit dans les pins. Papa peint dans les bois. Dans les bois, papa boit et peint.

— Une vraie mère, que je suis pour lui ! Toi, Karl, tu ne peux pas le savoir. Tu n'étais pas là ces dernières années. Pierre est invivable. C'est moi qu'on traite de malade, mais personne ne pourrait imaginer ses réactions à lui, quand on est seuls.

Ne pas se préoccuper de ses paroles empoisonnées. Elles ne servaient qu'à semer le trouble dans les esprits. À le dédouaner de ses fautes. À sauver sa peau. Il lui fallait s'attacher à ce qu'il avait à dire, lui. Pour une fois, c'était à lui de parler. C'était lui qu'on attendait. Il le sentait, avec le silence qui planait, juste entrecoupé par les jérémiades de Florent.

Le fisc fixe exprès chaque taxe fixe excessive exclusivement au luxe et à l'exquis.

Ces phrases, qu'il connaissait par cœur et dont il avait cessé de chercher le sens, elles étaient juste faites pour délier sa langue, muscler ses lèvres et sa bouche. Pour corriger son problème de prononciation. Échauffer sa voix aussi, mais là, il ne pouvait pas se permettre de les exprimer tout haut.

Pierre ouvrit la bouche pour parler. Le rictus s'étira davantage sur les lèvres de Florent. Il ne devait pas bégayer. À aucun prix.

Soudain, Pierre sentit une présence, un frôlement contre son épaule. Karl murmura à son oreille :
— Je suis là, avec toi.

Lila se posta de l'autre côté et glissa sa main dans la sienne en la serrant fort. Romuald, Charlotte et Esteban se rapprochèrent davantage, comme s'ils faisaient front avec eux.

— Maintenant... tu vas sortir de nos vies à tous. Tu as fait assez de mal autour de toi.

Pierre se tut. Il avait prononcé ces deux phrases lentement. Mais fermement. Il n'avait pas hésité, n'avait pas bafouillé. Une fierté nouvelle lui gonfla la poitrine.

Tel un uppercut, ces mots envoyèrent Florent au tapis. Le sentiment violent d'être seul au monde l'enveloppa comme un linceul. Il n'avait plus personne. Comme chez Richard, des étoiles virevoltèrent dans son champ de vision et il commença à voir trouble. Sa gorge était sèche, alors que le reste de son corps était trempé.

Il recula. Il s'efforçait de garder la tête haute et les épaules en arrière, bien qu'il éprouvât une irrépressible envie de se rouler en boule par terre. Avec toutes les peines du monde, il remonta dans sa voiture. Les autres ne cherchèrent pas à le retenir. Il alluma le moteur et appuya doucement sur l'accélérateur. Quand il passa à leur hauteur, il resta digne et ne leur jeta pas un regard. Il transpirait abondamment, ses oreilles bourdonnaient avec insistance. Tout à coup, il lui sembla entendre des voix. « Florent ! » On l'appelait. Il n'en était pas sûr, mais il crut reconnaître son fils. De la bile remonta dans le fond de sa gorge. Il plaqua une main sur sa bouche, comme si cela pouvait suffire à réprimer la nausée. Les voix dans sa tête résonnaient de plus en plus fort. Le gamin continuait à l'appeler, mais il n'était plus le seul. Il en entendait de plus anciennes. Celle de sa mère qui, pour se faire pardonner d'être rentrée trop tard depuis trois soirs, n'avait pas pu se retenir de le réveiller et lui susurrait son prénom à l'oreille dans un moment câlin. Celle de son père, qui ne l'avait probablement jamais appelé, parce qu'il n'avait rien à lui dire. Celle de Karl, qui le menaçait de lui casser la gueule, puis celle de Pierre, qui le suppliait d'arrêter. D'arrêter quoi ? Il ne savait plus très bien. D'arrêter tout, en fait. Pierre qui l'implorait de ne plus être lui. Lui toujours si incompris…

Dans le brouillard de plus en plus opaque qui l'entourait, Florent se mit à sangloter comme un petit enfant. Son corps entier était secoué de spasmes terribles. Il avait envie de tomber dans les pommes, de vomir, de dormir.

De mourir.

Pourtant, il eut un éclair de lucidité et freina. Dans son état, conduire était trop dangereux. Il ne fut cependant pas assez prompt à réagir. Un obstacle émergea de la brume. Il y eut le fracas de la collision, une pluie de verre brisé, la brûlure de la ceinture, le choc de sa tête contre les airbags.

La douleur. Vive, lancinante.

L'étau, qui comprimait le corps comme s'il allait le faire exploser en mille morceaux.

Puis ce fut la nuit.

41

Seul le clapotis rassurant de l'eau de la fontaine se faisait entendre. À peine l'effleurement du pinceau sur la toile, encore moins le souffle qui se suspendait parfois à force d'attention. Lila faisait le tour des cinq chevalets installés en cercle dans le jardin. Elle observait les sourcils froncés, les moues concentrées, les doigts qui serraient l'ustensile, les poignets qui se mouvaient dans un geste plus ou moins fluide pour transposer la pensée sur le tableau.

C'était elle qui avait eu l'idée de ce cours particulier.

Après l'accident de Florent, dont la voiture s'était fracassée contre un arbre, Karl, Pierre et Charlotte s'étaient réfugiés dans le seul asile qu'ils connaissaient : le silence. Lila les avait vus se refermer comme des huîtres. Ils restaient empêtrés dans un chagrin qu'ils ne comprenaient pas.

Les pompiers avaient difficilement extrait Florent de sa voiture. Ils avaient réussi à le ranimer après que son cœur avait lâché sur la civière. Ensuite, ils l'avaient transporté à l'hôpital. On lui avait fait subir de multiples opérations, pour le maintenir en vie d'abord, puis pour réparer ses os, broyés en plusieurs endroits. Depuis six jours, les médecins l'avaient plongé dans un coma artificiel pour l'empêcher de souffrir. Ils estimaient qu'il était encore trop tôt pour se prononcer. Sa vie ne tenait plus qu'à un fil, et aucun de ses proches ne parvenait à déchiffrer ce que cela lui inspirait.

Alors Lila avait téléphoné à Célestine pour qu'elle les sorte de cette impasse. Elle les avait tous réunis dans le salon. Là, ils avaient parlé de ce qui s'était passé comme on évoque un fait divers lu dans les journaux. Quand il avait été question de se livrer, d'exprimer son ressenti, ses émotions, le silence s'était installé. Il était leur allié de longue date, il était tellement plus confortable. En apparence seulement, ils en étaient conscients. Car cet ami-là était exclusif, insidieux. Il tissait sa toile autour d'eux, les enveloppait dans un cocon bien chaud, pour mieux les enfermer. Comme l'araignée garde ses proies près d'elle. Comme Florent avait agi. Quand ils voudraient en sortir, ils ne le pourraient plus sans une aide extérieure. Soucieuse de trouver un autre moyen de délier les langues, Célestine s'était entretenue seule à seul avec chacun d'eux. Elle les avait rassurés : ils avaient le droit de ne pas souhaiter la mort de Florent et d'être inquiets pour lui. Malgré tout ce qu'il avait fait, ils pouvaient ressentir de la tristesse, de l'angoisse. C'était même plutôt bon signe : ils restaient des êtres humains capables d'empathie. De pardon, aussi peut-être, mais cela, on y viendrait plus tard…

Lila voulait aussi les aider, à sa façon. Son truc à elle, c'était l'art. Et elle était mieux placée que personne pour savoir qu'il permet d'exprimer les maux de l'âme et l'apaise. C'est ainsi qu'elle avait eu l'idée de leur faire suivre un cours d'« art thérapie ». Elle avait même invité Romuald. Elle voyait bien que chaque soir, avant de rentrer chez elle, Charlotte pressait ses mains dans les siennes comme pour lui dire de patienter encore – elle avait annulé leur dîner, elle n'était pas prête.

Romuald avait un peu rechigné pour le cours. À part répandre de la gouache partout, il ne saurait pas faire grand-chose, avait-il dit. Mais Lila avait répondu qu'il n'était pas là pour rivaliser avec les grands artistes, et il avait fini par accepter, sûrement plus pour s'assurer la compagnie de Charlotte.

En ce moment, il projetait des gouttes de peinture sur la toile, à l'aide d'un gros pinceau, en fermant un œil. Il culpabilisait d'avoir laissé son Pitchou partir avec Florent, mais il n'avait pas réellement besoin de ce cours. Ce qu'il lui fallait, c'était que Charlotte parvienne à faire tomber les dernières barrières. Qu'elle se libère de ce poids qui lui comprimait encore la poitrine.

En passant derrière elle, Lila reconnut le mouvement des vagues, les différentes nuances de bleu. Elle n'avait pas choisi les mêmes, peut-être ne se les rappelait-elle plus exactement. Peu importait. Le tableau qu'Esteban lui avait offert à Noël était facilement reconnaissable. Voilà tout ce qui comptait pour Charlotte : son fils. Le lien si fort qui la retenait à lui, qui le retenait à elle. Lila sourit. Elle posa une main bienveillante sur le bras de Charlotte, et celle-ci lui rendit son sourire. Un sourire qui traduisait toute la douceur et la tendresse d'une mère.

Avant qu'ils commencent leur ouvrage, Lila leur avait demandé de ne pas réfléchir à un dessin en particulier.

De ne pas penser à ce qu'ils allaient peindre, mais d'abandonner leur main pour qu'elle guide la pensée.

« Ce sont les couleurs de vos silences. Dessinez-les-moi. Dessinez-moi vos silences. Laissez-les s'exprimer et brisez-les. À jamais. »

Esteban n'avait pas tout compris.

« Comment on peut dessiner des silences ? C'est pas possible.

— Je veux que tu me dessines ce qu'il y a dans ta tête, et ce que tu ne me dis pas.

— Y aurait trop de choses à dessiner.

— À ce point-là ?

— C'est le bazar dans ma tête.

— Réfléchis, il y a peut-être une image qui se démarque.

— T'as dit de pas réfléchir. »

Lila avait éclaté de rire.

« C'est vrai ! Alors, vas-y, ne perds pas de temps ! »

Depuis plus d'une demi-heure qu'il s'appliquait, il avait fini par faire apparaître un drôle d'animal sur sa toile.

— Qu'est-ce que c'est ? demanda Lila. On dirait un zèbre à deux têtes...

— Tu crois que c'est ça ? C'est moins bien fait, mais c'est un tableau qui était chez Richard. Il m'a fait penser à toi et à ton Picasso.

— Tu as bien aimé aller chez Richard ?

— Ouais, j'avoue.

— Tu as le droit. C'est parce que tu étais avec ton papa ?

Esteban haussa les épaules, Lila sentit tous les autres attentifs à sa réponse.

— Je crois pas tellement. Je savais pas que c'était mon père à ce moment-là. Quand je l'ai su, après, j'ai eu peur. Et puis, c'est surtout Richard qui me montrait des choses. J'aimerais bien y retourner.

— Si ta mère est d'accord, je pourrais y aller avec toi, proposa Karl. Ça me ferait plaisir de revoir Zéphyr.

— Oh ouais ! Tu voudrais, maman ?

— Euh, oui, pourquoi pas… Si tu te sens prêt à retourner là-bas.

— Ben oui. Ça me fait pas peur.

— T-t-tu p-partageras un moment avec ton tonton Karl.

— Tu pourrais venir avec nous, puisque t'es mon autre tonton.

— Moi ? J-je me p-propose plutôt pour t-t'emmener manger au McDo.

— Ah çà, maman voudra jamais !

— Mais si, mon grand, bien sûr que j'accepterai.

Esteban s'enthousiasma tellement que cela fit rire les peintres en herbe, qui n'eurent plus le cœur à se renfermer dans le silence de l'expression de leur art. Lila déclara qu'ils termineraient plus tard. En la rangeant pour la laisser sécher à l'abri, elle essaya de déchiffrer l'œuvre de Pierre : il avait dessiné des bonshommes à la Keith Haring. Ils étaient peints de couleurs vives, sauf un, celui le plus à gauche. Il l'avait laissé blanc, comme inachevé.

— Tu as fini ton tableau, Pierre ? demanda-t-elle.

— J-je ne sais pas en-encore.

— Pourquoi ?

— J-je n'arrive pas à me d-décider sur le d-dernier p-personnage. De quelle couleur… S-si je dois m-même le faire d-disparaître. P-peut-être qu'avant la fin de ma vie, je s-saurai.

Alors seulement, Lila reconnut le portrait de famille qui trônait dans la chambre d'Odette. Les cinq personnages étaient disposés de la même manière. Sur le portrait, Lila n'avait pas été capable de différencier les jumeaux. Il y avait fort à parier que le plus à gauche était Florent.

Enfin, Lila se dirigea vers l'ouvrage de Karl. Quand elle tournait autour d'eux précédemment, elle avait remarqué beaucoup de couleurs sombres. Du noir, du gris, du marron foncé. Un enchevêtrement de ténèbres, de mélancolie. Maintenant, un cercle jaune éclairait le centre de la peinture. Karl avait varié les nuances : du jaune pur, du chrome, du citron, de l'or. Le cœur lumineux du tableau contrastait avec le contour. Quand Lila l'interrogea sur le sens de son œuvre, Karl haussa les épaules. Elle avait demandé que ça vienne comme ça, c'était ce qu'il avait fait. Il s'était laissé guider. C'était Lila l'artiste, mais si elle cherchait une explication, elle n'avait qu'à se voir, elle, au milieu du reste. Nul doute que s'il devait recommencer dans une semaine, le point de lumière aurait gagné en puissance et prendrait presque toute la place.

Puisqu'elle était comme ça : éblouissante au point de contaminer tout le reste. Son silence avait longtemps été teinté de noir.

À présent, il l'était d'or.

42

Charlotte

Quand Charlotte ouvrit la porte, elle eut l'impression que son cœur battait plus fort que la machine qui émettait des « bips » réguliers. Elle s'approcha du lit immaculé et, à distance, observa le visage de l'homme qui avait anéanti sa vie de femme. Ses cheveux avaient été rasés et son crâne présentait des cicatrices là où la tôle l'avait blessé. Il avait aussi été opéré à la tête, à cause d'une hémorragie cérébrale. Des tuyaux sortaient par sa bouche et son nez. Il était méconnaissable.

Charlotte inspira et prit place dans le fauteuil à côté du lit. Elle ne s'installa pas confortablement au fond du siège. Elle s'assit sur le bord, prête à repartir. L'odeur de l'hôpital ajoutait à son malaise. Ça sentait l'éther et les médicaments. Elle se revit à douze ans, tout juste opérée de l'appendicite et veillée par sa mère. Puis l'image de son accouchement lui revint, et alors qu'elle se souvenait d'Esteban, si petit et vulnérable au creux de ses bras, elle prit confiance.

— Salut, souffla-t-elle.

Sa voix s'estompa dans la pièce blanche. Elle se sentit bête de s'adresser ainsi à quelqu'un qui dormait. Mais elle se rappela les mots de l'infirmière, quand elle lui avait demandé si elle pouvait aller le voir. « Bien sûr, ça lui fera du bien. N'hésitez pas à lui parler. De là où il est, il vous entendra. »

Serrant son sac à main contre sa poitrine, elle laissa aller les mots :

— Ces derniers jours ont été éprouvants. Il a fallu que je comprenne les émotions contradictoires que je ressentais. J'ai toujours eu du mal à analyser ce que je ressens, mais depuis que tu… enfin, c'est encore pire.

Charlotte se racla la gorge et se tortilla sur son siège. Elle lui était reconnaissante de lui avoir ramené Esteban, expliqua-t-elle, alors qu'elle croyait qu'il le lui avait enlevé. Elle ne l'aurait pas supporté. Sa gratitude avait pris tellement d'ampleur qu'elle s'était mise à se questionner sur la réalité du viol. Elle s'était trompée sur les intentions de Florent à l'égard de son fils, peut-être avait-elle aussi fabulé par le passé. Il lui avait fallu attendre que la pression retombe pour réaliser que ce n'était que le soulagement après une angoisse intense qui l'avait conduite à douter.

Et puis il y avait eu les questions d'Esteban, qui voulait savoir pourquoi son père niait les accusations de sa mère. Là encore, elle avait douté. Elle avait tendance à se méfier davantage d'elle que des autres. À éprouver plus d'empathie envers autrui qu'envers elle-même. Bien sûr qu'elle n'avait rien inventé. Que ces années de célibat et d'abstinence ne l'avaient pas été sans raison. Que son traumatisme était réel. Elle n'était pas folle. En réalisant cela, elle avait aussi compris que, de son côté, Florent était probablement sincère dans son déni. Alors elle avait éprouvé de la pitié pour cet homme qui était incapable de percevoir les émotions des autres, de se mettre à leur place. De se voir tel qu'il était. Pendant des années, en secret, elle avait espéré qu'il paie. *Qu'il meure.*

— Et puis maintenant que je te vois là, rien n'est si évident. En fait, je ne te souhaite pas de mal. Parce que j'ai enfin compris une chose : je t'ai pardonné. Je vivais avec ma rancœur et ma blessure chevillées au corps, mais j'ai fait la paix avec toi. Avec moi. Grâce à Esteban. Je te souhaite de survivre.

Charlotte se releva lentement. Elle observa le visage impassible, les paupières inertes. Elle remit son sac en bandoulière, et sans un regard en arrière, elle quitta la chambre. L'infirmière qu'elle croisa lui conseilla de revenir de temps en temps. Elle ne connaissait pas leur histoire, Charlotte s'était juste présentée comme une proche de la famille. Elle acquiesça vaguement, mais au fond, elle savait qu'elle ne reviendrait pas.

En sortant de l'hôpital, elle se sentait plus légère. Si légère.

La femme qu'elle avait bannie des années plus tôt était revenue à la vie.

Enfin.

Épilogue

Esteban

Les adultes sont allés se promener dans le jardin en attendant que Lila apporte le dessert. Moi, je reste sous les parasols, les fesses dans l'herbe, à faire une partie de Cluedo avec Rose, la sœur de Lila. Personne n'a voulu se risquer à promener mémé Odette dans son fauteuil roulant en plein soleil, alors elle nous regarde jouer. Parfois, elle ferme les yeux ; d'autres fois, elle demande quand Bernard va venir la chercher. C'est un peu gonflant : il faut lui répéter sans cesse les mêmes choses. Mais comme elle est très butée, je ne lui dis plus rien. Je l'écoute, et même qu'il m'arrive d'apprendre des trucs sur mes tontons. J'aime bien, même si j'aurais préféré qu'ils aient une enfance plus heureuse. Elle parle moins souvent de mon père. Elle devait moins l'aimer parce qu'elle savait qu'il était méchant.

Mon père. J'aime pas trop l'appeler comme ça. Il est sorti des soins intensifs de l'hôpital pour aller en maison de repos. On ne va jamais le voir, mais on a des nouvelles par mes tontons. Eux, ils y vont de temps en temps, toujours ensemble. En fait, c'est mon tonton Pierre qui y tenait. Il dit qu'il veut l'accompagner jusqu'à ce qu'il aille mieux, parce que Florent n'a qu'eux. Tonton Karl n'était pas trop pour, mais il fait sa part, pour Pierre. Moi, j'y suis allé une fois, un mois après l'accident. J'ai demandé à maman de m'emmener. Elle n'a pas posé de questions, mais j'ai bien vu qu'elle était inquiète. Elle est venue avec moi dans la chambre quand je lui ai parlé. C'était bizarre, parce que ses yeux avaient beau être ouverts, il ne réagissait pas. On avait l'impression qu'il était sorti du coma, mais les médecins nous ont expliqué que c'était juste des progrès. Je lui ai dit qu'il n'avait pas à s'en faire pour moi. Que j'étais allé voir Richard avec tonton Karl. Que maman sortait avec Romuald, et que si ça marchait entre eux il pourrait être comme mon père. Que je n'avais pas besoin qu'il joue ce rôle. C'était plus facile de lui dire tout ça en sachant qu'il ne pourrait pas me répondre.

Maman dit que même si son état ne facilite pas les choses, la police enquête sur les plaintes déposées contre lui. Plus tard, sûrement dans longtemps, il y aura un procès. Peut-être qu'il pourra se tenir debout avec une canne pour y assister.

Avec eux tous autour de moi, je pense que ça va. Il y a des trucs que je ne dis pas toujours. On a eu une discussion avec tonton Karl, et il m'a dit que Lila a failli ne plus faire partie de la famille à cause des choses qu'il cachait. Ça aurait été bête, c'est une chouette tata. On a cuisiné ensemble hier, pour ses gâteaux. Il faut bien qu'elle souffle ses bougies sur des desserts réussis !

J'ai rencontré ses parents et Rose pour la première fois. Ils sont cool ! Ils m'ont dit que j'irai bientôt dans leur café pour voir où Lila a grandi.

Ça y est, maman revient de son petit tour. Elle a les joues rosies, je la trouve très belle. Surtout depuis que Romuald lui tient la main. On va emménager dans une nouvelle maison tous les trois, avant ma rentrée au collège. J'ai hâte !
— Alors les jeunes ! Q-qui est-ce qui gagne ?
Ça, c'est mon tonton Pierre. Parfois il m'emmène au cinéma ou manger au McDo. Maman a tenu parole, elle ne dit jamais non. Elle est contente que je passe du temps avec lui. Et puis, ça l'arrange bien, ça lui permet de rester en tête à tête avec son amoureux.
— À ton avis ? je lui réponds.
Il m'a appris toutes les meilleures astuces, alors c'est facile. Rose n'est pas mauvaise non plus. Bon, c'est parce qu'elle est plus grande que moi.

Pour fêter son anniversaire, Lila a aussi invité ses copines. Elles dorment dans la chambre que mes tontons ont mis des semaines à vider. Il y a toujours la vieille moquette. Lila dit que ce sera notre prochain chantier, avec Romuald. Prune, celle qui a les cheveux rouges, part bientôt en Irlande, elles ont pleuré hier soir en en parlant. Célestine et Lila lui ont promis qu'elles viendraient la voir bientôt.
En juillet, c'était trop bien. Lila a fait venir des adultes pour leur apprendre à peindre. Certains venaient pour de « l'art thérapie ». Ces cours-là, elle les appelle « Les couleurs du silence ». Les clients dormaient dans

la dépendance qu'on a retapée avec Romuald, et maman leur a cuisiné de bons petits plats. J'ai refusé d'aller au centre de loisirs, parce que c'était mieux ici. Je suis quand même allé passer une semaine chez ma mamie Christine. Je n'allais pas la laisser toute seule.

— À table, les enfants ! appelle Esther.

Ça y est, tout le monde est là. Lila a disposé des bougies sur les quatre gâteaux. Elle me fait un clin d'œil : on a convenu que je l'aiderais à souffler. Mémé Odette s'est endormie, on dirait. Il va bientôt falloir que tonton Pierre la ramène à sa maison de retraite. Ce serait bien qu'elle ait les yeux ouverts pour la photo. Il y a un crocodile dans le ciel. S'il est encore là après, il faudra que je le montre à Lila.

Tonton Karl se met en place pour le selfie.

Une photo avec ma nouvelle grande famille.

À la une, à la deux, à la trois… Ouistiti !

FIN

P.-S. : Il faut que je vous dise : c'est décidé. Quand je serai grand, je serai chef de travaux. Et je construirai des cathédrales !

Remerciements

Les Couleurs du silence a été un texte difficile à écrire. Il n'était pas prévu ainsi, il s'est modelé progressivement par les personnages eux-mêmes. Il m'a fallu écrire, jeter, recommencer, avancer, revenir en arrière, modifier, et ainsi de suite pendant tout le processus d'écriture. Le chemin a été long, sinueux, rempli de doutes, d'illuminations soudaines, et de désespoirs quant à l'ampleur de la tâche qui m'attendait avec ces nouvelles idées. Et puis, comme tout travail complexe, quelle fierté lorsqu'on en est venu à bout !

La première personne que je tiens à remercier, c'est mon éditrice, Emeline Colpart. Tu as su me guider tout le long du parcours. Notre collaboration est bienveillante, basée sur la confiance. Ton regard, attentif, sans jugement. Ce texte est pour toi, toi qui le connais presque aussi bien que moi. Tu as su pointer du doigt ses failles en douceur, de sorte à m'amener à trouver ses forces et les mettre en valeur. Sans toi, il n'aurait pas pu être tel qu'il est aujourd'hui. Merci pour tout.

L'autre personne qui m'a aiguillée pendant l'écriture, comme toujours, c'est Marion, mon alpha-lectrice (eh oui, j'ai découvert ce mot !). Quand tu commences à me dire : « Là, je ne vois pas très bien où tu veux aller », je sais que je me suis égarée. Mes romans ne sont jamais des surprises pour toi, puisqu'on passe des heures à discuter de tous leurs rouages – merci d'être là pour m'écouter ! –, mais cette vision extérieure m'est indispensable.

De même que celle de mes bêta-lectrices, celles qui me relisent une fois le texte terminé. Je remercie ma Team de Cœur : Séverine, Olivia, Sandrine, Delphine, Nath, pour votre aide et votre franchise. C'était chouette de partager ça avec vous ! Merci aussi à Delphine, ma p'tite belle-sœur !

Comme toujours, j'ai besoin de vos connaissances pour plonger dans la vie que j'ai choisie pour mes personnages. Grâce à toi, Sigo, j'ai offert un univers artistique à Lila et j'ai adoré ça (rappelez-vous, Sigolène avait réalisé la couverture de *Six ans à t'attendre*). Même ton écureuil a trouvé sa place dans ce roman !

Et toi, ma couz' Anne : merci pour tes précieux conseils sur la psychologie. Comprendre le fonctionnement de certains profils a été passionnant (un peu angoissant aussi !). Quand j'écris, tes mots ne sont jamais loin, « Personne n'est seulement gentil ou seulement méchant ». J'espère continuer à m'améliorer pour étoffer mes personnages et leur donner davantage de profondeur.

Merci aussi à toi Valérie, pour ta disponibilité et ta gentillesse, ainsi qu'au juge Aimé d'avoir pris le temps de répondre à toutes mes questions.

Je tiens également à remercier mon éditeur, Florian Lafani. Merci, vraiment, de porter mes romans avec toujours autant d'enthousiasme et de confiance.

Bien sûr, il y a aussi son équipe de choc, la Team Fleuve : Maryannick Le Du, Manon Tassy, Lucie Copet, Estelle Revelant et Thomas Girault. J'ai la chance que des personnes formidables œuvrent pour mes romans !

Merci aussi à mes éditrices Pocket, Perrine Brehon et Julie Cartier, de donner une seconde vie à mes romans. Je suis fière de faire partie de la famille Pocket, avec une sélection pour *Doucement renaît le jour* !

Merci à Laurence Poutier et Alexandra Wagnon pour la gestion des événements (Pocket désormais !).

Un grand merci à mes marraines Librinova Andrea Field, Charlotte Allibert et Laure Prételat. Vous savoir jamais très loin m'est toujours aussi précieux.

Un grand merci à toutes les personnes qui ont œuvré sur ce texte et le livre dans son ensemble : François Lamidon pour la sublime couverture, Carine Merlin et Isabelle Dugon pour les corrections.

Merci aux équipes commerciales qui font un travail incroyable. Chacun joue un rôle dans cette merveilleuse aventure. Vous êtes les premiers relayeurs.

Ensuite, il y a les libraires, celles et ceux qui se démènent pour que les rencontres naissent entre les livres et les lecteurs. Merci à vous qui croyez en mon nom et accueillez mes romans avec chaleur.

Et puis vous aussi, les influenceuses, influenceurs, vous qui surfez sur les réseaux et partagez de si jolies photos et chroniques de mes romans. Merci pour ces joies que vous m'offrez.

Grâce à ce nouveau métier, j'ai la chance de faire de très belles rencontres, avec notamment d'autres auteurs. Nous avons été privés de contacts durant cette triste période, renouer avec tous les aspects de cette vie est une bouffée d'oxygène.

Bien sûr, rien ne serait possible pour aucun d'entre nous si, à la fin, vous n'étiez pas là. Vous, les lectrices et les lecteurs. Un grand merci pour votre fidélité, votre impatience, votre confiance, votre passion. Vous que j'aime rencontrer pour me nourrir de vos mots, me bercer de vos sourires. Ils ne sont pas là pour flatter l'ego, non. Plutôt pour servir de combustible à la motivation, quand les doutes s'installent. Car vous le savez, je vous le dis souvent. Les doutes et les remises en question font partie de ma vie d'autrice. Je les accepte, c'est grâce à eux que je peux progresser. Et grâce à vous que je les combats.

Grâce à ma famille, aussi, sur laquelle je me repose entièrement. Elle est mon oxygène, ma béquille, mon équilibre. Une énorme pensée à vous, les trois hommes de ma vie.

Celles et ceux qui ont lu ce roman, j'espère que vous avez passé un bon moment. Pour les autres (je sais que certains commencent toujours par les remerciements) : bonne lecture !

Je vous embrasse et vous donne rendez-vous sur les réseaux, pour suivre mon actualité :

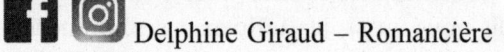 Delphine Giraud – Romancière

Comme toujours, vous pouvez aussi me contacter sur ma messagerie privée : autrice@delphinegiraud.fr

*Cet ouvrage a été composé et mis en page
par Nord Compo à Villeneuve-d'Ascq*

Imprimé en France par MAURY IMPRIMEUR
en février 2024
N° d'impression : 275815

Pocket – 92 avenue de France, 75013 PARIS

S33258/05